琼瑶

作品大全集

梅花英雄梦

3

可歌可泣

琼瑶 著

作家出版社

琼瑶，本名陈喆，作家、编剧、作词人、影视制作人。原籍湖南衡阳，1938年生于四川成都，1949年随父母由大陆赴台生活。16岁时以笔名心如发表小说《云影》，25岁时出版首部长篇小说《窗外》。多年来笔耕不辍，代表作包括《烟雨蒙蒙》《几度夕阳红》《彩云飞》《海鸥飞处》《心有千千结》《一帘幽梦》《在水一方》《我是一片云》《庭院深深》等。

多部作品先后改编成为电影及电视剧，琼瑶也因此步入影视产业。《六个梦》系列、《梅花三弄》系列、《还珠格格》系列等，影响至深，成为几代读者与观众共同的记忆。

琼瑶以流畅优美的文笔，编织了众多曲折动人的故事。其作品以对于梦的憧憬和爱的执着，与大众流行文化紧密结合，风靡半个多世纪，成为华文世界中极重要的文学经典。

我为爱而生，我为爱而写

文字里度过多少春夏秋冬

文字里留下多少青春浪漫

人世间虽然没有天长地久

故事里火花燃烧爱也依旧

复禄

琼瑶 著

梅花英雄梦

3
可
歌
可
泣

作家出版社

前言

　　这部《梅花英雄梦》，是小说，而不是历史。它更不是历史小说。

　　我的父亲是一位历史学家，他采众家之言，博览群书，写出了一部《中华通史》。把中国的二十四史，用现代的白话文再诠释了一遍。父亲告诉我，即使是历史，在其中，也有一些不真实的部分，更有一些隐讳而杜撰出来的东西。写历史，有曲笔，有隐笔，有伏笔……如果秉笔直书，那就是"在齐太史简，在晋董狐笔"了。古往今来，像齐太史、晋董狐、司马迁的史官史家，能有几人？

　　父亲是一位真正做学问的人。而我，是一个写小说的人。我过去写小说，总觉得我受到很多拘束。这些拘束，常常是我的障碍，让我无法尽情、尽兴、尽力去发挥。写小说，需要很大的想象力。我的想象力，却常常被抑制着。写现代小说，要忌讳政治、道德、法律、地点和各种思想上的问题。写古代小说，那就更加困难了！我多羡慕吴承恩，他的《西游记》，充满了各种作者的幻想，孙悟空大闹天宫、女儿国、牛魔王、火焰山、红孩儿……真是应有尽有。尽管没有任何历史依据，却好看得让人着迷！

那么，写一部以古代为背景的小说，是否一定要忠于历史呢？小说里的人物、情节是否一定要在历史中有所依据呢？所以，我去研究中外的小说，希望能够找到答案。

中国的古代小说中，最著名、最脍炙人口的《三国演义》，其中的"借东风""草船借箭""三气周瑜"……在历史中都找不到依据。貂蝉这位女子，在历史中也找不到。

《水浒传》，源自《大宋宣和遗事》。宣和遗事本身，在历史中，也找不到依据。宋江之名，不在《大宋宣和遗事》中。七十二地煞星之名，也不载于《大宋宣和遗事》中。

《红楼梦》家喻户晓，尽管众多"红学家"研究它的背景，研究人物是否影射前人，但是都没有定案。至于那位进宫的娘娘"元春"，到底是哪个皇帝的妃子？没人知道。

抛开中国的著名小说，谈谈西方的小说。法国大仲马的《三剑客》《基督山恩仇记》，雨果的《钟楼怪人》《孤星泪》，俄国托尔斯泰的《战争与和平》，鲍里斯·帕斯捷尔纳克的《日瓦戈医生》，美国马克·吐温的《乞丐王子》，玛格丽特·米切尔的《飘》……不胜枚举。它们有的有时代背景，有的根本没有。至于其中的人物、情节、故事发展……都是作者杜撰的，在历史中，也找不到依据。

但是，这些中外小说，实在"好看得要命"！虽然没有依据，不能"考据"，却完全不影响它们成为好小说，成为很多读者一看再看的名著！

经过这番研究，我觉得我终于可以放下"历史依据"了！我要在有生之年，写一部"好看"的小说！除了"好看"以外，是小说的"主题"，是我要表达的"思想"！

所以，这部《梅花英雄梦》，我抛开了一切细节拘束，放开我的思想，让我可以天马行空地杜撰它。请我的读者们，不要研究其中的历史依据。故事是我杜撰的，连年代朝代，我都刻意模糊了。故事里的人物，也是我创造的，不用去找寻我有没有依据。至于小说里的官制、称谓、地名、礼仪、传奇、武术……都有真有假有我的混合搭配。我曾说过，小说是写给现代人看的，只要这部小说能打动你，我就没有浪费我的时间（虽然，我还是在考据和逻辑上，下了很多功夫，相信你们看了就会明白）。

这部长达八十万字、经过七年才完成的小说，我绞尽脑汁的，是情节的布局、人物的刻画、爱情的深度和英雄的境界！至于其中的各种发展，喜怒哀乐、悲欢离合、生死相许、忠孝仁义、沙场征战……都发挥到我的极致。或者，它和我其他的小说不太相似，可是，我认为这是一部很好看的小说。因为，在陆续写它的时候，它曾感动过我，曾安慰过我千疮百孔的心。我希望，我的读者，它也能感动你，也能疗愈你曾经受创的心！

琼瑶

写于可园

2019 年 9 月 7 日

四十一

吟霜睡醒了，睁开眼睛，看到灵儿在床边看着她。

"醒了？"灵儿笑着问，"伤口还疼吗？你下巴上的伤，香绮拿了药膏帮你擦了，好太多了，现在只有淡淡的印子！"

吟霜试着想坐起来，灵儿赶紧扶着她，小心不碰到她包扎的手。

"嗯，觉得好多了，居然饿了，好想吃牛肉面啊！"

"知道饿就是好消息！"灵儿大喜，"我们都吃过东西了，看你睡得香，就没叫你！"对外大喊："寄南！窦寄南！吟霜想吃牛肉面！"

寄南进门看了一下，敲了敲灵儿的脑袋：

"裘儿，你对主子有点礼貌成不成？"又对外大叫："小乐！小乐！吟霜想吃牛肉面！香绮！香绮！快拿洗脸水来侍候你家小姐！"

小乐进来看了一眼，喜悦地喊：

"牛肉面！牛肉面！我立刻去厨房看看有没有牛肉面？如果没有，我就去外面买！吟霜姑娘，等我！"

小乐飞跑而去，香绮端着洗脸水进门，两人一撞，水洒了一地。

"小乐！你看你，走路不长眼睛！"香绮抱怨地说。

"哈哈！走路不长眼睛没关系，有腿有脚就成！我去喽！"欢天喜地跑走了。

"吟霜，你的手怎样？"寄南赶紧问道。

"吃了那么多我爹的神药，又喝了那么多参汤，现在只有一点点痛！"

"那你试试看，用你爹教你的方法，让自己复原行不行？"

吟霜真的试了试，立刻觉得头晕，就停止了。

"头会晕，我想我还需要休息两天！"四面看，"皓祯呢？"

"听小乐说，好像被将军叫去了！"灵儿回答。

吟霜一听，顿时一怔：

"昨天闹得那么严重，不知道大将军会不会很生气？"又担心地一叹，"还有，我很怕皓祯去公主院大闹！"

"真的！"寄南点头，"昨晚就说要去杀了公主！"

"寄南、灵儿！你们帮我去看看好不好？我怕他激动起来又闯祸！"

"好的好的！我们去！你等会儿要乖乖吃牛肉面！"灵儿说。

寄南就拉着灵儿走出小小斋，往公主院走去。灵儿很不以为然地边走边说："吟霜就是心肠太好了，还担心皓祯跑去找公主大闹！"恨得牙痒痒，"其实，那个恶魔公主，就应该有人教训教训她才行啊！"

"你还说，你对公主又摔又打，我都不知道能不能保住你这条小命，你还要让皓祯雪上加霜？你是巴不得事情越闹越大，唯恐天下不乱吗？"

"唉！"灵儿生气了，"你这王爷怎么是非不分了，吟霜是女神医命大，有上天保佑，才能撑到现在，要是普通人早就一命鸣呼了。那么恶毒的公主，还好意思叫兰馨？根本就是黑心公主！我们就应该替天行道，再教训她几回才行！"

"说你没脑子，还真是没冤枉你，公主是皇上的金枝玉叶，就算她有天大的错，也轮不到你这个小萝卜出头！"用指头顶着灵儿的额头，"你呀你！你的萝卜头快搬家了还想替天行道？你先担心你自己的脑袋吧！"

"我裘灵儿，才不是那种贪生怕死的人！"灵儿豪气地说，轻蔑地看寄南，"倒是你这个王爷，平常威风八面的，在公主面前就不敢吭气，原来你这个'靖威王'，只会攀龙附凤，畏于权势！"

寄南气得跳脚：

"本王什么时候攀龙附凤，畏于权势了？本王干了多少丰功伟业的事情，你难道是瞎了眼，什么都没看到吗？"气到不行，"你你你……你真是气得我快吐血了！"

灵儿继续刺激寄南：

"对啊！我就是瞎了眼，才会认识你这个胆小鬼！我就特别看好皓祯，他呀，一定不会饶过那个黑心公主，我打赌他一定会跟我一样……"说得热烈还带动作比画着，"扇她几巴掌，再给她几拳！"

灵儿继续大摇大摆往前走，寄南快气疯了。

他们两人又吵架又比画，都没料到，公主院的后院，现在的情景，就如吟霜被用刑时一样，有热炉上冒着热烟的水壶，桌上刑具盒里的"肉刷子"，固定在桌面上的手铐和盐巴。皓祯抓着崔谕娘的头发拖行到后院，用力将崔谕娘甩到刑具桌前。

崔谕娘又惊又痛，不停哭喊，嘴里乱七八糟喊着：

"驸马爷！饶命啊！奴婢知错了！奴婢知错了！公主，快救救奴婢呀！公主！"

兰馨护着崔谕娘，着急地拦在皓祯面前：

"皓祯！说到底咱俩还是夫妻，刚刚你已经打我一巴掌了，所有事情扯平，你放过崔谕娘吧！"

皓祯怒气冲冲吼道：

"你还知道我们是夫妻？可你还是做了我深恶痛绝的事情，那些被你折磨得皮开肉绽的伤，如何扯平？"大喊："鲁超，把崔谕娘戴上手铐，拿开水来！"

鲁超立刻抓着崔谕娘的手，按在桌面锁住了手铐，提来滚开水放在桌上。

崔谕娘哀鸣地大喊大叫：

"驸马爷！不行啊！你不能这样对奴婢！你不看公主的面子，你也要想想皇上皇后呀！你这样对奴婢，怎么向皇宫交代呀！"

皓祯对卫士喊道：

"把她的袖子卷起来！先烫左手，再砸右手！"

两个卫士上前，就卷起崔谕娘的袖子，露出左手手臂。崔谕娘喊：

"驸马爷不要啊！请用别的方法……喝墨汁，对对对，喝墨汁……"

皓祯一愣，心口绞痛起来：

"你们还让吟霜喝墨汁？好，鲁超，记下来！再多一样！"

"是！小的一条条都记着！"鲁超义愤填膺地回答。

皓祯拿起开水壶说道：

"我已经知道这肉刷子要怎么用，我们就一步一步来吧！现在我们就先烫第一遍吧！"皓祯说完就准备将热水浇在崔谕娘的手臂上，兰馨及时合身趴在桌上护着崔谕娘的手。兰馨急哭了，泪流满面喊：

"皓祯，我知道错了，你原谅我吧！不要这样对崔谕娘，不要！不要！我求你了！皓祯！我求求你！"

皓祯不为所动，大声命令：

"把公主拉到一边去！"

两个卫士立刻上前，拉开兰馨。兰馨挣扎大喊：

"皓祯！看在父皇和大将军的情面上，你住手吧！不要让我恨你！皓祯！不要！"

开水淋在崔谕娘的手臂上。崔谕娘哀鸣尖叫：

"哎哟！要命啊！痛死了！痛死了！公主！"

兰馨目睹崔谕娘被热水烫得哀鸣，整个身子都吓瘫了，在卫士的拉扯下摇摇欲坠。

同时，袁忠得到消息，在花园找到雪如和秦妈，急促地喊道：

"夫人，夫人，不好了！公主院又出事了，公子在对崔谕娘用刑！"

"什么？"雪如大惊失色，"皓祯不是说要去负荆请罪吗？难道他是去兴师问罪了！哎呀！皓祯的性子，就是太刚烈，这如何是好呀！我们快去公主院！"

袁忠便和雪如、秦妈匆匆赶去。就在附近的翩翩和皓祥，早已听到一切。

翩翩眼睛发亮地说：

"这回，好像又有好戏看了！"

"这个时候，咱们可不能缺席，快去瞧瞧！"皓祥和翩翩也追向公主院。

后院里，好戏已经上场。皓祯听到崔谕娘被烫得惨叫，心中更痛，想吟霜那娇嫩的皮肤，当时承受了多大的痛苦！见崔谕娘烫红的手臂，虽然已有不忍，但为吟霜感到的痛楚，还是让他拿起肉刷子，在崔谕娘眼前威吓道：

"你应该没想到，这么快就有现世报吧？你现在才知道痛，会不会太晚了？马上你也会知道'肉刷子'刷下去是什么滋味了！"愤恨地说，"你就痛死吧！"

皓祯心一横，肉刷子刷了下去。崔谕娘仰着身子，一声哀号：

"啊！老天啊……"就晕死过去。

兰馨身子瘫软在地，哭着喊着：

"皓祯！我输了，我输了！只要你住手，我什么都听你的，再也不跟丫头作对！"

此时寄南、灵儿赶到。寄南一惊大喊：

"皓祯！住手！"一招"右撞捶"，冲过来右掌握住皓祯拿肉刷子的手腕，抢走皓祯的肉刷子，"你不要冲动！"看了受伤的崔谕娘一眼，阻止皓祯："这一下，不死也要半条命，够了！够了！"

灵儿大快人心，火上浇油喊：

"这样哪够呀！还不及吟霜的伤呢。再烫！再刷！"

寄南大吼：

"裘儿，你闭嘴！你再胡说八道，我立刻把你赶出去！"转身对皓祯低语，"吟霜担心你，让我们过来看看，怕你做出傻事！你停手吧！"

即使寄南低语，还是被兰馨听到，脸色大变，大怒喊道：

"又是吟霜，一切都是那个贱人害的！如果没有她，怎会有今天这种局面，本公主做鬼都不会饶了她！"

皓祯再也忍无可忍，从寄南手里抢过肉刷子，对寄南喊：

"你听到了吧！她一点悔改之心都没有！你知道肉刷子只是其中一样，她对吟霜用了多少刑，简直让我毛骨悚然！你滚开，这是我的家务事，谁都不要拦我！"

皓祯就要动手，寄南大力地推开皓祯，一招"封手下式"，拦住皓祯去路，两人各不相让，扭打成一团。寄南边打边劝：

"是兄弟的话，就听我劝，就此停手，不要酿出大祸！"

"是真正兄弟的话，你就让开，让我收拾了这个老刁奴！"

两人正在拉拉扯扯地过招，雪如、秦妈、翩翩、皓祥等人有如疾风般赶到，雪如见院子里的刑具已然惊心动魄。又见皓祯和寄南抢着那肉刷子，皓祯气极，用力一脚踢开了寄南，寄南飞得老远，刚好摔到了皓祥面前。皓祥说风凉话：

"现在又是闹哪出啊？不是哥俩好吗，怎么在这儿打起来了？"

翩翩赶紧走到崔谕娘身边，看到崔谕娘惨状，心惊胆战，嚷着：

"哎呀！对一个宫中女官需要这么狠吗？伤了崔谕娘会不会连累全家呀？以为跟公主联姻，是袁家最大的福气，现在我看是大祸临头了！"望向雪如，"大姐，快救救崔谕娘吧！救救公主，也救救我们袁家吧！"

雪如看到崔谕娘伤势，气得脸色惨白，走向皓祯，给了皓祯一个巴掌，痛心地说：

"娘从来没有打过你，这是我给你的第一个巴掌！咱们袁家历代祖先，是多么敦厚善良，你怎么可以以暴制暴！你真的太让娘失望了！"

这一巴掌让皓祥、鲁超等袁家人震惊，公主院的人也愣住。

皓祯站稳身子，抛下肉刷子，涨红了眼眶，看着雪如，痛定思痛地说：

"是！我不该以暴制暴，你这一巴掌该打，我这一巴掌该挨！但是，这个世界是不公平的！有些心地善良、对每个人都心怀仁慈的人，却被各种酷刑折磨，如果我不以暴制暴，那些施暴的人，怎么知道暴力带来的痛苦有多深多大？她们会一再重复这些手段！只有让她们自己尝尝味道，下次施暴时才会手下留情！"

皓祯说完，掉头而去。寄南和灵儿，赶紧跟着去了。

皓祥低语：

"看样子，这个公主院，是我们家最热闹的地方，每日一打！明天不知道又有什么戏码？别把皇上惊动才好！"

雪如这才威严地喊道：

"鲁超！放掉崔谕娘，马上请大夫给她治伤！"

"是！"鲁超解开了崔谕娘的手铐，兰馨立刻奔上前去，抱住崔谕娘痛哭。

皓祯回到小小斋，平复了一下自己的情绪，才进入卧房，走到床边，俯头看着坐在床上的吟霜，柔声问道：

"吃过牛肉面了？气色好多了！手一定很痛吧？那个垫着沙袋打，绑着丝绸勒，拖着头发走，喝着墨水，木剑刺眼睛……还有多少酷刑你没告诉我？手上是外伤，身上还有没有内伤？你不能瞒我！"

吟霜抬头看着他，默默不语，眼里有着谴责的意味。皓祯迎视着她的眼光，说：

"你用这样的眼光看我，就像我娘给我那巴掌一样，是想让我惭愧后悔是吗？"

吟霜依旧不语，只是默默地看着他。

皓祯就在吟霜面前那张矮凳上坐下，深深看着吟霜，沉痛地说：

"昨晚，我几乎用了一夜的工夫，帮你清理伤口，那肉刷子刷过的每一条血痕，那烫熟的皮肤上每个水疱，我一面清理一面想，你一定被我治得痛死了，但是你从头到尾没有叫过痛！我不一样，我从头到尾都在痛！"

吟霜眼里涌上了泪，依旧不语。皓祯歉然地说：

"我没办法，我不是生在深山里、带着几分仙气的你，我是个凡人，为了我们的大业，也会作战杀敌！我没办法对敌人仁慈，昨晚，我整夜都在心里说，我要为你讨回公道！"

吟霜依旧不语，眼泪慢慢落下。

皓祯受不了了，大声说：

"好了！我错了！我不该以暴制暴！我认错，你不要这样子！你骂我！责备我！说我没有头脑，没有理性，甚至没有仁慈之心吧！"

吟霜一语不发，只是用受伤的双手，去圈住了皓祯的脖子。

皓祯动也不敢动，生怕伤到她，问：

"你做什么？别再碰伤了你的手！"

吟霜这才开口，深情地、幽幽地说道：

"好想紧紧地抱住你，治好你心上的伤口！我知道，那些伤口比我身上、手上的都多……我要那个有爱、有热情的皓祯，不要充满暴戾之气的你！这个时代，暴力已经太多，只有爱心，才能治国平天下！你的大业，不能牺牲在我身上，否则我才是罪孽深重！"说着说着，泪水落下。

皓祯眼眶红了，小心地、紧紧地抱住了她，哑声地、崇敬地说：

"你的几句话，让我变得好渺小！好！我把那个皓祯找回来，我以大局为重，我答应你！"

两人深情紧拥着。

兰馨和皓祯的风波，还没传进宫里。太子也好多天，没见到寄南和皓祯。

这天，皇上和太子骑在马背上，并辔而驰，两人马步都是缓缓的。邓勇带着卫士骑着马，远远保护着。皇上看着太子说：

"总算把你捅的这个大洞给压下去了！荣王最近流年不利，他的美女背叛他，他最好的兄弟方宰相的儿子也不通气，朕那'退火消气丸'不知道能不能帮他？"

太子不解地、诚挚地看着皇上问：

"父皇！荣王明明有图谋不轨之心，他的各种嚣张行为，都在挑战父皇的威权！为什么父皇不干脆把他拿下，一劳永逸呢？"

"唉！"皇上一叹，"朕只能看在眼里，放在心里！荣王是朕最大的隐忧，但是，他也是当初把朕送上皇位的人，如果朕动他，是不仁不义！何况他还是朕的亲家！"

"可是，他对父皇，已经不仁不义了！"太子着急，"许多证据，都指向他的不法行为！再这样包容下去，会危及本朝江山呀！"

"你以为朕不知道吗？"皇上沉痛地说，"但是，朕不能让本朝再有内乱，二十一年前，朕的太子大哥和宁王二哥，为了争夺王位，掀起一场腥风血雨的战争，百姓生灵涂炭，血流成河！兄弟二人也彼此残杀在终南山下。荣王趁机把朕送上皇位，四王同时拥戴。朕即位后，就立誓不让本朝再发生内乱，也不再发生骨肉相残的事！"

"父皇仁慈！"太子感动地说，"但是，如果内乱不可避免呢？如果荣王对父皇有叛逆之心呢？"真切地喊道："父皇！你对他不能不防呀！"

"朕知道，事实上，朕在多年前，把他封为左宰相的时候，就架空了他的军权！只要不给他军权，他就没有可用之兵！谋反最需要的是兵力！"

"原来，父皇心里都有数。"太子震动地说，"但是，即使没有兵权，他却在诬陷本朝的忠良，掏空本朝的根基……这样一天天下去，依旧危机四伏！"

皇上注视太子：

"是！朕知道，朕希望荣王只是因功高而嚣张，对朕依旧是忠心的！万一不是，那是朕最大的悲哀！虽然他没兵权，这些年来，他培养的势力已经太大！只要朕一动，有些拥有兵权的人会倒向他！立刻会发生一场腥风血雨的内战，伤害最大的还是百姓！他们经不起战乱呀！启望，你和寄南、皓祯，是三个绝顶聪明的人，或者你们可以化解这场危机！"

太子受宠若惊地说：

"我们三个？"苦笑，"父皇，那大魔头不除，我们都自身难保呢！"看着天空，思索起来，想到了木鸢，想到了天元通宝，想到皓祯、寄南说的那个斗笠怪客，想到很多在暗中帮助天元通宝的人，心里涌出一股信念。太子说道："虽然我们三个力量不大，但是还有比我们更高明的人……"看皇上，"父皇的苦衷，孩儿明白了！不论局势如何险恶，不能引起内战！孩儿谨记在心！"

"除恶才可以安良，所以除恶势在必行！"皇上说，"但是，如何除恶是个大难题！无辜的官员不能受累，无辜的百姓更不能受累。除恶如果除得不好，会遭到反噬！重要！重要！"顿了顿，又说："你上次说得很对，百姓是朕的活水，如果不是看在百姓分上，朕才不会帮着你圆谎，压下你的案子！"

太子深思着，忽然问道：

"可是，那东郊别府，怎么都快完工了？父皇把自己的私房钱都给了母后吗？那孩儿岂不是抢劫了父皇？"

皇上收起沉重的心情，忽然一笑，在太子耳边悄悄说道：

"皇后有一颗无价之宝的'蓝海翠'，被一颗假的掉包了，她的珠宝太多，她完全没发现！"

"啊？"太子大惊，"父皇你学我呀？"

"什么话？快来跑马！"皇上喊，马儿冲了出去，"希望我们担忧的事情，都能迎刃而解！快来！别浪费这片阳光和土地！"

"是！"太子振奋地应道，"启望遵命！"

太子急忙跟着飞马上前，父子二人，从来没有这样坦白交心过，两人都陷在感动的情绪里。皇上不时回头看太子，眼里充满宠爱。太子也不时回望皇上，眼里充满佩服。

四十二

崔谕娘躺在兰馨的床上，手伤已经治疗过，搁在棉被外，盖着白布。她额上冒汗，缓缓醒来，见到自己躺在兰馨床上，一震想起身，却弄痛了伤口。

"啊！好痛！"

兰馨带着浸过冷水的帕子，赶到床榻边：

"崔谕娘，你醒了？你别乱动，伤口让大夫治疗过了，不过你还在发烧，我帮你擦擦汗！"兰馨温柔地擦着崔谕娘的汗水。

崔谕娘悲从中来，流泪说：

"公主，奴婢怎么能躺在你的床上，怎么能让公主伺候奴婢呢？"

"现在不要和我讲究这些了，你为我受苦，我应该照顾你的！你别哭了，越哭，伤口一定越痛。"兰馨心疼流泪。

崔谕娘用没受伤的手，拉着兰馨擦汗的手：

"公主，你也别哭呀！你一哭，奴婢才会更痛的，为公主受点伤没事的，只是这些天恐怕不能照顾公主了！"

"没关系，只要你的伤快点好起来就够了！"兰馨下决心地说，"你今天受的罪，本公主一定会加倍讨回来！"

"公主，奴婢千思万想，还是觉得驸马爷，如果不是被狐妖迷惑了，就是被下蛊了！驸马爷这么不顾情面地报复咱们，恐怕也是狐妖指使的！"

"我也是这么想，越来越多迹象可以证明，白吟霜控制着整个袁家，如果袁家上下真的都被狐妖下蛊了，那我就更应该想办法拯救袁家！"兰馨说。

"是的是的！奴婢就是这么想。记得以前，宫里的大臣都称赞驸马爷温文儒雅，如今却变了性格，变得这么粗暴，这不就是狐妖所害吗？"

"如果白吟霜真是狐妖，那我们现在应该如何除妖呢？"兰馨担忧地问。

"公主请放心，只要知道祸根在哪里，就好办了！等奴婢的伤好了，再去找找除妖的办法，对了，听说道观里有会收妖的道长。"

"被你这么提醒，本公主是应该找机会去道观里一趟了！"兰馨深思着，继续帮崔谕娘擦汗，"可怜的崔谕娘！"

"可怜的公主！"崔谕娘轻喊，主仆情深彼此心疼着。

除了兰馨会同情崔谕娘，没有其他人会同情她。就连公主院里的宫女，眼见吟霜受过的各种酷刑，也没有人会同情崔谕娘。这些日子，将军府里发生的事，对每个人都是震撼。连粗枝大叶的灵儿，也受到深深的冲击。这天，她提着水桶走到井边，突然伸懒腰，找个地方坐下沉思发呆。寄南蹑手蹑脚地来到她身后想吓她，结果才想出手，就被灵儿先发制人，用石头往后抛，打到了额头。寄南捂着额头，哀叫一声：

"哎呀呀！疼死我了！疼死我了！"

灵儿转身面对寄南：

"想偷袭我，门儿都没有！"

"谁要偷袭你呀！只是想吓吓你而已，你怎么那么难相处啊！一点都不好玩！"

"哈！我裘儿是让你玩的吗？难相处的是你吧！一会儿骂我这个，一会儿嫌我那个，在你眼里，我就一无是处。"

"也没有这么严重！只是你的缺点比优点多了一点点！"寄南大刺刺地说。

"你看，你就没有一句好话！"灵儿一叹坐下，"算了！反正我又不会和你过一辈子，等我找到好的人，我就成亲去！再也不用看你脸色了！"

寄南紧张起来，坐到灵儿身边：

"什么找到好的人？"小声地问，"你想嫁人了？"

"我毕竟是姑娘家呀！不嫁人要干吗？"灵儿嘟着嘴，望着天空，羡慕地说，"尤其看到皓祯对吟霜那么温柔、深情、体贴！你看，吟霜一句话都不说，就让皓祯投降了！那种感情……真的让人太羡慕！皓祯真是个好男人！"

灵儿正说得陶醉，寄南随手拿起地上的竹棍，敲了灵儿一记脑门。

"你呀！省省吧！要想遇到皓祯这种痴情汉，你得先去修八辈子的福！人家吟霜人如其名，清丽脱俗，温婉可人，而且还是一个神医。"寄南嫌弃地说，"你呢，什么都不会，就是一个男人婆！"

灵儿起身，生气地说：

"男人婆怎么了？男人婆就遇不到好男人吗？"

寄南跟着起身：

"男人婆当然也可以遇到好男人啰！不过这个好男人他必须是你的克星，把你治得服服帖帖才行！"贼笑地说，"嘿嘿，譬如……本王爷！"

灵儿嗤之以鼻，大笑：

"哈哈哈！你是我的克星我相信，但是你绝对不是好男人！而且就算天下好男人都死光光了，我也不会看上你！"

寄南自信地扬着下巴：

"是吗？话不要说得太早！不要哪一天对本王爷死缠烂打！"

灵儿对着寄南的肚子就捶了一拳，不屑地说：

"我要是看上你，就在长安城大街，打滚个三天三夜！"

"好！君子一言，驷马难追！"

灵儿和寄南拳头对拳头一击，两人各不服气，挑衅地笑着。

接下来，是一段养伤期，青萝在太子府养伤。吟霜在小小斋养伤。崔谕娘在公主院养伤。寄南、灵儿虽然都没伤，为了陪吟霜和皓祯，也为了逃避那让他们头痛的宰相府，就在将军府暂时住下。这段时间，倒也安静。至于伍震荣，大概被黄金劫案气炸了，正在苦思下面的行动。皇上赐的"退火消气丸"，也不知道他吃了没有？

这天，吟霜的伤势已经好了大半，双手只有小包扎。皓祯牵着吟霜的手，来到柏凯、雪如面前。皓祯就恭敬地说道：

"爹！娘！我知道最近我让你们操心极了！许多想说的话，每次都说不完整！常常说着说着就说岔了，让爹生气，今晚，我带着吟霜来，特地向爹娘请罪！"

皓祯说着，就和吟霜一起跪下磕头行大礼。雪如一惊问：

"怎么了？怎么了？有话坐着说，干吗这样呢？"有点歉然地看着皓祯说，"皓祯，那天娘打了你，实在是……"

"娘！别说了！皓祯应该挨打！后来吟霜用更严重的方法教训了我！"

"是吗？"雪如问，深深看向吟霜。

柏凯看着二人，一叹说道：

"吟霜不是大病刚好吗？别跪了！快让她坐下！"

"将军，夫人！"吟霜虔诚地说道，"这一跪是我早就想做的，只是进府以后，发生了太多事，让我都措手不及，结果该做的都没做，反而让很多谎言来包裹谎言！造成将军府和公主院许多纠纷，都是吟霜拿捏不好分寸的缘故，吟霜错了！请两位原谅我！"吟霜说完，就再磕下头去。

吟霜一磕头，皓祯也跟着磕头。

柏凯和雪如震动着。皓祯就接着说：

"很多事情，不能怪吟霜，认识她，也有很多状况，但最主要的是因为伍项魁要强抢吟霜去当小妾，被我和寄南拦阻，也就是在东市大打出手那天！后来又发生很多事，让我对吟霜就这样从怜惜到敬佩，再也难舍难分！这份感情，爹娘或者不能体会，但是，它就是发生了！强烈到让我无法抗拒！"

"将军，夫人！"吟霜又接着说，"我爹和我娘，是隐居在深山里的一对神仙伴侣，他们都是采药制药的大夫，我在深山里长大！我娘临终遗言，要我爹带我到城市里来，不愿我在深山中孤独一生。为了我，我和我爹才来到长安，也因此认识了皓祯！现在我爹也去世了，我在这世间，只有皓祯了！"

柏凯看着吟霜，不知为何，被她深深撼动了，一股怜惜之情，把他紧紧攫住了。

"哦！原来你已经没有爹娘，是在深山里长大的女子！"

"自从认识皓祯，我才领略我娘的用意！虽然这番认识，让我也吃了很多苦，可是，我真的非常非常感谢我娘，让我来到长安，让我能够有机会认识皓祯！我更加感谢将军和夫人，养育了这么优秀的皓祯，让我甘心为他付出一切！就算那肉刷子刷着我的手臂，我想着皓祯，就什么痛苦都不苦了！"

柏凯看着吟霜那真挚的眼神，感动了。

"我明白了！你还是坐着说话吧！"

"不！让我跪着说完！"吟霜坚持地说，"我虽然在深山里长大，也念了一点书，知道什么是忠臣，什么是烈女！我这一生，已经跟定了皓祯，永远不会后悔！我不在乎名分地位，也不想和公主争宠，唯一的愿望，是将军和夫人承认我！让我当皓祯的小妾吧！"

皓祯一惊，急忙看吟霜，喊道：

"吟霜！不是这样的，我们来，是要爹娘承认我们的婚姻，你不是小妾，是我的原配啊！"

"不要让你爹娘为难了！"吟霜诚恳地说，"公主是你吹吹打打娶进门的，怎能反悔？何况她是公主呀！如果让我当个小妾，我已经谢天谢地了！"就再度磕下头去："请将军和夫人成全！"磕完头，又跪着转向皓祯说："皓祯，我也给你磕个头，请你再也不要为我，和你的爹娘争吵，和公主作战！"就对皓祯磕下头去。

皓祯急忙用手一拦，吟霜依旧头点地，再抬起头来，已经热泪盈眶了。皓祯又着急又心痛地抓住吟霜双手，喊了出来：

"吟霜！不要为我爱得这么卑微！"

吟霜落泪说道：

"宁可有你而爱得卑微，不想没有你而活得高贵！"

雪如听着看着，内心翻翻滚滚，都是对两人的同情和爱，不知不觉，满脸的泪水。她就走上前来，对吟霜说道：

"你不要左一个将军、右一个夫人，改口吧！你应该称呼我们爹娘了！"

吟霜满脸发光地问：

"我可以吗？"

柏凯咳了两声，喉中哽住了，一迭连声地说：

"你可以！你可以！你可以！"

于是，吟霜再度对柏凯和雪如磕头，用恭敬、感激、充满亲情的声音喊：

"爹！娘！谢谢你们接纳了吟霜！"

雪如一抱，就把吟霜紧紧抱进了怀里，说不出来有多么疼爱。

皓祯看着，眼眶湿了。

这真是将军府里的大消息，翩翩在皓祥房里，青儿、翠儿忙着给翩翩上茶。

"想不到！皓祯居然搞出外室这一套呀！"翩翩不敢相信地说。

"你以为他就多清高啊！"皓祥幸灾乐祸，"男人不都一样吗？你以后别老骂我收青儿、翠儿的事情了！我比起皓祯，光明正大多了！"

青儿、翠儿交换着卑微的眼光，静静侍候不语。

"这下子，公主那头怎么解释呀！难怪公主对吟霜这么恨之入骨！"翩翩说。

"所以我们后头，还有很多好戏看。皓祯有外室，还仗势欺人对崔谕娘用刑，这要是传到皇宫里去，皓祯就要吃不了兜着走了！"皓祥笑。

"可是公主那头怎么静悄悄的，也没见从宫里召太医来给崔谕娘治伤，难道她不打算向皇上告状吗？"

"八成公主还有什么顾忌吧！"

"事情都闹成这样了，难不成公主还想袒护皓祯，不让皇上知道？"翩翩不解。

"说不定是爹施压，不让公主说呢！"皓祥一想，阴险地说，"公主不说，咱们可以帮公主出头，把公主在这儿受的委屈，传到宫里去啊！"

"话是没错，但是如果皇上真怪罪下来，咱们还是将军府的一分子，能逃过这个劫难吗？"翩翩顾忌地说。

"咱们帮公主出气，公主一定会帮咱们母子说话的！公主在我们袁家等于被孤立了，她现在急需要盟友，我相信只要拉拢好公主这条线，咱们就能夺回我在袁家失去的一切！"

翩翩同意地笑着。

这晚的月亮特别明亮。被柏凯和雪如正式承认的吟霜，快乐得无以复加。在那小小斋的院子里，皓祯、吟霜、寄南、灵儿聚在院中赏月。小乐、香绮侍候着。吟霜抬头喊：

"大家快看，今晚的月亮好美！"

大家抬头看月亮。皓祯说道：

"真的！今晚的月亮特别亮，所以星星都变少了！这就是'月明星稀'的道理！"

"我爹以前告诉我，星星并没有变少，只是月亮太亮，星星那小小的光点，就被月亮的光遮住了！"吟霜笑着说。

"是吗？你爹一定常常对着夜空研究吧！"寄南惊奇地说。

"是！那时我们一起赏月，一起看星星，很幸福的！"忽然大叫，"有流星！哎呀，又有一颗！"

大家站住看天空，只见一阵流星雨闪过天空。灵儿说：

"今夜的天空好热闹，像是在为我们庆祝什么！"

"当然啦！"寄南说，"吟霜在袁家的地位，总算从丫头升级了！"

"不够不够！"皓祯和灵儿异口同声，"要升到原配才算！"

因为这样的异口同声，大家都笑了。吟霜忽然说道：

"皓祯，我突然觉得我的推拿功夫回来了！刚刚我好像自然而然地可以运气了！我想拆开包扎看看伤口有没有变好，不过那疤痕很丑，你不要嫌我！"

"是吗？"皓祯惊喜地说，"赶快让我拆开看看！我每天帮你换药，什么时候在乎过你的疤痕？那每条疤痕，都记录着你对我的付出，是世上最美丽的记录！"

皓祯说着，已经解开了吟霜左手的包扎，香绮也解开了右手。

吟霜的两只手，真的复原得很好，伤疤都变淡了。吟霜惊喜地喊：

"好了！伤口都已经愈合！疤痕也不丑！相信很快都会痊愈了！"

"太好了，你的治病功夫又回来了！"灵儿笑着叫，"那你看能不能继续给自己运气，不留下疤痕！"

"留下疤痕才好，那是皓祯说的，世上最美丽的记录！"吟霜笑着喊。

皓祯大喜，抱着吟霜就在小院里转。皓祯转着，笑着喊：

"那记录留在我心里就好，你继续擦你爹留下的神药，疤痕一定会慢慢淡化消失的，你身上最好不要再有疤痕！"

"哎呀，我怎么想哭呢！"灵儿感动已极，居然流泪了，"吟霜和皓祯又记上感人的一篇了，唉！怎么天下好男人都有主了呢？"找不到东西擦眼泪："我什么时候，也可以有人对我这么好呢？"

寄南伸出衣袖给灵儿：

"我的袖子借你用吧！"斜眼看着灵儿批评，"一把鼻涕一把泪的，丑死了！"

灵儿就真的抓着寄南的衣袖，大咧咧地擦泪和大声地擤鼻涕。寄南傻眼。

吟霜痊愈了。寄南和灵儿必须回到宰相府去接受管训，奇怪的是，这些日子，汉阳和宰相府，都没派人来召寄南和灵儿。或者，汉阳在努力找寻杀掉祝家十口的幕后凶手，也或者，他在拼命找寻黄金劫案中的金子下落。无论如何，这天，寄南和灵儿决定自动回宰相府，他们还有他们的任务！在将军府门口，他们四个依依惜别。小乐拉着两匹马站在一旁。寄南感叹道：

"苦命的我，又要回到那个宰相府去受管束！在你们这儿，虽然够惊心动魄，但是也有笑有泪，回到那边，寂寞啊寂寞！"

灵儿瞪他一眼：

"你这人喊寂寞，简直是笑话！"

寄南回瞪她一眼：

"我为什么不能喊寂寞？你以为我有了你就不寂寞了？"

灵儿打他一下：

"什么叫有了我？你只是假主子，我是假小厮，你别弄不清状况！"

"好了好了！"皓祯急忙说，"你们赶快走吧！要不然又吵不完了！"

"我们帮了那么多忙，现在就要赶我们走！"灵儿埋怨，"好吧！走了！吟霜，你不许再把自己弄出伤口来，知道了吗？"

吟霜笑着说：

"是的！裘儿，小的遵命！"

"哈哈！"寄南大笑，"看到吟霜也会开玩笑，真是人生一乐也！"

"岂止人生一乐也，真是皓祯之福也！"皓祯也笑了。

寄南和灵儿就跳上马背，挥手而去。

吟霜和皓祯回到庭院，小乐跟随。皓祯忽然说道：

"让小乐陪你回去，我要去公主院一趟！"

吟霜一惊，看看皓祯的神色，问：

"你去……吵架还是讲和？"

皓祯正色地说道：

"你放心，我绝对不是去吵架！那晚，你对我爹娘说，你用了很多谎言来包裹谎言，结果造成了许多纠纷！那晚你为了我，爱得那么卑微，让我也想做一件事，最起码，让我为了你，爱得'强大'一点！"

"怎样强大一点？你确实应该去面对公主了，但是，这'强大'两个字，我还是不了解！"吟霜狐疑地问。

"放心吧！我必须去面对她，是不是？"

"答应我，不会跟她再闹得天翻地覆！"吟霜不放心地说。

"我答应你！"

皓祯就向公主院走去。吟霜有点不安地目送着。

皓祯到了公主院，宫女们就惊喜地大喊着通报：

"驸马爷到！"

大厅里的兰馨一怔，崔谕娘一惊。宫女们赶紧为皓祯打开大厅的门。皓祯就从容不迫地走进大厅，看着兰馨和崔谕娘。崔谕娘手臂还小小包扎着。

"崔谕娘的手，应该也好得差不多了吧？"皓祯说，"那天那个肉刷子，我已经手下留情了，是轻轻刷下去的，不像你们对付吟霜那样用力！"

崔谕娘吓得发抖，赶紧请安：

"驸马爷金安！奴婢已经快要痊愈了！谢谢驸马爷手下留情！"

兰馨不敢再对皓祯凶，有点小心翼翼地看着皓祯：

"怎么今天有空过来？坐下吧！"回头对宫女喊道："沏茶！驸马爷爱喝龙井，别给我沏了香片来！"

"我不坐！特地过来跟你讲几句真心话，讲完我就走！"

"真心话？"兰馨困惑地看着他。

"是！我要对你招认一些我的过错，有些事，我确实对不起你！"皓祯坦白地说。

兰馨惊奇，却有意外地期待：

"什么你的过错？你来道歉的吗？"

"是！我来道歉！"

兰馨睫毛一垂，柔声地说道：

"别说道歉，我也有好多错，我们都一笔勾销吧！"

"等我说完，我们再一笔勾销！"

"好！那……你说！"

皓祯吸口气，定定地看着她，清清楚楚地说：

"自从你嫁进来，我一直在骗你！第一，我没有恐女症，那是我瞎编的病名！"

"但是你怎么会断气呢？"兰馨惊诧。

"那也是骗你的！我只是假死，不是真死，吟霜有解药，吃了就会好！"

兰馨睁大眼睛看着他。

"还有呢？"

"我一直没有跟你圆房，每晚有各种状况，都是骗你的！因为我不想跟你圆房，也不能跟你圆房！"

兰馨开始憋着气，努力地压抑着。

"为什么不想？为什么不能？"

"就为了吟霜！她不是我家的丫头，她是我的妻子！在今年四月十五日，我们举行了婚礼！寄南也参加了那个婚礼！如果我跟你圆房，我太对不起吟霜，也太对不起你！只要不圆房，你还是玉洁冰清的，这婚姻你可以请你母后做主废掉！如果圆房了，等于是我占了你的便宜！"

兰馨开始重重地呼吸，声音陡然提高了：

"你来告诉我，这婚姻是一个骗局？你早就有了老婆，再来娶我？你犯了欺君大罪？你家所有人，都联合起来骗我的吗？"

"希望你冷静，这事是我的错！"皓祯说，"我和吟霜的婚姻，我爹娘也是最近才知道！整个故事太长，我想你也没有耐心听！总之，我不想继续生活在谎言里！我的真爱只有一个，就是吟霜！为了她，我不能接受任何其他的女人，请你原谅！"

这一下，兰馨气得鼻子里都要冒烟了，大声嚷道：

"你来道歉？告诉我从头到现在，你都不想要我，你要的是吟霜？你娶我是个骗局？"

皓祯一本正经地回答：

"娶你不是骗局，是错误！当时皇上要赐婚，我也抗拒过！

我也努力逃避过！太子和寄南包括我，都明示暗示过你，你却坚持你自己相信的事！我还是可以拒婚，但是，我不巧也是护国保李的一员，在大局为重下，不敢抗旨！当婚事一步步逼近，才体会到不能这么做，可是已经晚了，于是，一步错，步步错！"

皓祯这篇坦白的话，兰馨里子、面子全没有了！不只没有，还有更深的伤痛！这个她看上的驸马，原来从来就没有喜欢过她！她大怒之余，眼睛冒着火焰，吼道：

"反正！你今天来，就是要告诉我，你只喜欢那个狐狸精，不喜欢我！所以不跟我圆房，还编出一个'恐女症'来糊弄我？你这个混账东西！你这个骗子！你这个不要脸的混蛋……"

就在这时，宫女端了茶出来，战战兢兢地，不知道要放在哪儿。

兰馨拿起一杯热茶，就对皓祯脸上一泼。

皓祯没有防备，被泼了一头一脸的茶水和茶叶。皓祯一愣，第二杯茶连带杯子盖子，迎面而来。兰馨狂叫：

"我打死你这个驸马！你这个骗子，这个混账！这个人面兽心的禽兽……"一面大叫，一面把一盏盏茶杯茶盖都砸向皓祯。

皓祯闪躲着，还想和兰馨讲道理，兰馨哪里肯听。茶杯都砸完了，兰馨开始抓住什么东西就砸什么东西，一时之间，房里乒乒乓乓，各种摆设、花瓶、文房四宝、卷轴……都飞向皓祯。

就在这一片混乱之中，不放心的吟霜拉着雪如，赶来看看皓祯如何"强大"一点？兰馨正砸得起劲，皓祯已经被泼了满身水，地上一堆破片，兰馨抓起一个大花瓶，疯狂地砸了过来，正好对着雪如迎面而来，吟霜大惊，毫不迟疑地把雪如一把抱住，用身体保护着雪如。这个花瓶就狠狠地砸到吟霜的后背，落地碎裂，皓祯、雪如都大惊失色。

皓祯飞扑到吟霜身边，摸着吟霜的背部，急问：

"吟霜……那么重的花瓶，你有没有受伤？你在公主院受的伤还不够吗？为什么还要来这儿？"气极了，转身对兰馨大骂："我好言好语来对你说个明白，诚心向你道歉，你居然如此疯狂，你还有没有一点风度？"

吟霜还想缓和气氛，急呼：

"我没事！我没事！皓祯你别生气……"

雪如没料到一进门，就有个大花瓶对自己飞来，吓得一身冷汗，在慌乱中，被吟霜抱住挡了这一砸，心惊胆战之后，对兰馨忍无可忍地骂道：

"兰馨，就算皓祯有什么错，今天你在我眼里也只是一个儿媳妇，不是公主，你居然拿着东西就想往我身上砸！你眼里还有尊长吗？我今天就用我们袁家的家规处置你，"大吼，"跪下！"

兰馨看雪如和皓祯一面倒地护着吟霜，恼羞成怒，怒发如狂，指着雪如大吼：

"我是公主，我凭什么要在袁家下跪。你们全家联合起来欺骗我又欺负我！"怒瞪吟霜，见她又及时地救了雪如，不禁崩溃恐惧地大喊，"我知道……都是你这个妖怪！你是妖怪！你是白狐！将军府里的人都被你附身了！你用妖法跟本公主作对！"哭喊着："袁家有妖怪！崔谕娘，我们赶快回宫！赶快回宫！"

四十三

公主大喊着要回宫，皓祯也没安抚，带着雪如、吟霜就径自回到将军府。在大厅中，吟霜焦虑地对雪如说：

"娘，我们就这样眼睁睁让公主回宫去吗？"着急转向皓祯，"皓祯，快去阻止呀！趁事情还没有闹大，快留住公主吧！"

"不用管公主了！"雪如气愤难平，"就看兰馨刚刚那种气焰，连我这婆婆的话都不听，咱们将军府还能留得住她吗？"关切地看吟霜，担心地问："吟霜，倒是你，真的没有被她砸伤吗？"

"我没有什么伤……"吟霜着急，"公主这么生气喊着回宫，咱们将军府担待得起吗？我们快想办法呀！"

雪如无奈摇头：

"这公主也真是太疯狂！生气乱砸东西也就算了！还说吟霜是妖怪？是白狐？她是不是疯了？这话能乱说的吗？"

"兰馨是忌妒加疑心病作祟，看吟霜弱不禁风好欺负，口无遮拦！"皓祯心灰意冷地说，"跟她讲道理完全没用！她爱上哪儿，就让她走好了！"

雪如突然一惊抬头，严肃地看着两人：

"听说朝廷正在调查几件巫术的案子！现在公主闹脾气回宫，骂吟霜是狐妖，不知道会不会对皇上胡说八道，把吟霜当巫医，奏吟霜一本，那可不妙啊！这一点我们要提防才是！"

"最好兰馨是回去自省、忏悔，而不是胡说八道！娘，别多想了，咱们'树正不怕月影斜'！要是有对吟霜乱七八糟的传言，到时候我们见招拆招！"皓祯有力地说。

雪如就用双手握住吟霜的双手，挚爱地说道：

"吟霜啊！刚刚多亏你护着娘，否则现在躺在床上的肯定是我了。"爱惜地说，"皓祯也告诉过我不少你神医救人的故事，知道你的事情越多，越是打心里喜欢你！你一定要好好保护自己，再也不能像上次那样，弄得遍体鳞伤了！"

吟霜太感动了，深深看着雪如说道：

"是！吟霜遵命！"

雪如就抬头看着皓祯说：

"你不是嫌这小小斋委屈了吟霜吗？现在就依你，把你卧房后面那一进独立的'画梅轩'，拨给你们住吧！"

皓祯大喜，顿时眉开眼笑，说道：

"谢谢娘！这表示……"

"当然表示吟霜不是丫头，是你的人，是我的儿媳妇……"再凝视了吟霜一会儿，"你要忍耐公主，那是无可奈何的事，你……算是皓祯的如夫人吧！"

吟霜低下头，心中大喜，含羞地笑着。皓祯伸手，悄悄地紧握她的手，她想挣开，皓祯用力握住。她就不再挣扎，一任他紧紧握住。

一棵梅花树，傲然挺立，枝丫覆盖着半个庭院。粗壮结实的树干，向天空伸展，散开的树枝，也枝枝茁壮。树干上，有多年以来留下的树疖，每个疖都在诉说着不同时代的故事。现在是夏天，没有梅花，但是叶子却茂密地生长着，一丛丛如伞、如盖、如罩、如亭……半倾斜地遮住庭院，像是个绿巨人伸开的手掌，在保护着画梅轩。

皓祯和吟霜牵手奔到梅花树下。吟霜仰头看着那棵大树，惊喜至极，喊道：

"梅花树！这么巨大的一棵梅花树！怪不得这儿叫画梅轩！你怎么从来没有带我到这儿来，让我看看这棵梅花树呢？"

皓祯也仰头看着：

"这棵梅花树已经有几百岁了！是我们袁家的吉祥树！当初你进府，我就想让你住进画梅轩，因为你是带着梅花嫁进来的！除了你，谁更有资格住画梅轩呢？但是，娘把你安排到小小斋，我觉得委屈了你，心里很不舒服，也不愿让你看到这棵梅花树！现在，你终于住进来了，这棵梅花树像是我俩的象征，你今天看到才有惊喜！是不是？"

"如果我永远没法住进画梅轩，你也不让我看吗？"

"我知道你迟早会住进画梅轩！"皓祯肯定地说，"等到冬天，当梅花盛开的季节，这棵树会开满花儿！那时，你才知道这棵树的壮观！"凝视着她："你喜欢吗？"

"喜欢吗？太喜欢了！"吟霜笑着，"我带着梅花来到人间，找到了我的梅花树，还住进一个名叫'画梅轩'的小院，院子里有棵几百年的梅花树……这一切是天定的吗？我真怕这只是一个梦！"

"别对着那棵梅花树发呆了！快进来看看这几间房间！"

皓祯和吟霜快乐地从梅花树下，牵手奔进大厅中。

小乐、香绮、鲁超、袁忠带着丫头仆人们，正帮着吟霜搬入新居。大厅里忙忙碌碌，小乐一面搬东西，一面笑着：

"哈哈哈哈！终于搬到大房子了，以后我小乐也有房间了！香绮，你也有哦！"

"你小心一点，小姐那些最重要的药罐药材我来搬，你不要动，粗手粗脚等会儿给砸了！"香绮笑着叮嘱小乐。

"重的东西你们都不要动，我带人搬！"鲁超开心地搬着东西，"这下，吟霜姑娘才住进了该住的地方！"

秦妈和袁忠也来帮忙，大家忙忙碌碌，穿梭进出，搬着东西。皓祯紧握着吟霜的手，看着大家搬东西。吟霜已经扫视了这一进房子，大厅考究而充满书香，四壁都悬挂着名画，矮桌矮榻矮几全部配套，一色紫檀木。吟霜这才知道当初那乡间小屋，是依照什么装修的。除了大厅，里面有书房、卧房、客房、仆人丫头房一应俱全。皓祯说：

"吟霜，这也只是给你暂时住住！我们一步步来，总要让你住到更好的地方，我才能安心！"

"还要再搬？我才不要！"吟霜笑着说，"我太喜欢这个院子！这就是我梦寐以求的家！我的画梅轩，我的梅花树，我再也不要搬家了！"

皓祯深情地看着吟霜，珍惜地说道：

"希望我们苦尽甘来！以后只有幸福，再也没有灾难了！"

吟霜依偎在皓祯怀里，满足到无以复加。小乐、香绮看着两人依偎的情形，都欣慰着。袁忠在院子里，对鲁超悄悄说道：

"我们在这儿搬家，公主好像已经带着崔谕娘和宫女们回宫了！"

"那才好呀！"鲁超说，"要不然那公主可能又要来大闹画梅轩！今晚，公子和吟霜姑娘，总算可以好好过一个安静的晚上了！"

兰馨回宫，柏凯正好出门，等到柏凯回到将军府，才着急地看着大家，问道：

"听说公主急急回宫，连跟我们通报一声都没有！这到底是怎么回事？"

"爹，还能怎么回事？"皓祥幸灾乐祸地说，"自从公主嫁到将军府，发生了多少稀奇古怪的事，爹和大娘，应该也看到、听到了！崔谕娘都被我们家用了刑，那公主还能住下去吗？这会儿，肯定在和皇后皇上告状，我们将军府眼看大难临头了！"

柏凯怒瞪皓祥：

"什么大难临头？你能不能说点好听的？"

皓祯一步上前说道：

"爹，将军府留不住公主，当然是我的责任！几句坦白的'真心话'逼走了公主，这样也好，让公主回宫仔细想想！可能是福不是祸呢！将军府里，也落得清静！"

"不过公主院那边，传言纷纷……"翩翩添油加醋地说，"宫女们走的时候，都言之凿凿，个个说吟霜会妖术，把我们将军府的人都迷惑了！现在吟霜本人也在这儿，是不是需要跟大家说说清楚！到底她怎样吓走了公主？"

"二娘不要乱说！吟霜如果会妖术，还会让自己被肉刷子、大铁锤伤得那么惨吗？听说她被铐住用刑的时候，也有很多人亲眼目睹，她怎么没有挣脱手铐逃走呢？怎么没有用妖术反击呢？"皓祯急于保护吟霜。

雪如看了吟霜一眼，排众而出：

"唉！那公主好凶啊！拿着东西连我也乱砸一气，是我教训了她几句，她就大惊小怪喊有鬼、有妖怪！"

"是吗？"柏凯疑惑地看着吟霜，郑重地问，"吟霜，你怎么说呢？"

"爹！"吟霜诚挚地回答，"吟霜只有一句话，'问心无愧'！"

"嗯，这句话有千钧之重呀！"柏凯点头，做出结论，"好了，有吟霜这句话，我们就别跟着公主起哄，过几天，等到公主气消了，皓祯再去把她接回来就是了！"

"接回来？"皓祯一挺胸，"我不要！好不容易把她送走了，还接回来干吗？"

"你不要？"皓祥对皓祯一瞪眼，"将军府不是你一个人的，我和我娘，虽然在这个家里没有地位，好歹也是一分子，我们不能因为你这位大公子宠爱小妾、赶走公主，就跟着你们倒霉！"

"好了好了！"柏凯威严地说道，"这事我会看着办！看看皇上和皇后的反应再说吧！"眼光严厉地转向皓祥："你如果那么怕在将军府会倒霉，会大难临头，你不如带着你娘和你的小妾，避难去吧！"

皓祥差点没气得一口鲜血吐出来。翩翩拉拉皓祥的衣服，暗示他别再说话。

就这样，兰馨离开了将军府，回到了皇宫。在皇上的寝宫里，兰馨当然对皇上和皇后告了状，这些告状的内容，是能说的说，不能说的绝口不说。皇后听到这些"片面之词"，怒不可遏，喊着说：

"什么？已经有外室了？还接到家里？又对崔谕娘用刑？这个袁皓祯，真是胆大包天！一开始，本宫就觉得将军府不是一门好亲事！"说到兰馨痛处，瞄一眼兰馨停嘴，却又高傲地叹息："唉！这就是女大不中留，吃苦后又回头！早知如此，何必当初！"

"母后还想在女儿的伤口上撒盐是吗？"兰馨崩溃流泪，"这个时候，高高在上的皇后，你就不能当一会儿好母亲，安慰安慰你的女儿，抚平你女儿的伤痛吗？"

皇后被说得刺痛，确实也对兰馨起了恻隐之心，摇头一叹。

皇上对这闺阁中事，实在头痛，忍不住插嘴：

"唉！兰馨呀，其实你也想得太多了！男子汉大丈夫，有个三妻四妾极为平常，以皓祯的年纪，房中早就有人也是常情，这有什么好小题大做的呢？"

兰馨擦干眼泪，强硬地说：

"别的男人三妻四妾，那是别人的事！在我兰馨公主的婚姻里，就是不容许有第二个女人分享我的丈夫！何况他们袁家从上到下，整个家庭联合起来欺骗本公主，父皇，您还觉得是女儿小题大做吗？"

"隐瞒你，也可能就是畏于你的身份，你不要太霸道了！"皇上说，"既然嫁进皓祯家，就应该迁就皓祯才是！"

"还要我迁就皓祯？"兰馨惊愕，"父皇，你完全不为我的身份和自尊着想吗？"

"皓祯是朕器重的臣子，将来他一定大有作为！他也是你坚持选的驸马，即使他让你受了委屈，是个大度的女子，就要以和为贵！"皇上不是偏袒皓祯，因为他自己后宫多佳丽，对于皓祯房里已有女子，根本不认为是什么大事。

兰馨气得发晕，皇后一步上前说道：

"皇上，再怎么说兰馨贵为公主，可不是平民小老百姓，就算要纳妾，也要通过兰馨这一关才是！兰馨才嫁过去多久，就闹出这种事情！"严厉地说，"这一定要严办！不能轻易地饶过袁家！"

"唉！"皇上烦恼地说，"做人道理是劝和不劝离的，皇后你……怎么能火上浇油呢？兰馨，不许胡闹，快回将军府去！一定是你太骄纵了！"

兰馨惊恐，大喊：

"不！我绝对不回去！那个家有鬼！那个白吟霜就是狐妖变的，就是她把皓祯迷得团团转，不惜与我恩断义绝！父皇一定要帮女儿做主！"

皇上不以为然，摇头说道：

"狐妖鬼怪都是人编出来的！世间哪里会有什么狐妖鬼怪？

你不要跟着那些无知的人胡言乱语！"

"女儿说的都是真的！"兰馨急切地说，"那个白吟霜，不管我怎么欺负她，怎么对她用刑，她居然都能安然无恙……"

皇上大惊打断：

"什么？你对她用刑？"着急，"你怎可仗势欺人？哪儿来的刑具？朕正在用人之际，你居然为了皓祯的小妾，闹到离家出走！你知道皓祯对于朕，多么重要吗？"

崔谕娘一急，对着皇上下跪，全身发抖，说话也颤抖着：

"皇上皇后，千真万确，公主说的句句实言，那个白吟霜长得就是狐媚样，她肯定就是狐妖所变，才有办法关关难过关关过啊！"

"咦！"皇上又一惊，"什么'关关难过关关过'"？对兰馨一板脸，"你处处刁难人家是吧？你这脾气难怪会惹得皓祯不高兴，你也应当自省！"

"父皇！袁家上下一定都是被白吟霜下蛊了，否则他们不可能全家都向着她！连窦寄南也向着她！窦寄南的小厮也向着她！"

皇后一听与寄南相关，立刻眼中冒火，尖锐地说道：

"窦寄南也认识这个妖女？皇上，您可还记得，臣妾曾向皇上提过，要小心身边那些亲王试图谋反，勾结奇人巫术作法，扰乱长安城安宁的事情吗？那么这个袁家的白吟霜，会不会就是会作法的女巫？"

"好啦！"皇上一怒，"这种没有根据的事情，不许再胡说了！你们母女俩也不许再危言耸听！还把寄南也拖下水，寄南虽然放荡不羁，却是个好男儿，朕信得过他！"呼口气，转向兰馨安慰道，"父皇是你的亲爹，有必要告诉你一个道理，所谓夫妻就是，即使大吵一架走出门，最后还是会提着一块肉回家，这个就是真正的夫妻！"

"什么？"兰馨不可思议地喊，"难道在皓祯那样欺骗我、侮辱我之后，我还要带着金银珠宝回去讨好他？"

"没错！如果你还要这个婚姻、还喜欢着皓祯的话，你就必须回去经营好你的婚姻！"皇上疲惫地说，"唉！朕累了！你自己好好想想，既然回宫，就当作回来探望父皇母后，没事就快回婆家去，好好伺候公婆，尊敬自己的夫婿，不可以再任性！"

兰馨哑口无言，泄气沮丧，崔谕娘无奈地扶着兰馨，回出嫁前的寝宫住下。

这口气，皇上不帮兰馨，那么伍震荣呢？皇上最近对伍震荣也有诸多不满，自从皇上警告过她之后，她和伍震荣也保持过一段距离，现在，事情接二连三发生，她也顾不得避嫌，在密室里大大地批判了伍震荣：

"荣王！你这段日子干了些什么好事？把太子弄进太府寺，除了让太子被金液烫了点小伤之外，什么成绩也没有！卖官让他占了便宜，我那大笔的金子也丢了！到底是你在算计太子，还是太子在算计你？"

"皇后别气，太子帮这群人，迟早会被我消灭的！你等着瞧，下官还有一个大计划正要进行！你想我荣王是何等人物，怎可能让太子安枕无忧？不过棋要一步一步地走，或者是下官太急躁……除了太子，还有和太子帮联手的四王！"说着眼神一变，

"兰馨公主怎么回宫了？听说还被皓祯给欺负了？这事是真是假？"

"别提兰馨了！提到她，本宫更是一肚子气！"

"最近被太子的事闹得乌烟瘴气，都没空关心兰馨公主！难道那袁皓祯不但帮着太子，还敢惹恼兰馨公主不成？他不想活了？"

皇后这才把兰馨的那些"片面之词"说了个大概。话没说完，伍震荣就气急败坏，急急说道：

"皇后！让下官陪着您，去安慰安慰公主吧！皇上不支持她，还有我呢！"

皇后带着伍震荣，来到兰馨的寝宫，尽管莫尚宫私下阻拦了一下，对皇后说：

"公主才回宫，满肚子气！她和荣王又不对盘，这时带荣王去看公主，合适吗？"

皇后对她一瞪眼，莫尚宫也就不说话了。

兰馨正在毛焦火辣，这也不是，那也不对，忽然看到皇后带着伍震荣来到，更是又惊又气，对皇后发脾气：

"母后是故意带人来看本公主的笑话吗？你让他来干吗？"

"公主，请别动怒！"伍震荣奉承着，"您受了这么大的委屈，下官绝对不会袖手旁观的，一定替公主讨回公道！"

"本公主的事情，不需要你插手！"

"兰馨，你不会这么快就好了伤疤忘了疼吧！"皇后说，"方才还哭哭啼啼要父皇为你讨回公道，怎么现在又不让插手了？"

兰馨一时无言以对，高傲地把头转向一边。皇后说：

"你的事情，本宫看不下去了，之前你执意要结这门亲事，本宫让步的结果，就是害你去袁家吃苦。现在本宫不会再让步第二次，再造成你的伤害！这次本宫管定了，一定让他们袁家付出代价！"

"对对对！"震荣一迭连声说，"一定要袁家人跪着向公主磕头求饶！真是欺人太甚了！完全不顾公主的尊严，公主想怎么严惩这一家子，请直说，下官没有办不到的事！即使要削了袁家的爵位，灭了袁家，下官也一定帮公主达成心愿！"

"削了袁家的爵位，那本公主要沦落到哪里去？"兰馨怒瞪伍震荣，"你若敢灭了袁家！本公主就先跟你拼命！"

伍震荣好心没好报，还被兰馨臭骂，气得看向皇后。皇后怒视兰馨：

"你真是死心眼，人家都那样对你了，你还对他们心软，你以往皇家的气势、公主的霸气，都到哪里去了？"

"殿下，公主难得回来，母女俩好好相聚！"伍震荣眼中带着怒火，阴郁地说，"严惩袁家是早晚的问题，下官随时待命！"

皇后一叹，无奈地看着兰馨，声音放软了：

"既然回宫，就多住几天吧！总之，袁家就算有皇上撑腰，本宫也不会坐视不管，你就等着皓祯进宫来赔罪吧！"看着伍震荣："我们走！"

皇后和伍震荣从兰馨屋里出来，两人低语着。莫尚宫带着众宫女远远随后。

"除了这个袁皓祯，还有那个窦寄南，你可别忘了！刚刚皇上还护着那个窦家的余孽，听崔谕娘说，在袁家，他还带着他的小厮，跟兰馨动手！"皇后恨恨地说。

"那个靖威王和皓祯是最好的兄弟，他现在住在方世廷那儿，还会有活路吗？你放心，下官自有安排！双管齐下！"

伍震荣没有耽误，立即去了宰相府。两人在花园中密谈，伍震荣的卫士远远跟着。世廷一面听，一面点头，阴沉地说：

"荣王左宰相的事，就是我右宰相的事！那个让人头痛的窦寄南，荣王就交给我吧！反正是皇上让我管束的，如何管束，就是世廷的事了！"

花园一隅，汉阳忧心忡忡地、悄悄地看向荣王和世廷，心里想着：

"最近荣王来得频繁，不知又在算计谁？"

这夜，在画梅轩的卧室里，两情缱绻，柔情如水。

房间布置得雅致无比，床上的帐幔，飘荡在从窗外吹来的夜风中。房里燃着一对红烛，烛光爆着小小火花。窗外夜空，一弯新月如钩。皓祯搂着吟霜，两人站在窗前注视着月亮。吟霜忽然叹了一口长气：

"唉！"

"怎么了？"皓祯被吓到，"今晚我觉得好像是我们的新婚一样，充满了甜蜜，你为什么叹气呢？"

"每次有灾难的时候，总觉得时间长得过不完，可是，幸福的时候，好怕时间转眼就消失了！像今晚这样，有点不真实的感觉！"

"难道你痛苦的时候，才有真实感？幸福的时候没有？"

"就是！好像这幸福是从老天那儿偷来的、借来的，很怕老天会收回它，更怕还要付代价！时时刻刻，总有隐忧跟着我！"

皓祯把她更加搂紧一点：

"我明白！公主还威胁着你，皓祥的话影响了你，你生怕一切被皓祥说中！"

"还不止，还有你心心念念的大业，每次你出门，我也很担心你！"

皓祯怜惜地把她身子转过来，摸摸她的脸颊：

"这样一个小小的人，这样一颗小小的脑袋，要承受多少的重担？"就点点头说，"是！生命就是一副沉沉重担，但是，不是你一个人在承担，我跟你一起挑着它，不管是苦难还是幸福，我们的手握在一起，命运锁在一起，这样想着，会不会比较安心呢？"

"是！这样想着，苦难就离我很远很远了，跟你在一起，只有幸福！"

吟霜说完，就用双手勾着皓祯的脖子，深情地凝视着他。皓祯瞬间被融化，把她横抱起来。走向床边，把她轻轻放上床，自己跟着上床，伸手一拉，帘幔垂下。在帘幔里面，烛光摇曳地照进来，吟霜用雾蒙蒙的眸子，注视着皓祯。皓祯接触着这样的眼光，整个人都不由自主了，伸手解开吟霜寝衣的带子，那件寝衣就"罗带轻分"，露出吟霜白皙的肌肤。吟霜害羞，双颊泛起酡红，那酡红一直蔓延到双鬓的发丝边。皓祯情不自禁，用嘴唇从她的双颊，滑到她的鬓边，在她耳边低语：

"你知道吗？每次你脸红的时候，唇边就会浮起一个小酒窝，看到这个小酒窝，我就醉了……"说着，嘴唇从她的鬓边，又滑到她的唇边，呢喃地说："小酒窝，让我尽情一醉吧！"

吟霜的脸更红了。那小酒窝也更明显，旋即被皓祯的唇盖住了。

这夜的画梅轩柔情无限，幸福满满。但是，宰相府里的寄南和灵儿，却大大不同。夜色里，两人从外归来，灵儿正耍着她拿手的流星锤，到处挥舞，边练手边叨念：

"好久没耍我的流星锤了！"一想到就生气，"可恶的黑心公主，居然这么歹毒，简直像蛇蝎一样，到底有没有人性呀！下次再遇到，我就用我的流星锤教训她！"

灵儿越说越生气，用力甩出流星锤，差点打到迎面站着的方世廷身上。

"你这个小厮，居然胆敢对本宰相挥打武器，暗算本大人！"世廷怒喊，回头大叫，"来人！把这两个主仆都给我抓起来！"

立刻，站在世廷身后的一排卫士，就拿着武器，气势汹汹地冲了过来。

"宰相大人，有话好说！"寄南大惊，嚷道，"裘儿只是玩着他的流星锤，那玩意儿伤不了人，怎么当成武器？"

世廷威严有力地怒斥：

"窦寄南！你别再帮你的小厮说话！你和裘儿两个，是皇上交代下来，要本宰相'管束'的！现在，你们把宰相府当客栈一样，高兴回来就回来，不高兴回来就几天不见人影！本官眼看管束没用，只有用另一种管教法来收拾你们！"一挥手喊道，"把他们抓起来！带下去！"

突然间，就有大批卫士冲来，灵儿拔腿就跑。寄南紧急应变，抬手就是一招"推门望月"，对着面前的卫士挥拳打去，却如同打在铜墙铁壁上，痛得挥舞着自己的手。另外一面，灵儿哪儿是卫士的对手，已被几个大汉捉住，反剪了双手。流星锤也被抢走。灵儿大喊：

"窦王爷！救命啊！裘儿打不过他们……"痛得惨叫，"哎哟哎哟！"

"方宰相，你敢伤了裘儿，我跟你没完！"寄南跳着，叫着，"皇上要你管束我们，不是要你谋杀我们！你们赶快放开裘儿，要不然……"

寄南话没说完，几个卫士围着寄南拳打脚踢，"古树盘根""指路扬标""旋风劈山""三环套月"；翻掌、穿掌、直劈、斜劈、下插、抱拳剁掌……招式绵密，招招狠毒有力，上中下三路全被攻击。寄南急忙应战，打得手忙脚乱。寄南眼看不敌，放声大叫：

"汉阳！方汉阳！大理寺丞方汉阳！赶快来救本王！你爹仗着朝廷势力，想要本王和裘儿的命！你如果是个血性男儿，赶快出来呀……"

寄南一边打着架，一边高叫。忽然一个麻袋从头罩下，他什么都看不到了。寄南在麻袋中挣扎，喊着：

"要打架，就光明正大地打，用麻袋是什么下三烂的招数？这是宰相府，还是强盗窝？放我出来，放我出来！"

一个高大的卫士，扛着寄南，同时，灵儿也被麻袋罩住，扛在另一个卫士肩上。灵儿挣扎大喊：

"我不能呼吸了！这麻袋好臭，是装鸡的还是装鸭的？"

世廷冷冷说道：

"是装不男不女，不三不四，不正不经的王爷和小厮的！"

两个卫士就扛着两人飞奔，众卫士跟随，世廷疾步在后。此时，汉阳听到寄南的求救声，惊讶地仓皇奔来。看到这种状况，大惊失色，急呼：

"爹！你要做什么？使不得使不得！在宰相府，不能动用私刑！窦王爷在我们府里是客，不是犯人呀！"

寄南听到汉阳的声音，大喊：

"汉阳！你如果是个好官，就要主持正义……"

"汉阳！"世廷怒声，"这儿没你的事！他们两个，是我方世廷的责任！我尽忠帮皇上除害！"

"汉阳大人！救命啊……救命啊……"灵儿大喊。

一行人就这样扛着的，喊着的，押着的，追着的，被带离庭院。

接着，两个麻袋被摔进了冰窖。世廷站在门口，威严地说道：

"你们两个，就在这儿闭门思过！"

"爹，这儿是冰窖呀！"汉阳着急地说，"不到半个时辰，他们就会冻死！怎能把他们关在冰窖里？要闭门思过，关到柴房里去吧！"

"柴房不是关过了吗？有什么用？"世廷冷哼一声，"冰窖才是能够让他们冷静的地方！"大手一挥："我们走！"

"不行不行！"汉阳着急惊喊，"爹！赶快把麻袋松开……"就要上前解开麻袋。

世廷对卫士一吼：

"把公子带出去!"

几个卫士立刻抓着汉阳,连拖带拉地拉出门外去了。世廷也跟着离开。

厚重铁门立刻发出巨响关上,接着是上锁的声音。

灵儿在麻袋中挣扎了一下,麻袋居然没有捆绑,她钻了出来。寄南也从麻袋里钻出来了。两人赶紧打量环境,只见冰窖内的高墙处,燃着一盏风灯,四周全是厚重的冰墙,没有窗子。灵儿四面看看,冲到寄南身边,就对寄南一阵乱打,喊道:

"我真是跟错了主子,你聪明,你伟大,赶快想办法,让我们两个离开这个鬼地方!这个恶犬,比那个豺狼还凶,明明就是要冻死我们!"

寄南赶紧抓住灵儿乱打的手,说:

"这个紧要关头,你不想办法脱身,还浪费体力,对我乱打一通?"

"好冷好冷!活动活动,才不会冻僵!"

寄南感到她的手,已经迅速地变冷,着急起来:

"你的手像冰柱一样,这么快就冻僵了?这儿是冰冻了千年万年的冰洞吗?"急着四面张望,"我得把你弄暖和一点!这儿也没冷藏任何东西?没有猪肉也没牛肉!没有酒也没粮食,平常是做什么用的?"

灵儿停止打寄南,也四面看,战栗地说道:

"平常大概就是对付我们这种人的地方,只要一个时辰就结束了,再用这两个麻袋,把咱们扛到乱葬岗一丢!这次,可没有吟霜的解药来救命了!"

寄南敲着灵儿的头，鼓励地说：

"我告诉你，在最绝望的时候，也要抱着希望，这才是正面的思考方式，懂吗？要想办法脱困，懂吗？"

灵儿发着抖，颤声地说：

"不懂！我的脑子已经冻死了！"

寄南赶紧脱下自己的外衣，把灵儿紧紧包住，急呼：

"不可以冻死，脑子、手、脚……身体上所有部位，都不可以冻死！你赶快跳一跳，动一动，你打我好了，拳头拳头来呀，来呀……"跳着叫着，挑战着灵儿，"来打呀！你不是说，活动活动，才不会冻僵吗？"

灵儿跌坐在地上说：

"可是……拳头……拳头……也冻死了！"

这个时候，采文正在祖宗祠堂里，匍匐在地，对着祖先磕头，虔诚说着：

"娘！媳妇早烧香，晚烧香！请您在天之灵，保佑方家子孙呀！最近，那荣王三天两头就到我们这儿来，和世廷交头接耳，采文心惊肉跳，总觉得这之间有问题！请保佑世廷的初心，忠孝仁义，忠孝仁义啊……"

汉阳跌跌撞撞，狂奔而来，气急败坏地喊着：

"娘！娘！冰窖钥匙！赶快带着冰窖的钥匙，去救寄南和裘儿，他们被爹锁在冰窖里，让他们在那儿闭门思过……"

采文从地上直跳起来，大惊问道：

"什么？关进去多久了？钥匙钥匙，我去拿钥匙！"

母子二人向外狂奔。

半个时辰后，在世廷的书房里，世廷好整以暇地在书桌前练毛笔字。汉阳一脸的郁怒站在一旁。寄南和灵儿已经换了衣服，裹着毯子，脸色苍白地站在世廷的书桌前。

采文带着丫头，匆匆忙忙送来姜汤，说道：

"窦王爷，裘儿，赶快把这姜汤喝了！可以祛除寒气！"

灵儿接过姜汤，就咕噜咕噜地大口喝着。寄南接过姜汤，就重重地往地上一摔，碎了一地的碎片。寄南对世廷咆哮道：

"方世廷，我会遵旨来到宰相府，是敬重你的才华风采，想当初你殿试拿到状元，也做了几年好官，自从当了右宰相就变了一个人，原来你换了官位也换了脑袋，居然想把我和裘儿弄死！我和裘儿到底犯了什么罪？要置我们于死地？"

世廷抬头冷冷地看着寄南，问：

"本宰相弄死你们了吗？你们不是好端端地在这儿喝着姜汤，还大呼小叫砸东西吗？"

汉阳实在听不过去，挺身而出：

"爹！如果不是我和娘带着钥匙及时赶到，他们真的已经冻死了！那冰窖怎能关人呢？昨天食物才出清，那儿冷得不得了！"

采文用忧郁的眼光看着世廷。

灵儿喝完姜汤，放下碗，咳着：

"咯咯咯！裘儿的舌头都冻死了，喝了姜汤才活过来！"看着寄南，"王爷，你好不容易逃过一死，怎么把姜汤给砸了？现在还能喝到姜汤，是你命大福大，我俩都该谢谢汉阳大人和夫人！"

世廷瞪了寄南一眼说道：

"你的小厮，比你还有气概和见识！说的也是人话！你既然没冻死，就该明白没人要你死！你是一个王爷，该有王爷的气度，整天放浪形骸，和小厮勾肩搭背，有什么资格跟我谈才华风采？我问你，你知道什么是气概、什么是气度吗？甚至，你知道什么是'气'吗？男子汉，就该有股气势，本官现在帮你找回你的'气'！"

寄南一呆，盯着世廷，突然恢复了嬉笑怒骂的原形，大笑起来说道：

"原来宰相是在和寄南开个玩笑，为了让寄南明白男子汉该有的气度、气概和气势！这个'气'字，确实不简单！"重重地咳了一声，清清嗓子，有力地说道："气者，流动无形之力量也，气之轻清，上浮者为天，气之重浊，下凝者为地。气之不轻不重者，中形之而为人。气在人体中，流窜于体内，择路而出。从上而出者曰'嗝'，从下而出者曰'屁'！"大笑："哈哈哈哈！宰相大人，虽然你贵为宰相，你我的气都一样，不是打嗝，就是放屁！"

寄南一番高论，气得世廷脸红脖子粗。汉阳想笑又拼命忍住。灵儿却忍不住大笑起来，不但大笑，还笑得捂着肚子说：

"刚刚才差点冻死，现在还有笑话听！笑得我肚子痛！"靠到寄南身上去，"王爷！裘儿服了！"忽然身子一正，看着汉阳："不过，汉阳大人的救命之恩，裘儿永远记在心里！"

汉阳的眼光和灵儿一接，眼神不由自主地温柔起来。

采文战战兢兢地看着这一切，心里默祷着：

"方家的列祖列宗啊！保佑世廷不要滥杀无辜，保佑汉阳不要断袖啊！"

当皓祯、吟霜、寄南、灵儿各有状况的时候，太子正用手枕着头，看着屋顶发呆，深思着：

"如何不动干戈，除掉荣王的势力，这确实是个难题！"皱眉，"这事还是得等寄南和皓祯有空，仔细商量一下！伍震荣加上皇后的力量，已经成了本朝大患！原来父皇也看到了问题，并不是完全被蒙蔽……"

一声门响，青萝捧着太子干净的内裰进房，关上房门，走到太子身边，柔声说道：

"太子妃要青萝来侍候太子就寝！请太子更衣！"

太子的心思，从国家大事上回到眼前，看着青萝一怔，关心地问：

"你的伤完全好了吗？"

"回太子，已经完全好了！御医的医术高明，奴婢的伤势也不重！"

太子坐起身子，凝视青萝，坦率地问道：

"青萝，太子妃想让你做我的良娣，你意下如何？想不想就此跟了我？"

青萝一惊，把手中的衣裳放在床榻上，退了几步，就跪下了，惶恐地说：

"青萝不敢！就让青萝做奴婢吧！"

"为何不敢？"太子不解地问，"上次你不是还对枫红她们说，要把太子府当成家，'家'的意义是什么呢？难道你不想帮太子妃一起治理东宫？"

青萝看着太子，眼泪冲进眼眶：

"太子，青萝从荣王府过来，早就被占有蹂躏过，敝帚之身，何以能侍候太子？不行不行，绝对不行！"

太子不禁怜惜，凝视着她问：

"如果本太子不在乎呢？"

"你应该在乎！"青萝哭了，"良娣是多么高的地位，必须出身名门、人品清白，像我这种被糟蹋过的女子，能在太子身边当个婢女，就该惜福！"恐惧地说，"请求太子不要勉强我！太子和太子妃的这个提议，已是青萝最好的恩惠，青萝感恩不尽！"

太子看她惶恐至极的模样，疑心顿起：

"青萝！你有什么把柄抓在荣王手里吗？坦白告诉我！"

太子这样一问，青萝哇的一声就痛哭起来，说道：

"青萝全家被害，唯有一个弟弟，今年十四岁，被伍震荣捉拿，不知道关在哪儿，他是我们顾家仅存的一脉香火，伍震荣说，如果我背叛了他，他会杀掉我弟弟！上次我太痛恨他又要设计太子，帮了太子，只怕我这弟弟，已经凶多吉少！如果我再成为太子的良娣，我那弟弟还会有命吗？"

太子大惊，拍着卧榻起立，大声说道：

"有这等事？这个伍震荣简直丧心病狂！青萝，你放心，我这就派出所有东宫高手，去追查你弟弟的下落！务必让你们姐弟团圆！"

四十四

好多日子没见面的太子、寄南、皓祯三人，因为青萝一番话，这日终于聚在太子府的密室里。寄南看着太子，睁大眼睛说：

"太子把我们召来，是要帮青萝寻找弟弟？这芝麻小事还要我们插手？"

"不，这看来并非小事！"皓祯郑重地说，"如果青萝所言属实，伍震荣淫威胁迫善良百姓，扣押她们的亲人，来控制她们帮他作恶，实在是罪大恶极！"

"皓祯不愧是好兄弟，一点就通！"太子坦率地说，"青萝对本太子而言，已不是一个小小婢女，她勇敢又识大体，有见识又深明大义！忍辱负重就是为了保全她的弟弟，何况枫红她们三个也都有家人，一样被伍震荣掳走，要挟三个女子为他工作！"

"该杀的伍震荣！就没有干过一件好事。"寄南看向太子，"那么，是要我们去找这些亲人吗？这些人多半被抓到荣王府去了，我们来个夜探荣王府？"

"不用！"太子说，"青萝的弟弟我已经派人找到了，现在和枫红她们三个的亲人关在一起！不在荣王府，而在虎啸山里面的一个石屋里！"

"虎啸山？"寄南眉头一皱，"那儿地势相当险恶！原来伍震荣还在山里弄了一个秘密监牢！既然知道在虎啸山，我们还等什么？杀过去劫人就是了！"

"不忙，石屋在虎啸山什么地方？"皓祯沉稳地说，"要去，还是要计划一下，我去招呼兄弟们！"

"这事不能大张旗鼓地干，最好也不要天元通宝加入！万一惊动朝廷，为了一个青萝，我这样大动干戈，伍震荣肯定栽我一个风流太子的罪名，再大肆渲染！连那玉带钩事件，也会变成青萝做伪证……那么，我们又中计了！"太子说。

"明白了！"皓祯说，"我去调配人手，启望不要去！"

"奇怪，每次都是我的事，让你们两个冒险，而我不去？那怎么可能？"太子瞪眼，"管他什么山，大家一起去！"

太子决定一起去，那就没法改变，就是一起去！

因为太子已经把地形调查得很清楚，皓祯等人很快就潜入了虎啸山，也找到了那间藏在深山里的石屋。石屋四面都用石头砌着，看不出门在何处，石墙外有四个壮汉正喝酒聊天。

太子、皓祯、寄南、邓勇、鲁超带着四个便衣武士，九人穿着武术便装，埋伏在石屋外围窥视着。寄南低声问：

"确定青萝的弟弟被关押在这里吗？"

"没错，我的人已经在这儿监视好几天了，外面就只有这四个人把守。"太子说。

"一路上我也观察了一下，"皓祯说，"伍震荣似乎没有什么重兵部署在这儿，凭我们九个人的身手，应该可以速战速决，救出被囚的人。"

皓祯说话间，石屋内有人敲墙喊着，一个男子虚弱的声音：

"外面的大爷，可以给点水吗？屋里有人病了，给点水喝吧！"

外面的壮汉对屋里喊着：

"喝什么水？喝多了，你们又给本大爷尿一屋子，不给！"

"连水都不给喝，欺人太甚！我们还等什么？"太子大喊，"救人！"

太子、皓祯、寄南、邓勇、鲁超带着武士，一连数个纵跃如飞，冲向石屋，两个人伺候一名壮汉，双方捉对厮杀起来。不料四个壮汉武功甚是了得，刀锤剑棍各种武器都出炉，双方短兵相接，刀光剑影在阳光下闪闪烁烁。鲁超一马当先，直冲向看来是领头的抡锤壮汉，一招"金蛇盘柳"，刀锋迎着铁锤，盘绕而上，一刀紧似一刀，险象环生，刀尖始终不离那执锤的手。搅得那名壮汉心神大乱，汗流浃背，只有招架之功，而无还手之力！

皓祯、太子、寄南趁此机会，直奔石屋，却不得其门而入。

"这石屋的大门在哪儿？难道还有机关不成？"太子问。

寄南猛地扑向和鲁超交手的壮汉，一个"撞肘""左擒打"，抢过那壮汉的铁锤，壮汉正在全力应付鲁超，来不及反应，铁锤已经脱手。寄南拿着铁锤，一个纵跃回到石屋前，对着石屋一阵乱捶，喊道：

"我把它前前后后给砸烂，不过就是个石头房子嘛！"

"寄南！智取！"皓祯就大叫道，"找到门了，原来隐藏在这儿！"

正在和邓勇交手的壮汉一惊，急忙摆脱邓勇，飞奔过来保护石屋的门，拦着密门，挥舞着武器说：

"不许进去！荣王交代，任何人都不许进去！"

太子看了立刻出手，一招"力劈华山"，一拳打倒壮汉，一个"转身下式"，抬腿猛踢，一脚踢开暗门，往门内冲去，对倒地的壮汉说道：

"谢谢带路！"

皓祯急呼：

"寄南，保护太阳星！鲁超！一起进去！"

四人冲入石屋，却惊见石屋后门洞开，室内空无一人。四人再冲向后门，只见若干壮汉，押着几个衣衫褴褛的人犯，正奔向虎啸山深处而去。太子怒喊：

"石屋还有后门？"

"快追！别让他们跑进丛林！"皓祯喊。

"鲁超！邓勇！追啊！务必把人救出来！"寄南大喊。

四名壮汉又冲进门来。鲁超锐不可当，带着武士左右开弓，使出"顺风扫叶"式，刀身一紧，抢起一片刀花，罩住对方身影。转瞬间，刀锋过处，鲜血四溅，摞倒四名壮汉。

皓祯、太子、寄南已经追向山林。邓勇、鲁超随后赶到，大家跑进树林，就看到几名穿着破旧衣服的人，彼此抱成一团，瑟缩地蹲在树丛下。

太子立刻奔过去，喊道：

"谁是青萝的弟弟顾秋峰？谁是白羽的爹？我们是来救你们的，快转过身来！"

太子才说完，这团瑟缩的人群突然拔出利剑就刺向太子，个个凶猛无比。皓祯等人猝不及防，立刻护卫太子。皓祯惊喊：

"这是个陷阱？"大喊："保护太阳星！"

"怎么不是被俘虏的人？他们把顾秋峰带到哪儿去了？别放过他们！"太子喊。

寄南挥舞着玄冥剑，锐不可当地喊道：

"活捉他们！活捉才能追出真相！打呀！"

皓祯的武士、鲁超、邓勇也都及时赶到，立时加入酣战。双方又一次捉对厮杀，只见得刀光霍霍、剑气森森，风雨不透、落叶纷纷。寄南的玄冥剑，接连削断了几个杀手的手中武器，直惊得那群身穿破旧衣衫的杀手，纷纷弃械而逃。为首一个大喊：

"大家撤！跑呀！虎腾谷会合！"

破衣男子就带着那群破衣的杀手往前飞奔。太子带着皓祯、寄南紧追于后。四武士又紧追于后。大家跑着追着，个个奋不顾身。忽然，太子发现脚下一陷，低头一看，竟然跑进了一片泥泞的沼泽。皓祯急呼：

"太阳星，站住别动！用轻功飞出来！"

太子想施展轻功，不料却越陷越深，顿时明白了，喊道：

"不好！他们故意把我们引到这沼泽里来，大家快退！"

太子话才说完，树林里冲出了更多的杀手，直扑皓祯等人。杀手首领用布巾蒙面，得意地大笑：

"哈哈！这下看你们往哪儿逃！这虎啸沼泽就是你们葬身之

地了！"

鲁超、邓勇带着四武士和杀手恶斗。

太子已经陷到泥泞中，泥泞迅速地淹没到太子腰间。紧张中，皓祯一跃，脚钩住一根大树根，趴在地上伸手拉住太子的一只手，喊着：

"别慌！我马上把你拉出来！"皓祯用力，谁知越用力越糟，身子被太子拉扯，脚脱开了树根。皓祯就被太子深陷的力量往泥泞中拉去。

寄南回头一看，大惊喊道：

"我来也！"

寄南迅速撂倒面前敌人，跑来趴下身子，拉住了皓祯的脚。鲁超一看不对，也撂倒了面前的敌人，又跑来拉住了寄南的脚。鲁超喊道：

"邓勇快来！我们用力拉，把太阳星拉出来。"

于是，一串人都趴在地上，一个拉住一个的脚，拼命往外拉。

只见太子已经陷到腰部以上，皓祯也被拉进泥泞地带。太子大叫：

"你们放手！这样大家都会陷进这个沼泽里！松手！"

皓祯也大叫：

"不救你出来，怎能松手？一松手，你就沉下去了！"

四个武士还在和对手厮杀，无力分身来救众人，打得十分吃力。

杀手首领走来看着地上的一串人，怪声怪调说道：

"你们这太子党，现在活像一串烤虾子！没料到青萝的苦肉计，能换得这么大的成果！英雄难过美人关呀，就算不近女色的太子，也有今日！真是得来全不费工夫！"

泥泞已经淹到太子胸部。太子大喊：

"你这伍家走狗！居然重重用计，陷害本太子！"大喊中，又下陷若干，急喊皓祯："松手！这是命令！"

皓祯从地上跃起，仍然紧握太子的手，脚却被太子的力量，拉得连上前两步，陷进泥泞边缘里，他大惊，立即用轻功跳出泥泞地带又趴下，喊道：

"寄南，继续趴在地上，站着会像太阳星一样，会很快全被拖进泥泞里！而且这样施救太阳星的时间会比较长！"

众人依旧趴着身子，依旧一个拉着一个。只见泥泞已经淹到太子的肩膀。

"太阳星撑住！绳子！邓勇！快找绳子！"寄南大喊。

邓勇死命拉着鲁超，一串人都向沼泽处滑过去，皓祯的手臂已陷进泥泞中，喊道：

"现在哪儿有绳子？"

杀手首领看得津津有味，舞动着手里的剑：

"让我来了结你们，成全你们的义气吧！"

"绳子！绳子！"寄南还在乱喊。一串人都被拖进了泥泞边缘。

忽然一根绳子抛向寄南，更多的绳子抛向皓祯、太子等人。接着，一队由斗笠怪客领队的布衣武士，骑着马，马鞍拖着绳子，势如破竹地杀了过来。皓祯大喜喊道：

"斗笠怪客来也！太子，有救了！有救了！"

只见太子已经因为胸腔受压，呼吸困难而陷入昏迷，脸上也因挣扎之故，溅了许多泥泞。斗笠怪客骑着快马，催动马缰，马儿知其意！人马一体，从沼泽边缘，对着太子凌空飞跃过去，斗笠怪客就趁马儿飞跃的时候，一式"力拔泰山"，双臂陡然运起千钧之力，穿过泥泞，穿过太子腋下，以不可思议的功夫，把太子硬从泥泞中捞了起来，二人一马，如飞而过沼泽，马儿奔到安全地带，斗笠怪客迅速地把太子放在草地上。

其他的布衣高手，也用马缰拖着绳子，把皓祯、寄南等人从泥泞边缘解救出来。

杀手首领一看来人身手不凡，有如鬼魅，拔腿就跑，喊道：

"大家撤！这支队伍就是农民魔鬼兵团！快撤！"带着杀手，亡命奔去。

太子躺在地上，似乎已无呼吸。皓祯、寄南、鲁超、邓勇都围绕着太子，抢救着。

"太阳星！你快醒醒！"皓祯喊。

"水！得把这些泥泞清除掉！"寄南大喊。

一壶水抛了过来，皓祯接着，马上去清洗太子的口鼻、眼睛、面孔。鲁超赶来急救。

斗笠怪客苍老的声音，喊道：

"留了千里马给你们，上马！快送吟霜处！"

斗笠怪客说完，就带着布衣大队飞驰而去，留下几匹骏马。

众人护送太子，尽快地赶到画梅轩。太子被皓祯、寄南一左一右地扶着，坐在坐垫上。面部泥泞已清除，身上只穿着一件内裤。鲁超、邓勇捧着脸盆和水杯跪侍于旁，众人都是满身泥泞。

太子头部无力地低垂着，几乎没有生命迹象。

吟霜跪在太子身后，双手紧紧贴着太子的背脊。

皓祯、寄南紧张地看着。香绮拿着一颗救命药丸待命。

吟霜运气，嘴中虔诚地念着：

"心安理得，郁结乃通。治病止痛，辅以气功。正心诚意，趋吉避凶。心存善念，百病不容！"

太子依旧没有什么动静，众人屏息以待。吟霜看看皓祯说：

"太子昏迷已久，可能有内伤，我得再来一次！"深吸口气，再度运气，念道："心安理得，郁结乃通。治病止痛，辅以气功。正心诚意，趋吉避凶。心存善念，百病不容！"

太子的身子动了一动。吟霜将全身力量集中，又念了第三遍。三遍念完，太子大咳一声，嘘出一口长气，接着虚弱地说：

"水！水！"鲁超赶紧捧来一碗水，太子就着鲁超手中之碗，一口一口，慢慢地喝着。众人目不转睛地看着太子，只见太子喝完水，终于睁开眼睛，看着大家，神志不清地发出一声怒喊：

"皓祯！帮我把青萝抓来！快去快去！"

皓祯吐出一口长气说：

"让我先看看吟霜吧！救活太子，她又不管自己了！"

寄南看到太子活了，笑着拍着太子的肩，吐口长气说：

"本王爷随太子出生入死，今天这场劫难，才把我吓得屁滚尿流！"一想："不好！又没带裘儿行动！"再想："还好没带她，要不然，她现在大概在虎啸山沼泽里面当风火球！还在那儿打转呢！"

皓祯看着吟霜，怜惜而感激地问：

"你还好吧？"

吟霜对皓祯点点头，这才从香绮手中拿过药丸，剥开外面的蜡封，送到太子嘴边。说道：

"请太子赶紧吃下这颗药丸，保住元气！"

太子吃了药，惊看吟霜，见吟霜面带微笑，眼如秋水，关切地看着他。那样恬然自若，有超凡脱俗之美，太子震撼地说：

"当初救下祝之同的就是你！今日救下本太子的又是你！怎么皓祯有福气拥有你这位救命美女？我却有个要置我于死地的青萝！"

这时的伍震荣，正在荣王府中等项麒的消息，项麒还没到，项魁就哭丧着脸，推开门冲入伍震荣的书房，慌张地喊着：

"爹！不好了！不好了！项伟说不定被人杀死了！"

伍震荣大惊，正喝着的茶泼洒了一身。

"伍项伟？什么说不定？在哪里被杀了？"

"他不是去唐兴那儿，要去抓巴伦的吗？一去就没消息了！我打听的结果，有人在清河渡口看到他，说是我们的人，全体被杀了！巴伦的营地，也不见了！"

伍震荣愤恨地拍着桌子，喊道：

"乱党的'万把镰刀'果然冲着本王的头上来，伍延运、伍崇山已经枉死了还不够，难道项伟也牺牲了？不可能！再去找！为什么去唐兴，却跑到清河渡口去？"

项魁还来不及回答，项麒匆匆进门来，脸色铁青：

"爹！我们差一点就把太子帮全体杀死在虎啸山，可是，那妖怪农民大队又出现了，身手之好，简直不是人！把那一帮人全体救走了！"

震荣勃然大怒：

"我们连番失利！这大位怎么抢？必须要用雷霆手段了！"

太子从虎啸山脱险归来，真是一肚子气。皓祯在送他回府前，一再叮咛：

"这事不能声张，好在你身体完全无恙！不管青萝是不是奸细，荣王府送来的人，确实要小心！你从哪儿得到虎啸山这地名的，一定要调查出来！也别在盛怒之下，冤枉了无辜的人！"

皓祯说得不错，太子勉强压抑着自己，先调查虎啸山的事。虎啸山是邓勇打听出来的，邓勇从小在太子身边，不可能背叛太子。邓勇也知道此事的严重性，和太子的几个亲信再仔细盘查。当追踪到的结果呈现在太子面前时，太子更是气炸了。他决定立刻"清理门户"！他怒冲冲走进书房，在室内来回踱着步子，虎啸山的惊险逃命，回忆起来，处处惊心动魄。如果冤死在虎啸山，他这太子也够窝囊了！更让他伤心的是，他对青萝那真切的感情，却换来如此不堪的结果！

"把青萝那四个奸细给我带到书房来！"

卫士去带青萝等四人，他就继续在书房中走来走去。邓勇看着他的脸色，一句话也不敢说，侍立在门口。

青萝、枫红、白羽、蓝翎四个女子被带进房，全部惶恐地跪在地上。

太子看着她们四个，走到青萝面前站定，怒极，也伤心至极地瞪视着青萝，恨恨地说道：

"原来你那天被伍震荣刺一剑是个苦肉计？目的就是要把我引诱到虎啸山，让我送命？青萝，你太狠了！"看着四人："你们都太狠了！伍震荣是个没有人性的魔鬼，你们居然也跟着他当魔鬼？"

青萝眼中含泪，痛喊道：

"太子！你冤死我了！青萝自从来到太子府，就一直心怀坦荡！奴婢从来不知道有个虎啸山，怎会把你诱到虎啸山去？是谁提供给太子虎啸山这个地点，太子是不是才该追究？否则他还会陷害太子的！"

"住口！"太子大骂，"本太子已经追查过了，这个地点就是你们四个提供的！"

枫红、白羽、蓝翎异口同声喊冤：

"不是的！不是的！不是的……"

"太子不能这样冤枉我们……不是说要我们把这儿当家吗？"枫红哭喊着。

"哼！把这儿当家，是我的错误，是太子妃的善良！青萝，你怎能利用我们的一片善心来陷害我们！你，让我痛心至极！"就从袖子里拿出一张纸笺，扔到青萝面前去，厉声问道：

"青萝，这是你写的吗？不要狡赖，我认得你的笔迹！"

青萝拾起那张纸笺，打开一看，只见上面写着两句：

"虎啸而谷风至兮，龙举而景云往！"

青萝顿时脸色惨白，期期艾艾地说道：

"这是我在荣王府练字时写的，这是《七谏》里的句子，和虎啸山无关……"

"你还狡辩！"太子怒喊，"就有这么巧，你在荣王府写的字笺，那是几时的事？怎会在此时出现？你把本太子当成傻瓜吗？这明明是传递消息，又有'虎啸'又有'至'又有'往'，你报信还能更清楚吗？居然用《七谏》，你读书的用处未免太可恶了！"

青萝抬头看着太子，眼中是一片真挚的痛楚，惨烈地说道：

"太子对青萝误会已深，不论我再说什么，太子也不会相信的！那天皇上带着伍震荣来时，我怎会料到要被传去做证？玉带钩事件，我做了伪证，完全发自我的真心！如今有这张字笺，我百口莫辩，相信我那苦命的弟弟，此刻也已凶多吉少，青萝心灰意冷，太子珍重！"

青萝说完，就从衣服里拿出预藏的匕首，就往脖子上抹去！

太子一脚踢来，就踢飞了青萝的匕首，厉声说道：

"想一死以逃罪吗？没那么容易！"喊道："邓勇！把这四个来自荣王府的奸细，都给我关到地牢里去！再等我细细调查！"

"是！"邓勇对外喊道，"来人！"

卫士一拥而入，拉着三个哭哭啼啼的女子而去。

只有青萝没哭，一直用黑白分明的眸子，直视着太子。眼里有谴责、有愤怒、有伤心、有绝望。眼神锐利如刀，冷洌如冰，澄澈如水，就这样定定地瞅着太子，被拉走了。太子却被青萝这样的眼神震慑了，久久无法思考，也无法动弹。

四十五

太子府里暗潮汹涌，画梅轩里却温馨无限。

这天，雪如带着秦妈进门，微笑地看着大厅里的皓祯和吟霜。两人赶紧起身相迎，吟霜被雪如按进坐榻里，雪如笑吟吟地也坐了下来，秦妈送上了一个锦盒。

皓祯笑着问：

"娘又要给吟霜首饰吗？"看着吟霜说："娘给的一定都是好东西！不过吟霜这个来自深山的姑娘，对金银珠宝，不怎么识货呢！"

"娘知道吟霜不在乎金银珠宝，但是，看看这件再说吧！"

雪如就打开锦盒。吟霜看去，锦盒中，赫然是被兰馨打碎的那块狐毛玉佩！

吟霜和皓祯大震。吟霜不能呼吸了，惊愕地说道：

"狐毛玉佩！这玉佩不是被公主打碎了吗？怎么会在娘这儿？"

皓祯惊奇，不敢去拿，看着雪如问：

"娘！难道你会法术？把玉佩变回来了？"

"但愿我会！但是我不会！"雪如就看着吟霜说道，"听说那天你为了抢救狐毛玉佩，让手被铁锤打伤，娘听了真是心疼极了！这玉佩不是敲碎的那个，是另外一个！"

"娘！你当初做了两个吗？"皓祯问。

"没有！"雪如说，"这玉佩本来是一对，你爹一块，我一块！当初用你爹那块为你做狐毛玉佩的时候，狐毛没有用完，就留了一半。昨夜，我连夜把这块玉佩也用狐毛当穗子，再做了这个！虽然不是敲碎的那个，但是，都是皓祯放掉的狐狸毛，都是袁家传家的玉佩，都是娘亲手做的！意义是一样的！"

雪如一面说，就一面抓着吟霜的手，把玉佩放在她掌心。

吟霜太感动和震动了，看着玉佩，眼泪夺眶而出，落泪说道：

"不一样！不一样！意义是不一样的！这块的意义更大更重！那块玉佩砸碎的时候，我的心也跟着碎了！因为那是皓祯给我的信物，上面有爹娘和皓祯三人的亲情！现在这块，是娘为我特别做的，吟霜有什么能耐，让娘为我这样费心！哇！"握住玉佩，痛哭起来，"我最珍惜的玉佩回来了！"

雪如跟着热泪盈眶，把吟霜一抱说道：

"吟霜，玉佩是没有生命的东西，珍贵的是大家的一片心！再也不要为失去的伤心，娘帮你找回来了！"

"是是是！"吟霜拼命点头，"所有失去的，包括所有的痛苦，现在都化成感动……"哽咽地看着雪如说，"我娘去世的时候，我以为我再也没有娘了！现在，我又有娘了！一样疼我，一样体贴到我内心去！"

雪如不知为何，感动到稀里哗啦。婆媳两人拥抱着落泪，皓祯在一边看着，心里激荡不已，想到吟霜经过多少苦难，终于得到袁家的认可，得到雪如的宠爱，住进了画梅轩，他心中一片温柔。此时此刻，所有的苦难，都变得渺小了！人生，最终的喜悦，还是一个爱字！如果人人有爱，这世间将多么美好！上苍造人，为何会造出像伍震荣、卢皇后那样的人来？假若世间没有恶人，没有坏人，没有恨，只有爱，那是怎样一种境界呢？

画梅轩很温馨，宰相府里，却进入一番暧昧的局面。

这天，汉阳在书房里翻阅文卷，调查资料，忙得焦头烂额。灵儿开心地端着补品大方地进入书房。书房门口一隅，寄南一直跟着灵儿，发现灵儿想亲近汉阳，心里充满醋意，嘴里念念有词地自言自语：

"这家伙……自从汉阳救了我们一命，就对汉阳特别热心，还亲自端补品进去。她何时对我那么热心过？"越想越气："这个有鬼，我得瞧瞧！"

书房里的灵儿，对着汉阳笑嘻嘻说道：

"大人，补品都端进来好一会儿了，你先休息一下，趁热喝了才好！"

汉阳没有抬头，却心如明镜，继续拿笔书写着：

"你不必因为我救了你们，就来侍候我！你有什么企图，就明说吧！"

"大人，你真是天下人无所不疑啊！你这办案病没的救了！"灵儿忍不住一笑。

"你还是去担心你和寄南的病比较重要，本官办案讲究的是……"

汉阳还没说完，灵儿立刻插嘴：

"是，大人讲究的是证据嘛！"

"不！除了讲究证据，还要讲究'怀疑'。"

"讲究'怀疑'？什么意思？"灵儿听不懂，糊涂起来。

汉阳起身耐心地说明：

"怀疑就是，不管遇到什么案件，都不可以随意地下定论，必须抱着一种中立的立场，既怀疑他'是'，也怀疑他'不是'，这样才能细心地抽丝剥茧，做到勿枉勿纵，才不会冤枉好人！"

灵儿听得一团迷糊，说道：

"大人这番道理太深奥了，小的听得糊里糊涂。总之大人，小的确实被你看穿了，小的确实有所企图……"灿烂地笑着，"大人真厉害！"

汉阳笑了，却又赶紧收起笑，正经地问：

"嗯！你以为本官是朝廷养的米虫，什么事都不会干吗？说！有什么企图？"

在门外偷窥的寄南，看着灵儿和汉阳有说有笑，简直气炸了。灵儿直率地说道：

"小的跟着大人一起办案好吗？"激动起来，热烈地说，"小的对办案实在太有兴趣了！也不想当窦王爷的小厮了，跟着他太危险，搞不好就冻死！"真挚地恳求："小的来当大人的助手行不行？"

门外偷听的寄南这下忍不住了，立刻冲入了书房，大吼：

"不行！"

寄南抓着灵儿后颈部的衣领往后拉，气急败坏喊：

"好啊！你这吃里扒外的家伙，你忘了把你关进冰窖的，就是这位大人的爹！走！跟我回去，咱们两个好好地算算账！"

灵儿虽被寄南拖着走，却仍对汉阳不死心地喊：

"大人！汉阳大人，小的的提议，你要认真考虑考虑啊！你看我家主子这么对小的，小的还能跟他吗？汉阳大人，救我啊！"

寄南更气，捂着灵儿的嘴：

"你还有的说！你给我闭嘴！走！"

灵儿就在挣扎中被寄南拖走。汉阳若有所思地微笑着，看着两人的背影。

寄南一口气把灵儿拉出了宰相府，拉过了几条街，把灵儿甩进了一个巷弄里，气呼呼地抓着灵儿，压着她的双臂，让她贴着墙壁。两人脸对脸，彼此凝视着。灵儿面对寄南这么近距离的凝视，心跳不停地加速，想起了两人在浴池里，寄南掩护她之后，对她温柔相视的眼神。灵儿迎视着此刻的寄南，莫名其妙地羞红了脸。

寄南呼吸急促，深深地望着灵儿问：

"你刚刚对汉阳说的话，都是真心的？你想离开我？"

灵儿突然见到寄南如此正经的模样，诧异地结结巴巴：

"我……我……我只是……"

寄南突然又恢复放浪不羁的模样，放开灵儿，大吼：

"你……你什么呀你！你根本就是一个从来不用脑子，只会蛮干的糊涂虫！"

刚刚感受寄南片刻的温柔模样，没想到瞬间寄南又故态复萌，灵儿又尴尬又生气：

"我怎么不用脑子了，我就是有思想、有抱负，才觉得应该到汉阳身边去！至少我就可以贴身地监视他，我这样做有错吗？你呢？进宰相府那么久了，除了差点冻死，你都干了些什么呀？"

"我干了些什么？你不清楚吗？"寄南瞪大眼珠，"是谁偷证据差点被逮到？我一直忙着帮你善后，你还好意思这样质疑我？我还忙着救人，前天还去了一趟虎啸山，算了，不跟你提！我问你，人家救了你，你就要贴到别人身上去了！"

"什么贴到别人身上去？难道你在吃醋？"灵儿惊奇。

寄南为了自尊不愿承认，大笑：

"哈哈哈！我窦寄南这辈子还不知道吃醋是什么味道！为你这个小厮吃醋，那更是哈哈哈！"

"那你生气什么？我和汉阳亲近了，碍了你什么事情？你发什么脾气？难道我这辈子就是你窦王爷的小厮了？"

寄南既不愿承认自己对灵儿动心，又无语以答：

"你你……"降下语气，"难道你真的喜欢上汉阳了？"

灵儿赞美地说道：

"他很斯文，说话有条有理，还是当今的'第一神捕'，更别说救了我的小命，当然讨人喜欢啊！他是除了皓祯之外，又一个我眼里的好男人！"

"所以……你真的喜欢他了？"寄南泄气了。

"我也说不上来，总之，我今天真的单纯想去学他办案，顺便可以监视他，甚至可以想办法从他那儿，得到什么重要消息。我再怎么笨、怎么糊涂，我都没有忘记我们该做的大事！"

"你没有忘记我们的大事最好！"寄南冷静了，沉思片刻，潇洒地一甩头，"好吧！既然汉阳什么都好，你去跟他吧！我能摆脱你这个大麻烦，真是太痛快了！哈哈！"寄南说完，掉头就走了。

灵儿看着寄南的背影远去，却不知怎的，又气愤又失落。

这夜，寄南躺在地铺，辗转难眠。同样，躺在床榻上的灵儿也辗转难眠。

灵儿想了半天，终于忍不住起身，望着地上背对着自己的寄南喊：

"喂！你大半天都不跟我说话，是怎么回事？我们别闹了可不可以？这样……我真的睡不着！"

寄南默不作声，拉紧被子继续背对着灵儿。

灵儿下了床榻，蹲在寄南身边，求和地说：

"你今天好像生了不少气，我把舒服的床榻让给你，你去睡床上，我打地铺？"

寄南继续沉默。灵儿灵机一动，把床上的棉被拉到地铺上，直接就躺在寄南身边依靠着说：

"那我们有福同享，有难同当，还是好哥儿们！我陪你睡地铺！"

灵儿就安静地躺在寄南身边，两人背对着背，灵儿不一会儿就真的睡着了。

寄南见灵儿不再发出声音，转身发现灵儿睡着了。他为她拉好被子，看着她洗去男儿化装的脸庞，那么姣美自然、俏丽清雅，喃喃自语：

"我到底应该把你怎么办呢？"凝视着灵儿的睡容，拨开灵儿的发丝，"好哥儿们？我们真的只是好哥儿们吗？"盯着灵儿片刻之后，忽然振作地、理所当然地说道："我才不会把你这个糊涂虫让给汉阳，好让你去危害汉阳的一生。不！这样我是害了汉阳，为了拯救汉阳，我不能把你让出去！"

寄南说完放心地躺下，微笑地睡着了。

太子、皓祯、寄南……各有各的发展，千变万化。兰馨呢？

这晚，兰馨落寞地坐在院子里的台阶上沉思，想念着皓祯种种，不禁黯然神伤。

"皓祯心平气和的时候，其实也是一个风度翩翩的君子。"兰馨想着，内心挣扎，"我是不是做得太过分了？"

兰馨陷入沉思，完全没有发现皇后已经悄然来到她身边。崔谕娘赶紧推醒兰馨，兰馨才蓦然回头。皇后见兰馨魂不守舍，单刀直入地说：

"都过了二十天了，袁家到现在一点表示都没有，我们皇室还没有受过这种气，你忍得下，本宫忍不下了！"

兰馨抬眼，迎视着皇后凌厉的目光不语。

皇后站在兰馨面前，直视兰馨，大声问道：

"本宫要问你两句话，这个婚姻你到底要，还是不要？要有要的做法，不要也有不要的做法！"

兰馨直视皇后，问道：

"要的做法是怎样？不要的做法又是怎样？"

"要，你就乖乖地忍辱负重，拿出你所有功夫，回到袁家去，征服那个袁皓祯！"皇后有力地说，"不要，就是本宫的事了！正好趁这个时机，给他们一个欺君大罪的罪名，把袁柏凯父子的势力一网打尽！"

兰馨大惊，跳起身子，怒视皇后：

"母后不是来安慰我的？母后心心念念，都是如何铲除李氏王朝的势力？如果我和皓祯恩爱，我就是母后的'美人计'，可以把袁家护李的那片忠心改变，并吞到母后的势力里去？如果我们不和，母后就干脆做掉袁家，是不是这样？"

皇后举手想给兰馨一耳光，又压抑住了。

"你你……你这丫头气死我了！现在是你被逼回宫，在这儿独守空闺，唉声叹气！那袁家关心你吗？在乎你吗？人家都欺负你到这地步了，你还捍卫袁家？你的骨气到底到哪里去了？"

兰馨被说中痛处，大声说道：

"朝廷上的钩心斗角，是朝廷上的事！家里的夫妻战争，是家庭里的事！我最气母后把两件事混为一谈！"

"那你到底要怎样？一声不吭，每天坐在这儿发呆？对那袁皓祯一筹莫展，是不是？你现在只有挨打的份，连还手都不敢，是不是？你还是充满霸气的公主兰馨吗？"有力地问，"我再问你一句，这婚姻你要还是不要？"

兰馨昂首，努力维持着尊严说：

"我要！行了吧？你们谁都不可以去动袁家、去动皓祯，动他们就是动我！"

"本宫知道了！"皇后更气，"你爱上那个袁皓祯了？这真是你的悲哀！"

"我不需要母后来教训我，讽刺我！如果母后真有本事，就帮我做一点实际的事！"兰馨大声嚷。

"什么实际的事？你说！"

"把袁家的妖怪抓出来！把那只狐妖给灭掉！我没有输给皓祯，我也没有输掉我的婚姻，我是输给了一个不是人类的妖怪！"

皇后不可思议地看着兰馨：

"好！妖怪是吧？狐妖是吧？母后帮你做主！至于这个袁皓祯，你别以为我就会轻松放过他！"

皇后说完，掉头而去。她直接又去了皇上的寝宫，看着皇上，焦急地说：

"皇上，兰馨这件事情不能继续这样拖下去，宫里早已经传言纷纷，公主的面子，我们皇室的威严，不能不维护呀！"

"这兰馨脾气实在太拗了！"皇上一叹，"回宫玩个几天就算了，也该早早回去了，怎么会闹出这些流言呢！"

"兰馨一直说袁家有狐妖，袁家不除狐妖，她不肯回去！皇上，就算是兰馨无稽之谈，那么到底有没有狐妖，咱们何不把袁皓祯叫过来问个清楚呢？"

皇上沉思不语。皇后急道：

"兰馨心里还在乎着袁皓祯，也使得我们有所顾忌。既然重的使不得，那也得教训教训袁皓祯才行呀！最起码，要问清楚，他们袁家打算怎么做？要不然他们真以为兰馨好欺负，连皇上和本宫都好欺负！"

"好吧！好吧！就依皇后的意思，召皓祯进宫问话就是！"

"什么问话？是要臭骂他一顿啊！皇上，拿出您的气魄来，好好地教训教训他！威胁恐吓什么都成，逼他们解决狐妖的问题，兰馨才能安心地回去呀！"

皇上无奈随意点头。

第二天，皓祯就被皇上召进宫，在皇上书房内，皓祯跪坐在皇上和皇后面前。

皇上背着手走着，犹豫半天，才一个站定，看着皓祯，问：

"听说你和兰馨新婚不久就纳妾了，真有其事？"

皓祯诚实地回答：

"不瞒皇上，确有其事，但恳请皇上理解，微臣从头至尾并没有想要欺瞒皇上和公主的意思，认识吟霜，到最后情定吟霜都是在皇上赐婚之前。"

皇后怒气冲冲问：

"袁皓祯，你敢对天发誓，你没有企图隐瞒皇上？你分明觊觎驸马爷的地位，想要荣华富贵，又要大享齐人之福！你！欺君罔上，你该当何罪？"

"看来，兰馨并没有把所有的过程向皇上和皇后禀明，微臣的苦衷，实际上也都向兰馨诚实交代过了！若是皇上硬是觉得微臣有错，那么皇上怎么说，微臣都无法辩驳！"皓祯不卑不亢地回答。

"你这是什么态度？难道你还不承认自己有错！"皇后动怒，大声说，"袁皓祯，若是你不贪图荣华富贵，你大可婚前向皇上表明心迹，大可推掉这门亲事，为何婚后还要拿另一个女人来伤害你的妻子？"

"皇后，有话慢慢说，毕竟本朝律例也没有禁止男人三妻四妾，这事情朕就不追究了！"皇上赶紧缓和气氛，"不过，兰馨口口声声说袁家有狐妖，这事情，皓祯你得解释清楚！"

皓祯挺直腰杆，斩钉截铁地说：

"皇上，微臣在此保证，袁家干干净净，上下和睦，在公主进门之前，从来没有暴力行为，也绝无狐妖之说！这都是公主的片面之言！"

"你敢指天誓日，白吟霜不是狐妖吗？"皇后问。

"她不是狐妖！"皓祯坚定地回答，"她是天下最善良温柔的女子，请皇后留点口德！"

"大胆！袁皓祯！"皇后大吼。

皓祯与皇后对峙，双方犀利的眼神，充满怒火地交战中。

同时，崔谕娘跑入兰馨寝宫的外厅，急促喊道：

"公主，公主！驸马爷进宫了！驸马爷来了！"

兰馨由卧室里走出，脸露喜色：

"真的？袁皓祯真的来了？"

"是啊！现在人正在御书房，驸马爷肯定先去向皇上请罪的嘛！"

"是吗？"兰馨有点怀疑，"袁皓祯会是来请罪的？依他的个性，不大可能！"

"要不然……咱们也去书房看看？看驸马爷有没有诚意来接

公主回去？如果诚意不够，咱们就再等等！"

"也好！本公主倒想要看看袁皓祯，是带着什么心思来的！走！"

兰馨和崔谕娘赶到御书房门口，就感到书房里弥漫着硝烟的气氛。两人就在书房外悄悄地听着。

"如果白吟霜不是狐妖，为何会让兰馨吓得不敢回将军府去，这点你怎么解释？"皇后强势地问道。

"她不敢回去，是因为她不敢面对真相，她不敢面对自己的残忍！"皓祯说。

"什么残忍？这句话，朕听不明白！"皇上疑惑。

"陛下，很多事情伤痛已经造成，微臣并不想再提起，只要公主能深刻反省，改善自己善妒多疑的个性，不要再继续制造血腥的事端，这样袁家上下一定会非常欢迎公主回家……"

皇后不待皓祯说完，暴怒地说：

"你给本宫闭嘴！召你进宫，是给你机会，看你有没有一点诚意和悔意，想不到你袁皓祯如此张狂，居然还要公主反省？她需要反省什么？反省为何看上你这个目中无人的伪君子吗？"

皓祯一怒说道：

"把吟霜弄到公主院去当丫头，种种匪夷所思的虐待全部出笼！垫着沙袋打、绑着丝绸勒、抓她的头发直到出血，还让她喝墨汁，用铁锤砸她的手背，最残忍的是用'肉刷子'的酷刑！"

"啊？什么？真有其事？"皇上大惊。

"要不要请兰馨公主和臣对质一番？"

皇后急忙插嘴：

"这些有什么稀奇？只不过都是用来处罚那些不听话的丫头！会让兰馨这么做，大概也是那个吟霜丫头太笨、太坏了！"

"太笨、太坏或者是狐妖？"皓祯一叹，"如果真是狐妖，这种种手段，也逼出原形了！如果是狐妖，应该任何酷刑都伤不了吟霜，但是，吟霜却差点送了命！其实，如果公主有一念之仁，能善待吟霜，皓祯感恩都来不及，还会和公主对立吗？"

门外默默听着的兰馨，深思郁怒着，低语：

"他还口口声声护着那个狐妖！"

皇上听得心惊肉跳，又难免护短：

"兰馨是稍微骄纵了一点，但是驸马也应该包容一些！现在……"为难地看向皇后，"大家预备怎么样呢？"

皇后怒喊：

"不论这个白吟霜是人还是狐妖，皓祯，你必须把她处理掉！要接公主回家，也等你把她处理掉之后！就这么办！现在本宫累了，谈到这儿为止！"

皓祯又气又急地说道：

"不忙！吟霜已经是我的女人，我不会把她'处理'掉！请问陛下，你会把皇后处理掉吗？"

"什么话？"皇后大怒，"袁皓祯，你不想要脑袋了！这样嚣张，公然对本宫忤逆不敬，这是砍头的大罪！"大叫："来人呀！把这个袁皓祯抓起来！"

卫士们立刻冲入，长剑全部出鞘。兰馨一看不得了，飞奔入内，拦在皓祯前面。

"谁要抓驸马，先抓本公主再说！"

卫士们仓促后退。皇上、卢皇后、皓祯都惊看突然闯入的兰馨。

兰馨看了皓祯一眼，再看皇上，说道：

"父皇！兰馨和皓祯的事，是家事，兰馨自己解决！请母后不要插手，难道本公主回娘家住几天，父皇、母后就不耐烦了吗？"

皇后怒极，瞪着兰馨：

"是谁回宫哭诉被欺负？现在，你这个嚣张的驸马已经侵犯了母后的威严，母后一定要将他定罪！"

兰馨跺脚喊道：

"母后许多事，兰馨都记在心里，看在眼里！谁要给皓祯定罪，先过我这一关！恐怕牵连太大！母后最好想想清楚！"

皇后竟然被兰馨威胁，气得发昏，却真的不敢再发飙。皇上急忙把卫士都赶出去：

"你们出去！出去！哎呀，吵得朕头昏脑涨！皇后，他们小两口的事，还是让他们自己去解决吧！朕听来听去，兰馨也太过分了！"看皓祯："皓祯你回去吧！兰馨的事情朕会处理，就让她继续留在宫里深刻反省！你们通通退下吧！"

在皇后愤怒的眼神下，皓祯就请安退出御书房。

兰馨的眼光情不自禁地跟随着皓祯。

这口气，皇后如何咽得下去？当晚就在密室里，告诉了伍震荣。

"气死人了！真是气死人！这个懦弱的皇上，让他办点事情，居然像个缩头乌龟！还让袁皓祯倒打一耙！真是活活地被他气死！"

伍震荣倒茶给皇后：

"唉！皇上是什么材料，殿下还巴望他呀？这不是自找罪受吗？别气别气！要不是为了兰馨，咱投鼠忌器，早就对将军府开刀了，哪能轮到袁皓祯来嚣张！"

"这口气，本宫真的咽不下去！你一定要想想办法，给他们一点颜色瞧瞧！"

"唉！要教训袁家，本是小事一桩！只怕下官出手，又得罪了兰馨公主！"

"那我们就用不得罪兰馨，又可以出气的方法呀！"

"袁皓祯咬定他那个小妾不是狐妖是吧？"伍震荣思索着。

"唉！"皇后叹气，"狐妖都是兰馨自己在那边说，依本宫看来，根本就是兰馨自己忌妒，为了回宫让我们为她出气，就编出个夸张的借口，这世上哪有什么狐妖？"

"都怪下官那个没有用的儿子项魁，光只会纸上谈兵，让他在兰馨婚前干掉袁皓祯，居然还被农民兵和暗器打伤回来！"

"本宫知道你杀人是挺拿手的，至于捉妖，你有没有这个本事？"皇后想想，"不管你如何捉妖，千万别提兰馨用刑的事情，这事兰馨也理亏！"

"皇后放心！下官这就到将军府去，帮兰馨捉妖除怪！"伍震荣下决心说。

于是，这天伍震荣带着庞大的羽林军，毫不客气地冲入了将军府。

羽林军手拿着长枪，特意到每个大厅、卧房、书房、偏厅、小院、画梅轩……到处搜索，行动时，故意噼里啪啦捣毁家园。袁忠、秦妈等人慌乱喊救命。

袁柏凯带着雪如、翩翩、皓祥等一众家眷，从各处冲到院子，袁忠迎向柏凯说：

"将军不好了！大批的羽林军涌入我们将军府，把我们重重包围了！"

柏凯对粗鲁的羽林军厉声吆喝：

"放肆！羽林军是保护皇宫的，更是我袁柏凯管辖的范围！我是护国大将军！谁敢再乱砸将军府，本将军以军法处置！快住手！"

羽林军显然得到密令，居然不畏柏凯，继续乱闯乱砸。柏凯大怒！一出手，一式"二郎担山"，双掌齐出，左掌斜劈一个羽林军的执枪之臂，其力道之猛，当场就将长枪打落在地不说，更将那个羽林军给劈了个狗吃屎，右掌去势如风，拍在另一个羽林军的胸口，立刻就将该羽林军震得吐血，仰天跌倒。柏凯紧接着欺步而上，变掌为拳、一路"大海潮生拳法"使出：左崩拳、右冲拳、左钻拳、单双换掌、转身掌、翻身掌、背身掌、三穿掌……如潮起潮落、绵延不绝；拳掌交替，招招中的；瞬间就撂倒一群羽林军。

翩翩拉着皓祥惊慌失措，哭喊着：

"哎呀！老天爷呀！是不是皇上真的来抄家了呀！"拉着柏凯，"唉！将军啊！您生的好儿子呀！不好好对待公主，这下咱们全家都没命了呀！"

"你闭嘴！"柏凯对翩翩发怒，"是什么情况还没有搞清楚，你哭天抢地地干什么？想诅咒我将军府吗？"

"爹！都什么时候了，您还不清醒吗？光骂我娘有什么用？咱们家惹祸了！祸首就是袁皓祯！"皓祥护着翩翩。

雪如看到家园被糟蹋，慌乱着说：

"皓祯！皓祯在画梅轩！袁忠，快去通知皓祯呀！"

袁忠还没去，说时迟那时快，皓祯一个箭步，身形如大鹏般地跃进了院子，接上了柏凯的"大海潮生拳法"，左拳右掌，立刻就撂倒了一个羽林军，同时旋转下踢，扫堂腿接连使出，再踢倒了几个羽林军。

鲁超、小乐、香绮护着惊恐的吟霜，也来到院子里。皓祯威风凛凛地大声一喊：

"是谁派你们来的？"

突然一个声音大喊：

"停手！"

羽林军个个闻声停手。伍震荣带着另一批羽林军，大摇大摆地走进院子。伍震荣大声地说道：

"本官奉皇后懿旨，到将军府捉拿狐妖！"对柏凯奸笑："大将军，对不住了，今儿个本官奉命行事，多有得罪请包涵啊！"

柏凯冷笑：

"奉命捉拿狐妖？荣王是不是走错地方了？将军府正气八方，哪来狐妖？"

"有没有狐妖？本官每个房间搜一搜便可了解！"伍震荣大喊："来人哪！把将军府所有的房间搜个干净！"

皓祯霸气地大喊：

"且慢！荣王，您这样大张旗鼓，目的应该是针对我袁皓祯吧！房子该搜的也已经被你们搜得乱七八糟，不用再装腔作势了！"

"哈！你这袁皓祯就是那张嘴厉害！不让本官继续搜也可以，那么你就乖乖把狐妖给带上来吧！省得本官再砸伤了将军府的一砖一瓦！"伍震荣说。

"荣王，你不要公报私仇，我们朝廷上的事情归朝廷上去说，不要假借名义抄了我的将军府！"柏凯喊道。

"本官懒得在这儿跟你们父子大眼瞪小眼，你们也别妨碍本官的公务，来人！据说这个狐妖是个女的，见到女眷通通抓出来！"

羽林军听令之后，粗鲁地把将军府里所有的女眷、丫环通通抓到院子里。柏凯大怒，气势凌人地喝道：

"荣王！你说你奉皇后懿旨，请把懿旨拿出来！"

"懿旨哪能作假，明日上朝，你尽管问皇上就是！"

"你假传懿旨，该当何罪？"皓祯大喝，"何况以荣王身份，要抄护国大将军府，也该出示圣旨！你调动羽林军，已经犯了军纪！"看柏凯，喊道："爹！这些羽林军闯入护国大将军府，左骁卫上将军府，以下犯上，还被荣王操纵！"锐利地环视羽林军，命令道："个个报上名来，不管你们有谁撑腰，死罪一条！"

羽林军害怕，噤声后退，悄眼看伍震荣。

"哈哈哈哈！"伍震荣大笑，"袁皓祯！你这位驸马，怪不得让兰馨公主动心，本王也蛮欣赏你的，奉劝你一句，回头是岸，你好处多多，前途不可限量！何必跟公主为难，去喜欢一个狐狸精呢？"就四面张望喊道："白吟霜！你躲在哪儿？"

被雪如护着的吟霜，再也忍不住，挺身而出了，朗声说道：

"民女白吟霜在此！如果荣王为吟霜而来，请不要骚扰将军府！这样大军压境，为了一个小女子，荣王似乎太小题大做了！"

皓祯拦在吟霜前面：

"吟霜！你不需要跟他说话！"

伍震荣见吟霜现身，就对手下大喊：

"把她拿下！"

皓祯和柏凯一起持剑而出，拦在吟霜面前。

"想拿下吟霜，先问问我这乾坤双剑答应不答应！"皓祯喊。

"来人呀！如果要开战，就全面开战吧！"柏凯大叫，"左骁卫听令！"

顿时，左骁卫全部涌出，和羽林军对峙。双方剑拔弩张，战争一触即发。

吟霜脸色苍白，眼神悲愤，脸孔却是正气凛然的。她一步迈出，正视着伍震荣，语气铿然地说道：

"荣王！你要捉拿民女，因为民女是狐妖？你有证据证明民女是狐妖吗？现在这么多双眼睛看着，不管是羽林军还是左骁卫，个个都是证人！爹和皓祯，为了捍卫我的清白，不惜大开杀戒！万一开战，必定血流成河！荣王，你真的要面对这种局面吗？能负这个责任吗？"

伍震荣一怔，怪叫：

"哈！这个妖女还挺会说的，你从哪儿学到这些说话的本事？你用什么方法蛊惑整个将军府？你从实招来！"

"荣王，如果我是狐妖，荣王这一生杀人如麻，多少亲王功臣，陆续惨遭灭门，不知荣王又是何方神圣？听说二十一年前，安南王府惨遭灭门，十六年前，江门王府，又惨遭灭门……"

"闭嘴！"伍震荣大吼，"你一定是个妖女，否则那么多年前的事，你怎么知道？哦，安南王府灭门，袁大将军不是跟着本王去的吗？江门王府，你从何得知？"

"若要人不知，除非己莫为！"吟霜悲悯地看着伍震荣，"何况荣王也不在乎别人知道！今天吟霜站在这儿，是狐是妖还是人，牵连即将爆发的一场大战！希望荣王想清楚！这场大战是皇上希望的吗？是皇后希望的吗？甚至，是兰馨公主希望的吗？"

伍震荣大大一震，确实被吟霜最后一个问题吓住了。

皓祯及时上前一步，说道：

"荣王！请收兵吧！将军府就把今天的事件，当成一个家庭纠纷下的误会！虽然荣王帮兰馨出面，名不正，言不顺！发动羽林军，更是叛变行为！皓祯看在皇上、皇后面子上，我就算了！再闹下去，大家都不好看！"

柏凯更是气势凌人地接口：

"荣王，别以为我怕你！带兵打仗，我比你经验多得多！如果在将军府开战，你一定占不了便宜！今天，你造成的伤害已经够多，可以回去复命了！"

伍震荣看看形势，知道柏凯所言非假，决定即时收兵。

"算了！今天看在袁皓祯是驸马的面子上，就把这狐妖的疑案，交给大理寺去调查清楚！你们袁家也记着，如果公主回来，再受到一丁点儿的委屈，本王一定带着圣旨，上来抄家灭门！你们千万不要以为本王在虚张声势！"大喝一声，"走！"

伍震荣就带着羽林军，浩浩荡荡而去。

四十六

画梅轩里，大致已经恢复了原状，小乐和香绮还在收拾散落的卷轴和瓶瓶罐罐。吟霜在药架前面，心痛地看着一些被打碎的药罐。皓祯从外面进来，走过去看了看，就帮忙收拾着，问：

"你爹那些神药，损失了多少？"

吟霜心痛地指着：

"这一排的药罐都打碎了，好在药方都在，明天起，我要去山里采药，把这些损失的药丸、药膏都补起来！"

"你要上山？除非我陪你去，要不然实在不安全！现在，伍家真的是跟我们杠上了！他们势力强大，到处有杀手！何况你已经被扣上了'狐妖'的罪名，你单独出门，我是绝对不放心的！"

吟霜一面收拾，一面喃喃说道：

"狐妖？狐妖？我怎么会变成狐妖的？"

"你别在乎这个！肯定兰馨自知理亏，给自己回宫找的借口，你别往心里去！不过你今天敢正面挑战老百姓闻风丧胆的伍震荣，可让爹对你刮目相看了！"

"我也不知道哪来的勇气，但是被人当作狐妖，又捣毁了家园，我确实不好受，只好出面和他讲讲道理！"

"你知道吗？"皓祯想想，"你讲理讲得特别好！不输给你高明的医术呢！"说着，就欣赏地笑了起来。

"你还笑？我都懊恼死了！唉！我还是去上房帮爹娘收拾一下吧！怎么有这样野蛮的人，一进门就砸东西？"

"吟霜夫人！你别去帮忙了！秦妈刚刚还来问你，需不需要帮忙呢！上房那边，书房那边，二夫人那边……通通都收拾好了！"小乐说。

吟霜就跌坐在坐榻里，若有所思。皓祯看看她，就走进了书房。

书架上的书卷都码好了，但是文字颠颠倒倒，错误百出。皓祯就把一卷卷错误的书卷，抽出来重新放好。吟霜走了过来，从他身后抱住了他，把面颊贴在他后肩上，用非常温柔的声音说道：

"接回公主吧！"

皓祯继续排列着书籍，坚决地说：

"不要！"

"请你！"

"不要！"

"求你！"

"不要！"

吟霜长叹一声，紧紧抱着他说：

"这种抄家灭门的事，不能再发生了！爹娘都上了年纪，你也要为他们着想！"

"为他们着想，更加不要！"

"勉为其难？"

"不要！"

吟霜抱着他，摇着他。皓祯就转回身子，抓住了她的双手，两人面对面，彼此深深互视。吟霜眼里，是顾全大局的哀恳；皓祯眼里，是无法动摇的坚持。半晌，皓祯说：

"事实上，进宫挨骂那天，我见到兰馨了！她似乎有求和的意味，但是，我看着她，想到的是你被肉刷子刷过的手臂，我寒毛直竖，刹那间，觉得整个皇宫都是阴森森的！所以，不！绝不！我不会让你再陷进丝毫的危险里！那个兰馨，不会饶过你，你又太善良，不会保护自己！假若你身上为了我，再弄出任何伤口，我会恨死自己！所以，不！绝不！"

吟霜叹了口气，不再说话了。

兰馨当晚就知道伍震荣大闹将军府的事了。她可不是吟霜，会和伍震荣讲道理。在她的寝宫里，她怒气腾腾地握着鞭子，一鞭子就打在伍震荣的肩上，怒骂着：

"你去袁家大闹？还带了羽林军？结果，你抓到狐妖了吗？谁要你帮我出头？本公主说过，谁都不许碰袁家，你没听到吗？你以为你这个荣王，没有人制得住你吗？你还敢来我这儿邀功？我打死你！"

皇后气坏了，大喊：

"兰馨，你敢用鞭子打荣王？是敌是友，你都分不清吗？"

伍震荣慌张地躲着鞭子，讨好求饶地说：

"兰馨公主，总要有人帮你出气是不是？下官已经丢下话，下次他们再让你受委屈，下官就把袁家抄家灭门……"

"你抄谁的家？灭谁的门？"兰馨追着伍震荣打，"本公主已经嫁进袁家了，你不知道吗？你这是在威胁袁家还是威胁我？你是在帮我还是害我？"

卢皇后大怒喊：

"来人呀！把公主的鞭子抢下来！"

卫士冲进门来，立刻和兰馨抢鞭子。伍震荣反为兰馨求情：

"皇后息怒！兰馨公主现在气糊涂了，下官就给她打几鞭，让她消消气也没关系！你们母女，千万别为了下官伤和气！"

伍震荣说话时，兰馨的鞭子已经被卫士抢下。兰馨更加生气懊恼，对伍震荣吼道：

"我们母女的和气，早就被你这个'下官'破坏得干干净净！你还在这儿说什么风凉话？本公主现在限你十天之内，去向袁家道歉！向皓祯道歉！他们原谅了你，我就不去父皇那儿告状，要不然……哼哼！"

伍震荣大惊：

"啊？去向袁家道歉？去向皓祯道歉？"

"真是女大不中留！"皇后不禁大叹，盯着兰馨，"你这么在乎皓祯，又为什么弄出沙袋、墨汁、肉刷子？弄不死人家就冤人家是狐妖！"

兰馨对皇后怒喊：

"我没有冤枉她！她就是狐妖，就是狐妖……"

伍震荣赶紧说道：

"好好好！我去道歉！我去道歉！道歉完了再想办法捉狐妖！"

捉狐妖这事，实在不好办。但是，伍震荣一直有颗棋子，还没发挥很大的作用。那就是方汉阳。当初把汉阳安插在大理寺，实在没有料到这个"嘴上无毛"的斯文小子，并不像他爹方世廷那么好操纵！可是，不管怎样，方世廷是爹，汉阳是儿子，还是会收到一些效果。现在，只要汉阳去袁家，用大理寺名义，声势浩大地调查一番，然后咬定吟霜是狐妖，抓进大理寺就好办了！伍震荣想出办法，就来到宰相府做客。

汉阳听了伍震荣的一番说法，大惊地问：

"什么？袁家有狐妖？"

"那个袁皓祯父子咬定不承认，还有那位白吟霜，居然毫不畏惧本王，一介女子，说话头头是道！一看就不是简单的人物。但是，越是如此，本王更加怀疑，所以，汉阳你非得去查清楚这白吟霜的来历不可！"

汉阳冷静地思索，喃喃说道：

"原来，皓祯又娶了如夫人？"自言自语，"白吟霜？那不就是在长安大街救治祝大人的女神医吗？"说着，脸色一正："荣王，既然都亲眼见过那位如夫人，除了说话头头是道，还有什么疑点，让您怀疑她是狐妖呢？"

"嗯，实在说，本王看不出什么疑点！"伍震荣沉吟道，"可能这就是疑点吧！她太冷静了！本王已经发动羽林军，她还能侃侃而谈，连一点惧怕都没有，这不近人情！能把公主逼到回宫，也实在太玄！"

"公主回宫的事情，朝廷上下都传遍了，这皓祯还真大胆，居然这么久了还不接回公主！看来这位狐妖，功力深厚！"世廷接口，明显地在帮伍震荣说话。

"爹！"汉阳皱皱眉，"我们还没有证据证明，皓祯的如夫人确实是狐妖，还是让汉阳去调查看看再下定论吧！"

"寄南和皓祯两人关系那么好，或许也可以从寄南那边试探出一点蛛丝马迹！"世廷指示地说。

"这个已经想到了！我一会儿就去找他们问问！"

"这寄南和他的小厮，还没管教好吗？"伍震荣看世廷。

"上次把他们关进冰窖，几乎要了他们的命！这两个头痛人物，碍着皇上的面子，只好走一步算一步！总不能真的把他们弄死！"

伍震荣点头不语。

将军府有狐妖之说，就这样传了出去。至于汉阳奉命捉狐妖，寄南和皓祯还没得到消息。因为两人都被气呼呼的太子，召进了太子府。

太子满脸不平，看着皓祯和寄南说道：

"这虎啸山的一幕，回想起来还是惊险重重，你们说，难道我们就这样吃个哑巴亏？我要把那个姓伍的抓起来！虽然他蒙面又装成怪声怪调，我依旧知道是他！"

"依我看，那个好歹是你妹夫，又是驸马，即使知道他在设局，又牵涉到女人，声张了对你的名声不好，你只能咽下去！"

皓祯劝着。

"不行！"寄南不服气地说，"不能饶了他们，本王的脚现在好像还陷在泥泞里一样！我们也得设个局，让他们跳进去！"

"就是！你们两个聪明人，赶快想个主意，让我出这口怨气！我只要一想到那虎啸山，就浑身冒火！"太子恨恨地说。

"或者以其人之道，还治其人之身！我们也用美人计，不知道行不行？"寄南说。

"太慢！"太子说，"我只想冲进那驸马府，把那个驸马拉出来痛揍一番！"

"这样也是个干脆的办法！如果启望兄真想这样做，我靖威王一定奉陪！"寄南起劲地说，"不如我们今夜就夜探驸马府……"想着，"麻袋！麻袋！对对对！宰相那方法好，用麻袋罩住他，一顿痛打就行了！"

"你们想想清楚，那驸马府就如此容易闯进去吗？万一抓错了人呢？万一失手呢？太子打驸马，这算哪一出戏？"

太子瞪着皓祯，大声呼气：

"那驸马陷害太子，又算哪一出戏？难道我堂堂一个太子，就这样认栽吗？"

"你何曾栽了？亡命而逃的不是你，是那个驸马！"皓祯脸色一正，看着太子说道，"我们和伍震荣这场仗，是个漫长的行动！你小不忍则乱大谋！木莺不知道是不是就是那位斗笠怪客？如果是他，他也亲自出马了！"忽然想起，深思地问："你们说，斗笠怪客怎么会知道吟霜？会要我们赶快去找吟霜？显然，他也知道吟霜的医术！"

"是啊！"寄南也想了起来，"这位斗笠怪客，实在神秘！不过，在岩石林吟霜受伤时，他出现过！或者，他早就认识吟霜！或者他埋伏在东市，看过吟霜治病！"

"原来是斗笠怪客吩咐你们找吟霜？"太子惊奇地问，"我还以为是皓祯的主意！"思索着，说道："这证明我们天元通宝，是彼此消息灵通的！就是我这个太子，有点窝囊！"

"启望，想开点！"皓祯说，"伍震荣昨天带了羽林军，大闹我们将军府，几乎拆了我家！还硬栽吟霜是狐妖！我被他气得快吐血！但是，我只能忍下！除非我们能够一举扳倒伍震荣，我们不能再弄出私人的麻烦，让木鸢措手不及！要以天下为重！"

太子神色一变，不禁对皓祯肃然起敬，说道：

"皓祯说得甚是！"

寄南却跌足大叹：

"打架又打不成了！"看着太子，忽然问："你把那青萝怎样了？虽然她是荣王府送来的，那种风度、气度和谈吐的女子，实在世间少有！不管是不是苦肉计，人家好歹帮你挨了一剑，你惩罚她的时候，也要手下留情！"

"啊？"太子一呆，"你还帮青萝说话？"

"本王对于美女，总是心怀仁慈、没有原则的！"寄南笑嘻嘻说道，"幸好，伍震荣没有对本王用美人计！"

安抚完了太子，寄南回到宰相府。他不知道他身边就有个美人，只是常被他当成小厮看待，也不曾怜香惜玉。因为去太子府，他不方便带着灵儿。灵儿心中有气，这个主子大概真的不要她了！她心中骂着，一面在卧房里换衣服，头上是男妆，下身穿着小厮的长裤，灵儿正忙着给自己的胸部缠着布条，一圈又一圈地缠着，想要缩小胸部，缩得满头大汗。

"唉！我真是命苦，明明婀娜多姿的女儿身，还要故意把自己的胸部变没有，唉！全天下大概只有我这个笨蛋，才会这么做吧？勒得我喘不过气来！"灵儿边缠边抱怨。

寄南从太子府回来，进了大厅，没见到灵儿，就一脚跨进了卧房。一看灵儿在更衣，大惊，急忙把身子转开，背对灵儿，嘴里嚷着：

"我没看见！我什么都没看见！"

灵儿从床上抓起一件衣服就扔向寄南，大骂：

"你进门也不敲门？就这样闯进来？你不安好心！我都被你看光了！"

寄南抓下蒙着自己脑袋的衣服，说道：

"你才太不小心，换衣服也不把门闩闩上，这是被我看到，万一被别人看到，你小厮的身份就拆穿了！"忽然看到手里的衣服，居然是灵儿的亵衣诃子，寄南更惊，"你看你看！拿什么东西扔本王？这是什么？"高举手里的诃子。

灵儿抓着身上还没缠好的布条，半裸着飞奔上来抢诃子，喊着：

"你这个混账东西！你把我贴身小衣拿去干吗？赶快还我！"

寄南眼光不由自主地追随着灵儿，眼睛都直了，赞美道：

"哇！你身材太漂亮了！腿又长，腰又细……"

灵儿伸出双手去遮寄南的眼睛，嘴里喊着：

"是君子，就把眼睛闭起来！"

灵儿这样一伸手，胸部的布条直往下掉。寄南看得目瞪口呆。灵儿赶紧缩回手，拉住布条遮着胸部，涨红了脸跺脚：

"你还看！你还看！还不把眼睛闭起来？"

"你在我面前这样蹦蹦跳跳，还要我闭眼睛？什么君子？我窦寄南从来就不是君子！再说，你这'贴身小衣'，这漂亮的'诃子'，可是你扔到我脸上来的，我没骂你无礼，你还骂我……"

两人正在吵着，房门一开，汉阳大步进门来。

寄南一看不得了，抓起床上一堆衣服，把灵儿连头带脑包得密不透风，不巧把一条长裤套住了灵儿的头，寄南再去推汉阳。

"又一个不敲门的！"寄南对汉阳笑道，"汉阳，有事吗？出去谈！出去谈！"

寄南一面说，一面把汉阳往门外推。汉阳伸长脖子往里面看。

"裘儿在干吗？"汉阳问，"他求着要当我的助手，我是来通知他，我可以用他当助手！"

灵儿眼睛被长裤罩着，什么都看不清，以为是件衣服，双手乱伸找袖子，听到汉阳的声音，急忙开心地回答：

"谢汉阳大人恩典！谢谢你，你太好了！那我就是你的助手啰！"

寄南把汉阳用力推出门，拦在门口：

"你要用我的小厮当助手？有没有得到我的同意呢？这事我不同意，他连我的小厮都不能胜任，怎能胜任当大理寺丞的助手？"

灵儿大怒，大声喊：

"窦王爷，你这人简直是小人！本小厮现在郑重宣布，不当你的小厮了……"

灵儿一面说，一面和套在脑袋上的长裤奋战，满屋子转，一不小心，脑袋撞在墙角上。这一撞还不轻，灵儿哀声喊道：

"哎哟哎哟！痛死了！"就套着裤子，倒在地上。

寄南一惊，砰然一声把房门合上，把汉阳关在门外，急忙过来扶起灵儿。寄南拉下她蒙在头上的长裤，揉着她撞红了的脑袋，关心地问：

"怎么一件衣服都穿不好？脑袋怎样？疼吗？"

灵儿瞪着他：

"你把我的汉阳大人关在门外啦？"

"什么你的汉阳大人？"寄南生气，小声地说道，"我才是你的寄南王爷！你看你这衣冠不整的样子，要给汉阳也看光吗？"

灵儿急忙又抓起衣服护住自己，大喊：

"出去！你也给我出去！去陪着我的汉阳大人！"

寄南听话地出去了，主要是去盯着那个方汉阳，怕他偷看。反正偷看偷听都没罪！一面自言自语：

"我就说嘛！只要碰到美女，我就没原则！不是没原则，是没辙！"一愣想着，"裘儿算是美女吗？"想着她那婀娜多姿的身材，那熟睡时的脸庞，不由自主地微笑起来，心中低语："她不算？谁才算？"他终于发现美女了！

总算，灵儿换好了衣服，一切都弄整齐了。只是，额头上有个红肿的包。寄南、汉阳正在长廊中边走边谈。她就追了上去，神采飞扬地对汉阳说道：

"办案我有特别能力，汉阳大人用了我准没错！"

汉阳一本正经地说：

"不见得！刚刚看你换一件衣服，居然换得乱七八糟，最后还撞了头，真是不可思议！觉得你事到临头，就手忙脚乱，是不是办案的材料，还要观察！"

寄南一惊，急问：

"换衣服？汉阳，她换衣服你也看到了？"

"办案，就要有眼观六路、耳听八方的能力！"汉阳坦然自若地说。

灵儿更惊，讷讷地问道：

"那……汉阳大人看到了什么？"

"看到你头上套着裤子，两手找不到袖子，裤管拖在脑袋后面，像一只长耳朵的兔子，满房间乱跳！"

"嘿嘿！"灵儿傻笑，"汉阳大人说话真有趣！"小心地问："还有呢？"

"还有……就是你这位主子，把我推出屋子！"

"喀喀！"寄南也傻笑，"汉阳你在作打油诗吗？'头上套着裤子，两手找不到袖子，像只长耳朵的兔子，还有一位主子，把你推出屋子！'"

"是！"汉阳深思地说，"你们俩这个案子，实在有一点棘手，爹娘拿你们没有办法，柴房冰窖都没用，我要仔细找出治你们的方子！"就大发现地说道："裘儿！你跟了本官吧！当我的小厮和助手，先把你们两个分开，这样共处一室，怎么治得好断袖之癖呢！"

"不要！绝对不要！"寄南大叫。

灵儿转着眼珠问：

"跟了汉阳大人，不会也要跟汉阳大人同一个房间吧？"

寄南拉着灵儿的耳朵，咬牙说道：

"汉阳，让她和我帮你一同办案，你等于多了两个助手，至于她去当你的小厮，我不准！她已经把我的生活搅得大乱，就不要让她再来祸害你！"

汉阳干脆地说：

"好！一言为定，从今日起，你们两位正式成为本官的助手，明天和本官一起去将军府，调查狐妖一案！"

灵儿和寄南惊愕，异口同声喊道：

"啊？将军府？狐妖？"

就这样，第二天，汉阳带着他的两个新助手来到了将军府。皓祯陪着三人进了画梅轩的大厅，香绮奉茶。然后吟霜款款而出，对汉阳盈盈施礼。

"吟霜见过方大人！"低语，"其实早就见过了！"抬头凝视汉阳："听说大人是奉令来将军府，调查吟霜是不是狐妖，是吗？"

汉阳一怔，看着寄南、灵儿和皓祯，问道：

"这是机密！是谁泄露了本官的来意？"

"哈哈！"寄南大笑，"是你的大助手和小助手联合行动！汉阳，你找助手前，一定要把他们调查清楚！我和裘儿，正是皓祯和吟霜的知己，怎么可能不泄密呢？"

"寄南、裘儿，你们不要插嘴，让汉阳办案！"皓祯看向汉阳，"汉阳有话尽管问，我和吟霜，一定知无不言，言无不尽！"

"那我就开始问案啰！"汉阳一本正经地说，就看着吟霜问道，"你是狐妖吗？"

"吟霜不是狐妖！"吟霜坦荡荡地回答。

"据说，你有蛊惑全家的能力？"

"'蛊惑'两字不知道是什么意思？是让全家都喜欢吗？那我完全没有这能力，因为公主恨我入骨，假若我是狐妖，一定可以收服公主，怎会把公主气到回宫？"吟霜说。

"说得也是！这将军府最有权势的人物，应该是公主吧！"汉阳沉吟地凝视着吟霜。

"除了公主，也没有其他人说吟霜是狐妖吧？"皓祯深思地笑着，"或者，吟霜不是狐妖，我才是什么树仙、山怪的？反正都是因为我，才让公主生气，吟霜受虐，全家不得安宁！"

"少将军的意思是，世间本来没有狐妖鬼怪，只因为有种种心理的原因，例如爱恨情仇，而让魔由心生？"汉阳深深看着皓祯说。

"汉阳！"皓祯惊叹，"你让我刮目相看，真是相见恨晚！对了！就是这样，请问你也在大理寺一阵子了，办了多少离奇的案子，你见过狐妖鬼怪吗？"

"还真的没有亲眼见过！皓祯这种理论，也是我常常假设的！但是，我接触的案子确有几件牵扯到一些巫医巫术，百姓也穿凿附会，议论一些不寻常的异象，这又怎么解释？"

"那确实很难解释！我想，这世间有千千万万的人，总有几个生来就有异禀的人，这些异禀，平常人没有，就会少见多怪！

就像'天狗食日'这种事，说不定有一天，也会有合理的解释！人，要学的东西还很多！"

汉阳点头，折服地对皓祯一笑：

"你应该也来当我的助手！"

"哈哈！"寄南大笑，"汉阳别太贪心，你要多少助手才够？今天没有白跑一趟吧！"

"汉阳大人，如果吟霜是狐妖，小的一定是月亮里那只捣药的兔子！"灵儿说。

"而且连一件衣服都穿不好，在裤管里找袖子的兔子！"寄南接口。

灵儿、寄南大笑，汉阳勉强维持威严，唇边却满是笑意。吟霜笑看他们说：

"寄南、裘儿，你们笑得那么古怪，一定有我不知道的典故，不可以瞒我，快说！"

灵儿、寄南异口同声说道：

"不能说！不能说！"

"唔，有秘密！有秘密！"皓祯拍拍汉阳的肩，"如果办案告一段落，让我做东，我们来喝酒吧！"

这是汉阳第一次在嫌疑犯家里喝酒。而且，喝得十分尽兴。皓祯的正直爽朗，吟霜的雅致脱俗，寄南的嬉笑怒骂，裘儿的傻里傻气……营造出一种宾至如归的感觉。汉阳看着皓祯和吟霜，直觉就是一对璧人，兰馨确实是多余的。他这样想着，就不禁为兰馨叹息，也为自己失之交臂的情缘而叹息。

喝完了酒，汉阳拉着皓祯，在书房中密谈。汉阳看看皓祯说：

"我算是追查过狐妖案了，但是并不表达我的意见就是定案！如果有心人一定要说吟霜是狐妖，也能举出证据，本官不见得能保她不是！我是大理寺丞，上面还有大理少卿，再上面还有大理寺卿！"

"我了解，只要你能相信她不是，我就感激不尽！"皓祯说。

汉阳看了皓祯好一会儿，责备地说：

"既然心中只有一个吟霜，为何还要娶公主？我不会武功，知道打不过你，但是，我很想狠狠地揍你一拳！"

皓祯看了汉阳一会儿，说道：

"这一拳，你揍了！而且揍得我很痛！"吸口气反问，"当初，公主是二选一，你为什么不争取、再争取？我虽然会武功，因为你不会，我不打你！但是，我真的很想打你一拳！"

汉阳眼神一暗，坦率地回答：

"你打了！而且，打得我很痛！"

两人深深互视着。多么矛盾的立场，多么对立的地位，多么尴尬的处境，但是，友谊就这样生根发芽，迅速茁壮起来。对皓祯来说，竟然有钟子期初听到俞伯牙弹琴，说出的那句话："巍巍乎若高山，荡荡乎若流水！"的感觉。高山流水，知音难觅，错过的相知，错配的婚姻！上苍给人间，开了多少玩笑？

四十七

太子卸下身上的长剑，挂上墙，再解下腰间的腰带，取下腰带上的玉带钩，不禁看着玉带钩发怔。太子妃看着他的神情说：

"这玉带钩失而复得，也不容易！那件劫金案虽然没破案，汉阳还是把这玉带钩还你了！这大理寺丞和他爹不一样，还是挺有人情味的！"

"嗯，物归原主！"太子沉思着，纳闷起来，"玉带钩丢掉是个意外，咬定玉带钩老早就丢了，那青萝不可能事先和伍震荣串供，我会不会真的冤枉了青萝？"

"太子！"太子妃说，"你把那四个丫头关了好多天，到底预备要把她们怎样？"

太子烦躁地回答：

"从荣王那儿来的人，绝对不能信任！"要说服自己，"她们一定早就被训练得成精了，否则，荣王怎会把有杀父之仇的女子，送到我这儿来？"

"那……你也不能把她们关到老死吧？"

太子深思不语，心里有点不安，匆匆说道：

"我去书房，还有一些重要的工作要做！我那赞善大夫还没递补，失去了祝之同，我像失去了一位亦师亦友的人，这种损失，是再也无法弥补了！"说到这儿，对伍震荣更是恨之入骨。

这天清晨，太子拿着卷轴，匆匆往大门外走，喊着：

"邓勇！你去哪儿了？有没有备马？"

空中忽然一道飞影掠过，快若穿燕、迅似惊鸿；太子立刻身形一闪避开，抬头一看，竟是自己的护卫杜野，邓勇和众卫士紧追在后，飞舞着追逐围捕。邓勇大叫：

"别让他跑掉！"一面追，一面喊："太子！奸细就是杜野！"

杜野挥舞着手中长剑，且战且走，抵抗着追兵，往大门外冲去。太子腾身而起，飞跃上前，使出"夜叉采海"，右掌一探一抓，一把就抓住了杜野的衣领。接着一个拗步捶，立刻把杜野掼倒在地。不料杜野利落地一个"鲤鱼打挺"，翻身而起，长剑直直地刺向太子，太子一惊躲过，喊道：

"杜野！你是我多年的护卫呀！"

太子的"昆吾剑"出鞘，和杜野交锋，两把剑迎着阳光闪耀，上下翻飞。太子的剑术，既沉稳，又灵活；临危不乱，深得"以意使剑"的宗旨！两剑追逐缠绕，剑身相碰，铿锵作响。很明显地，太子无论在剑术上、气势上，都更胜数筹！邓勇和众卫士一拥而上助太子一臂之力，众剑围攻，招招致命；剑光将杜野罩住，杜野难敌众多高手，迅速地落败下来，手中长剑被磕飞落地。邓勇一把抓住了杜野，把杜野按着跪在太子脚前。邓勇禀告：

"太子！邓勇对杜野怀疑已久，今天终于抓到他了！"踢着杜野："你跟太子说！你是怎样溜出去向姓伍的报告太子行踪的？怎样对太子设局的？"

"杜野？"太子惊问，"你真的是荣王的奸细？难道我们太子府对你不够好吗？"

"有什么好？"杜野倔强地回答，"一辈子都是随从！跟在太子屁股后面跑！如果我有了足够的钱，可以买许多护卫跟在我屁股后面跑！"

"那么，你就是为了钱，把我出卖了？你最近卖了什么？"

杜野被捕，知道难逃一死，豁出去爽气地回答：

"虎啸山！五十两黄金把你骗到虎啸山！够了吧？"

太子脸色一变：

"原来，虎啸山是这么回事！那么，那张青萝写的字笺，也是你从荣王那儿拿来栽赃她们四个的？"

"不错！荣王保留她们所有的私人物品，随时可以派上用场！"

太子一呆，抓到奸细的喜悦，远远不敌冤枉了青萝四人的痛楚！

"邓勇！把杜野给关进地牢里去！他是人证，可别给他逃了！"太子怒喊。

"不用关我，拿人钱财为人做事，我什么都不会招！"杜野说完，突然从怀中取出一柄匕首，瞬间就抹了脖子，血溅花园。邓勇、卫士和太子，全部措手不及，杜野已经倒地而亡。

回到书房，太子妃心惊胆战地看着他，真没想到，太子身边的护卫，竟然是伍震荣的奸细，太子的生命，真的像皇上所说，是建立在"危险"两字上面的。还好邓勇时时刻刻相随太子，要不然，恐怕早就遭遇了不测。太子妃心里恐惧不安，太子的心思却在另一件事情上面，他对邓勇吩咐说：

"把青萝她们四个带来！对她们好一点，如果她们想先梳洗，也让她们先去梳洗，我在这儿等着她们！"

片刻之后，青萝、白羽、枫红、蓝翎四人被带进书房。只见四人神情憔悴，虽然已经梳洗过了，依旧难掩落寞和伤痛。四人看到太子和太子妃，就在两人面前跪坐于地，个个低头默默不语。

太子和太子妃，歉然地看着面前的四个女子。太子就柔声地说道：

"青萝，委屈你们了！现在奸细已经抓到，真相大白！你们可以洗刷所有的罪名了，一切和以前一样，你们还是在太子府里当差！我不会亏待你们的！如果你们有什么要求，告诉我！本太子一定弥补你们这次的委屈！"

青萝抬头，坚定地看着太子，开口说道：

"太子，在监牢里，我们四个已经商量好了，如果我们还有重见天日的一天，我们只希望像一般老百姓一样，过着平凡的日子，找个肯接纳我们的人，生儿育女！所以，如果太子肯成全我们，就把我们四个放出太子府，让我们自生自灭！"

太子一惊，盯着青萝看：

"青萝，这不是你的真心话！你只是在怄气罢了！"

"怄气也罢，不怄气也罢！"青萝平静地说，"太子府、驸马府、荣王府……我都住过了！冤枉委屈也都一样！我们四个都饱经风霜，知道在这些宫闱豪门里的滋味，我们不想再继续这样的日子，请太子成全！"说完，磕下头去。

其他三个女子也磕下头去，一致地说道：

"请太子、太子妃成全！"

太子妃走到四人面前，拉起青萝：

"你们都起来吧！那牢里的日子不好过，你们都受到了冤枉和打击，现在想的，不一定是正确的，我让人给你们送几件新衣裳去穿，你们打扮打扮，然后好好吃一顿，补补身子，再来讨论去留的问题如何？"

枫红、白羽、蓝翎都动摇了，低头不语。唯有青萝倔强如故。

"谢谢太子妃！青萝就此别过，还要去寻找弟弟，不再停留了！打扮打扮也不必，怎样打扮，也掩饰不掉身上的污秽！如果太子和太子妃答应，青萝就此告辞！"

太子瞪着青萝，衷心歉然，神情激切，大声说道：

"你弟弟我再继续帮你找，你一个人到哪儿去找？再说，我那服饰都是你在打点，你去了，谁来打点？"

"找弟弟差点害了太子，不敢再劳动太子！至于服饰，我在牢里这些日子，不是也有人打点吗？太子不缺人手！"青萝倔强如故。

太子重重呼吸，胡乱找留人的理由：

"那皇太孙佩儿跟你惯了，谁来带？"

"总有人可以带的！"青萝平静地说。

"这么说，你走定了？"太子深深看着她。

“是！”青萝坚定地说，“青萝不再留恋，走定了！只要太子准许！”

太子何时被人这样拒绝过？面子、里子都下不来，一怒，甩袖说道：

“青萝所请照准！要走立刻就走！”悻悻然从桌上拿起卷轴，就大步往门外走去，到了门口，又转头说道：“太子妃，给她一点盘缠！”说完，不再回头，出门去了。

青萝匍匐于地，轻轻说道：

“太子保重！”

太子不到二十岁时，就奉旨和太子妃成亲，太子妃是礼部尚书的女儿，是个不折不扣的大家闺秀，端庄自持，恪守本分。太子从来不是一个对女色迷恋的人，有太多“天下事”让他操心。自从被立为太子，他就以百姓福祉为己任，除了太子妃，他不曾对任何女子动情。其实包括太子妃，他只是理所当然地接受，并未尝到“动情”的滋味。直到遇到青萝。但是，这唯一一个让他动情的女子，就这样离开了太子府。抓到的奸细又自刎了，无法做证荣王预谋杀害太子之事，太子的心情，跌落谷底。

他很想找皓祯聊聊，皓祯却忙得很。摆脱了兰馨，又搬进了画梅轩，他这段日子过得像神仙。虽然也有伍震荣大闹、方汉阳来追问狐妖之事，都不曾让皓祯的幸福感稍减。这天清晨，皓祯准备要出门上朝，吟霜帮他穿着衣服、扣着扣子。这朝服有够复杂，从头上的介帻到身上的袍衫，到佩戴的革带，都有讲究。吟霜仔细地帮他整理着，皓祯看着她，情不自禁在她额上印下一吻。吟霜抬眼看他，神秘兮兮地笑着，轻声说：

"下朝之后早点回来，有事情要告诉你！"

"有事情要告诉我，就马上说呀！还等什么下朝？到底是什么事？快说！"皓祯抓住她的双手。

吟霜就附在他耳边悄悄说道：

"你要做爹了！"

"什么？"皓祯一惊，"你说什么？"

"我说……"吟霜羞赧地说，"你要做爹了！"

皓祯眼睛睁得大大的。

"你是说……你有喜了？"

吟霜点点头。

"你确定吗？"

吟霜再点点头。

皓祯大喜，抱着吟霜就地发疯，嘴里喊着：

"简直是天大的好消息！吟霜有喜了！不得了……"赶紧把吟霜放下，小心翼翼地扶她到床边，按着她坐下，"赶紧坐好，赶紧坐好！你可千万别给我动了胎气！坐在这儿别动！"就扬着声音大叫："小乐！香绮！赶快准备鸡汤……吟霜有喜了！"

小乐和香绮都冲进房间。小乐放开声音就大嚷：

"有喜了？哇哈哈哈，吟霜夫人有喜了！"转身就跑，"我去跟将军报喜去！"

"小乐！"皓祯喊着，"你回来，这么大的喜事，当然由我来说！"抓着吟霜："我们一起去说！"

吟霜害羞地一扭身子：

"你去就好了！我不去！"

皓祯转身就冲出房间，一路跑过庭院、长廊、水池、花园……嘴里不停地大喊着：

"爹！娘！你们要当爷爷奶奶了！爹！娘！大消息！大消息！吟霜有喜了！"

柏凯、雪如、翩翩、皓祥都被惊动了，从屋子里纷纷奔出来。雪如一把抓住了皓祯的手，惊喜地问：

"真的？吟霜有喜了？多久了？"

"什么多久了？"皓祯不解。

"是刚刚有的？还是两个月、三个月？"

皓祯拍着自己的脑袋：

"哎呀，忘了问她！不知道啊！"

柏凯不知道何时已经到来，打了皓祯肩头一下。

"不知道？你这个爹真糊涂！"忽然笑看雪如，"以前我也是这样，一听到你有喜，高兴得团团转，其他什么事都弄不清楚！哈哈哈哈！袁家有后了！"

"将军！恭喜恭喜！恭喜恭喜！这是天大的喜事啊！"袁忠喊道。

立刻，小乐、鲁超和所有仆人丫头都聚集过来，众人欢天喜地地大喊着：

"恭喜将军夫人！贺喜将军夫人！大喜大喜大大喜！"

庭院一隅，皓祥和翩翩看着这一幕。翩翩对皓祥说道：

"哎呀，这下不得了，从外室变丫头，从丫头变小妾，从小妾变如夫人，现在有喜了！公主再不回来，恐怕在袁家什么地位都没有了！"突然瞪着皓祥说："你为什么总比皓祯慢？青儿、翠儿跟了你两年，连一点消息都没有吗？"

皓祥瞪着翩翩，冲口而出：

"你当年为什么也比大娘慢？让我比皓祯小了几个月。如果我是长子，会受这么多委屈吗？"

翩翩哑口无言了。

庭院里，雪如依旧喜悦地拉着皓祯的手，说道：

"这事太重要了！吟霜虽然自己是神医，还是要请一位真正的大夫来诊断一下！有了确实的好消息，再来庆祝！"

"袁忠！"柏凯就兴奋地喊道，"快去把杜大夫请来！"

"将军大人！"雪如笑得捂住嘴，"是麦大夫啦！那杜大夫是专治跌打损伤的，妇女的事不管啦！"

柏凯、雪如、皓祯、秦妈、小乐、香绮都哄笑起来。众丫头仆人也笑弯了腰。

麦大夫进了将军府，再到画梅轩，证实了吟霜自己的诊断，满脸堆着笑容，对柏凯和雪如说道：

"恭喜大将军，恭喜夫人，一点也不错！吟霜夫人有喜了！"

众人欢喜，雪如赶紧问道：

"大概有多久了？"

"应该才一个多月！"

"一个多月？"雪如欣喜地拉着吟霜的手，急道，"这段日子最重要，千万要小心，生的冷的都别吃，一定要保护好肚子里的胎儿！"

柏凯急忙对麦大夫道谢。

"吟霜夫人多休息，不要提重的东西，我再开几帖补身安胎的药，定时来诊视，大将军就等着迎接孙子吧！"麦大夫在众人一片道谢声中，被袁忠送出门去。

皓祯就喜悦地看着吟霜，郑重地说：

"从现在起，你什么事都别做……"喊着："香绮，你看着小姐，别让她太累！还有，秦妈背痛，袁忠关节痛，小乐摔伤了腿……都不是你的事！别一天到晚帮这个扎针，帮那个把脉，上次还为娘悄悄去山上采药，你以为我不知道，我清楚得很，你已经是全家大大小小的女大夫了！"

吟霜羞涩而好脾气地说道：

"你别小题大做！我还是可以帮大家扎针看病开药的，我的药比外面的好！"

"吟霜是好心有好报，实在太高兴、太高兴了！哈哈哈哈！"柏凯笑着。

翩翩一副热心的样子，拉着雪如说道：

"这吟霜还是年轻，有了喜不能搬东西，那天荣王来大闹，我看她整天忙着搬家具，收拾东西，会不会动了胎气呢？"

"就是就是！"雪如担心，"这吟霜，多少不能做的事，她都做了！我看，皓祯，过两天我们带吟霜去观音庙烧个香，我要还愿，还要为吟霜祈福！"

皓祯忽然想到什么，说：

"这个好消息，一定要告诉寄南和裘儿！"喊道："鲁超！去一趟宰相府！"

鲁超兴奋地说道：

"昨儿个有事出门，听说窦王爷最近忙得很！不但成了汉阳大人的左右手，还到处行侠仗义！老百姓都在赞美他呢！靖威王现在名气响当当！"

皓祯和吟霜，不约而同地惊喜说道：

"是吗？"

画梅轩中欢声一片。皇宫里的公主院落中，兰馨拿着木剑练着，一边练一边说：

"一点一点分一点，是暗示要和我分吗？一点一点合一点，是个洽字！要合就要融洽吗？难道它都有意义的？"

兰馨一面想着，一面把木剑练得虎虎生风，忽然听到背后有声音，就举剑直刺过去，嘴里大喊：

"一点一点留一点！来者是谁，还不快'溜'？"

这一剑差点刺到进宫来见兰馨的皓祥身上。皓祥惊险闪过，惊魂未定，拍拍胸喊：

"哇！公主你这一剑，差点刺到我心口，还好我命大！"

兰馨见到皓祥，一怔：

"怎么是你？"向皓祥身后再看看，没见皓祯，眼神黯淡，"是你哥派你来当说客的吗？"高傲地抬着头："你回去告诉他，有话叫他当面来找本公主，找谁当说客都没有用，本公主不会回去的！"

皓祥故意阴阳怪气地说道：

"还不回去的话，公主在将军府的地位就快要不保啰！公主若是继续关在这里生闷气，放着别人恩恩爱爱地过日子，只怕是便宜了别人，伤了自己的心！"

兰馨脸色一沉，尖锐地问：

"什么意思？恩恩爱爱？难道皓祯真的收了那狐狸精当小妾？"

"不是小妾！现在是'如夫人'！上上下下都喊她'吟霜夫人'了！何止是皓祯，我爹我娘都认了吟霜，人家现在是我爹娘面前的大红人，而且……还有一个更震撼的消息，不知道该不该告诉公主……"察言观色地欲言又止，"就怕公主承受不了……"

兰馨眼神犀利地大吼：

"说！不要拐弯抹角，什么消息你快说，承不承受得住，那是本公主的事！"

"好！公主好气魄！最好你真的承受得住。白吟霜已经怀孕了！现在将军府上下，个个开心得不得了！好像家里中了个状元似的。"

兰馨和崔谕娘一听大震。兰馨怒不可遏地抓住皓祥的衣领，瞪大眼珠疯狂地问：

"什么？白吟霜怀孕了？她居然怀孕了？她凭什么可以怀上皓祯的孩子？"

崔谕娘气急败坏喊道：

"白吟霜是个狐狸精，她是个妖怪，她怎么能怀上驸马爷的骨肉呢！哎呀！真是造孽呀！这是祸事不是福事呀！"

兰馨抓着皓祥，越抓越紧。皓祥挣扎着：

"公主！你快放手！我喘不过气了，公主，我好心来告诉你消息，你不能恩将仇报呀！伤害你的是皓祯和那个白吟霜，不是我呀！公主！"

兰馨气极了，大力甩开皓祥，皓祥扑通一声跌倒在地，他狼狈地爬起来说：

"公主，你冲我凶就不对了，整个将军府只有谁是向着公主的，你应该最清楚！我今天进宫，就是为公主打抱不平才来的，你再不回去，难道要眼睁睁看着白吟霜，抢走你原配的地位？"加重语气，"你可是公主啊！怎么能输给一个来历不明的妖女呢？"

"你闭嘴！"兰馨怒吼，"本公主一辈子都不会输给谁！何况白吟霜也只不过是个狐妖，还没有资格成为我的对手！"狠狠地下定决心，"本公主一定要亲手收了这个妖精，把她埋在大雁塔下，让她永不超生！"

"还有一个消息……"

"你不会一口气说出来吗？还有什么消息？快说！"兰馨大声喊。

"三天后一清早，大娘和皓祯要带着吟霜去观音庙祈福还愿！听说，那个时辰，观音庙还没人，是特地为将军府安排的！"

皓祥带来的消息，确实压垮了兰馨。皓祥离去以后，兰馨回到寝宫，整整两天茶饭不思，在房里走来走去，苦苦思索着。这天，已经是吟霜要去观音庙上香的前一天，崔谕娘用托盘端来饭菜，希望兰馨可以吃点东西。兰馨忽然命令地说：

"崔谕娘，明天一早，我们也去观音庙！我要看看袁家那个狐狸精，现在是个什么样子？"

"公主，不要去招惹他们吧？"崔谕娘害怕地说。

兰馨抬眼看崔谕娘：

"你怕了他们？现在已经不是女人跟女人的战争，现在是人和妖怪的战争！吟霜一定以为我怯场了，被打败了！但是，我兰馨不可能这样就败下阵来！他们全家上香，一定浩浩荡荡，我要比他们更大的声势！传令下去，让羽林军保护着我去！"

"羽林军？你要开战吗？"崔谕娘一惊。

"不是开战！是壮大声势！"想想又说，"还有，把我那件百鸟衣找出来！"

第二天，观音庙内香烟袅袅，雪如领着皓祯和吟霜跪在佛像面前，虔诚地祭拜。雪如感恩地对佛祖说：

"以前盼着皓祯早日成亲，一直希望有一天带着儿子和儿媳妇来上香。今天这个美满的梦想，终于实现了。马上我又有孙子可以抱了，信女感谢观音菩萨大慈大悲呀！"

"感谢菩萨！"皓祯深情地看着吟霜，"让我能够与吟霜相遇，拥有这么多的幸福，请保佑吟霜的健康，保佑我们的孩子！"

吟霜也感动地、虔诚地说道：

"吟霜在此，谢谢菩萨的安排，让我走进袁家，体会到人世间最深刻的爱，我愿用我的一生，为皓祯奉献！"

祭拜完后，皓祯贴心地扶着吟霜起身，两人眼神交会着甜蜜的深情。

灵儿和寄南当然也来了，两人分享着皓祯和吟霜的甜蜜。到了菩萨面前，也分别向佛像面前磕头，嘴里念念有词地祈祷着，拜完两人起身。寄南用手肘推灵儿：

"喂！你刚刚对佛祖说些什么悄悄话？"

灵儿认真地回答：

"我向佛祖说啦！希望祂赐给我一个好姻缘，不用像皓祯那种十分好的男人，只要有皓祯七分好就够啦！"

"奇怪了，你最近真的很着急嫁人的样子啊，都求菩萨帮忙了？"寄南说。

"没办法！被吟霜和皓祯两人刺激到了嘛！太羡慕了！"灵儿说。

"人家菩萨在天庭里可忙着呢！"寄南窃笑，"才没空理你。你应该求我这个活菩萨比较快！"

"求你？"灵儿嗤之以鼻，"你的眼光那么烂，哪会帮我物色好人啊！不要误了我的终身就阿弥陀佛了！"

寄南又被灵儿调侃，比出拳头想揍灵儿，灵儿一溜烟地就跑出门口。寄南不服气地喊着：

"我可是'神出鬼没救百姓，不怕恶犬和豺狼！'鼎鼎大名的靖威王，你这个小厮对我太没规矩了！我揍你！"

皓祯和吟霜手拉手，看着寄南这对小冤家又打又闹，两人心有灵犀地微笑着。大家陪着雪如一起离开寺庙往外走去。

灵儿率先跑向寺庙门口的庭院。一出庙门，便撞上了迎面而来、盛装的兰馨。

只见兰馨穿着华丽的百鸟衣，在一群穿着铠甲的羽林军护送下，浩浩荡荡而来。兰馨高高地昂着头，羽林军整齐地迈着步伐，像个女王，气势不凡。灵儿一惊喊：

"哎哟！兰馨公主！这是要去边疆打仗吗？穿的这是妖女战袍吗？"

灵儿和兰馨彼此狠狠对视，皓祯、吟霜、寄南、雪如也走出寺庙踏入庭院。大家看着穿着百鸟衣盛装的兰馨和护驾的羽林军，个个惊疑着。

兰馨走近雪如身边，故意酸溜溜地说：

"你们这一大家子也来上香啊？娘，两个多月不见，府上可好？听说家里现在热闹非凡，好像有什么喜事降临是吧？"

雪如尴尬得不知从何说起，皓祯一个箭步就挡在雪如面前，正对兰馨，有力地说：

"家里确实是有喜事，我想这种事情也没有必要隐瞒你，你早晚也会知道，这里是清净的寺庙，如果你有话要说，或者想挑事，那么我们最好找个地方慢慢说。"

"本公主为何要和你慢慢说？"兰馨沉稳地走到吟霜面前，直视着吟霜，"我倒想问问这个妖女，她肚子里的孩子，到底是谁的？"

皓祯上前，用力抓着兰馨的手，甩开兰馨，挡在吟霜面前：

"你不要满嘴胡言乱语，侮辱我的骨肉，孩子是我的，你有什么不满尽管冲着我来！别找吟霜的麻烦！"

兰馨对皓祯咬牙切齿：

"袁皓祯，我对你一再地隐忍，一再地给你机会，可你居然无视我的存在，无视我皇家的威严，你一再践踏我的自尊，践踏我选择你的恩德！你简直是厚颜无耻，可恶到了极点！"

"我说过，我们的婚姻本来就是一个错误，现在一切都还来得及挽救，就看你怎么想，公主你是聪明人，只要你放手，不要执迷不悟，就会海阔天空！我朝从一而终的规矩早就有名无实，你可以有更好的选择！"皓祯耐心地说。

"要我放手成全你和这贱人的婚姻吗？"兰馨大吼，"她是妖怪，是狐狸精的化身，你以为你生出来的孩子，会是正常人吗？"对着雪如等众人吼："执迷不悟，糊涂的都是你们这些被她迷惑的人！"就对羽林军下令，指着吟霜："去把那个妖女抓起来！"

众羽林军往前一冲，皓祯立刻挥手一拦，对羽林军正气凛然地喊道：

"都不许动！这儿是护国大将军袁柏凯的家人，你们羽林军的纪律何在？谁敢上来，除非砍下我少将军袁皓祯的脑袋！"大吼，"还不退下！你们要谋逆吗？"

羽林军被皓祯的气势震慑，全部不自觉地后退了几步。兰馨不可思议地看着羽林军：

"你们居然不敢动手？"再看吟霜："你如果不是妖女，怎会有这么大的力量？"

兰馨说着，突然抽出鞭子，一鞭子对皓祯抽去。皓祯一招"风扫梅花"，右手急抓，一伸手就抓住了鞭子，谁知兰馨是个虚招，立刻放掉鞭子，皓祯收势不及，身子往后退了两步。兰馨就扑向吟霜，一把抓住了吟霜的两只胳臂猛摇，怒喊着：

"你这个歹毒的狐狸精，你到底想害皓祯到什么地步！你说你说！你是从哪个山洞里来的？"

吟霜的眼光，直直地看着兰馨身上的百鸟衣，一面被摇着，一面问道：

"公主，这就是那件著名的百鸟衣吗？"

兰馨一怔，大声说道：

"是！这是一件百鸟衣，专门伏魔降妖！等到我把你打出原形，我要用你的皮，再做一件'百兽衣'！"

眼看情况不对，皓祯、寄南、灵儿一拥而上。皓祯去拉扯兰馨：

"你放开吟霜，否则我对你再也不客气！"

"公主！已经有好多老百姓在看热闹了！"寄南急急劝道，"公主的家务事，闹到人家庙门口来合适吗？"

"对付这种不讲理的人，就要打！你们还讲什么道理？"灵儿就冲上前去，从皓祯手里抢下兰馨的鞭子，一鞭子就抽向兰馨。

羽林军迅速地围了过来，长剑瞬间出鞘，排成一面剑墙，整齐地一挡，把灵儿冲撞得跌倒在地。

寄南赶紧扶起灵儿。兰馨就跳到了一个高高的台阶上。

只见兰馨高昂着头，百鸟衣迎着阳光，发出各种不同颜色的反光，熠熠生辉。四周的羽林军围绕，个个穿着铠甲，无论是服装，还是佩剑，还是头上的军盔，也在闪闪发亮，众星捧月般，把她烘托得像一个出凡入胜的女神。

吟霜目不转睛地看着这样的兰馨，眼中充满了悲切，一字一字说道：

"百鸟衣！我爹就为了这件百鸟衣，被杀死了！"

"什么？杀死你爹？"兰馨一怔。

吟霜眼神充满了悲伤和正气，再一字一字说道：

"百鸟衣！除了我爹的命，还有一百只鸟的命！一百只活生生飞在天上的鸟！"

兰馨的眼睛和吟霜对视，兰馨被吟霜的眼神再次震慑了，又被吟霜的语言刺激，突然感觉一股莫名的恐惧和寒意袭来，不禁打了一个寒噤。

刹那间，兰馨突然出现幻觉，她看到自己的百鸟衣若干处开始震动，有如鸟儿振翅欲飞。接着，她看到有几片羽毛跟着飘落。接着，有一只鸟突然从百鸟衣中飞起。接着，第二只，第三只、第四只、第五只鸟……陆续飞起。接着，那件百鸟衣竟然幻化为上百只鸟，成回旋形绕着兰馨向上飞去。在百鸟衣幻化飞舞时，兰馨身不由己地被带动，身子旋转着。兰馨看到旋转的自己和同时回旋飞舞的鸟群，形成一种特殊的人鸟舞蹈。然后，一百只鸟全部散开，向天空飞去。

其实，这百鸟飞去的景象只有兰馨一人看到，众人眼中，却是兰馨穿着百鸟衣，忽然旋转飞舞，羽林军全部仰头看着，不知为何兰馨翩翩起舞。皓祯等人也莫名其妙地看着。全部看呆了。此时，有个马屁羽林军疯狂鼓掌，大叫：

"公主的'百鸟朝天舞'，太好看了！"

众羽林军立刻呼应，铠甲长枪像仪仗队般互碰，铿锵有声，欢呼震天：

"百鸟朝天舞！百鸟朝天舞！公主是'百鸟朝凤'！"

兰馨突然惊醒，在她的视觉里，众鸟归位，还是完好的百鸟衣。

兰馨恐惧着，双手抓住胸前的百鸟衣，低问崔谕娘：

"刚刚百鸟衣是不是化成百鸟飞走，现在又变回来了？"

崔谕娘上前扶着兰馨：

"哪儿有？只有公主穿着百鸟衣，忽然跳起舞来！"

兰馨不信，猛然抓住一个羽林军问：

"你看到百鸟飞走吗？"

"百鸟飞走？没有没有，只有公主在跳舞！"

兰馨大惊，瞪着吟霜，失声尖叫：

"她是妖怪！她在对我作法！我的百鸟衣明明变成百鸟飞走又回来了！"急呼："崔谕娘，我们快走！快走！"

兰馨就穿着百鸟衣，在羽林军簇拥下、崔谕娘扶持下，急急忙忙离去。

皓祯见兰馨走了，担心地看着吟霜，扶着她问：

"你还好吗？"

吟霜泪流满面，跪落在地，仰天说道：

"爹！吟霜不孝！吟霜不孝！"

皓祯心痛地把吟霜扶起，紧拥着。灵儿怒气冲冲，向着远去的兰馨臭骂：

"蘸着别人鲜血做的百鸟衣，还敢穿来炫耀！狼心狗肺的公主！"

四十八

兰馨从观音庙回到皇宫，进了房间，就对崔谕娘惊恐地嚷道：

"崔谕娘！你可亲眼看到，那个狐妖居然对我作法，让我在众人面前跳舞！"她激动得一塌糊涂，"那个白吟霜真的不是人，对！就是她那一双眼睛，她那一双狐狸眼睛瞪着我，我就犯迷糊了！我就中邪了！"

"公主！白吟霜真的用她那双狐媚的眼睛，对你下了魔咒吗？"崔谕娘害怕地问，"我看你突然跳起舞来，简直是吓傻了！"越想越惊惶，"看来，咱两个多月没回袁家，这狐妖好像功力更深厚了！这要怎么办？"

"居然在庙门口就施展妖术，她连菩萨都不怕吗？"兰馨不禁打了个寒战，赶紧脱下那件百鸟衣，抛在地上，抱着手臂喊道，"崔谕娘，赶快把这件百鸟衣，拿去烧掉烧掉！吟霜已经在百鸟衣上下了魔咒！快烧掉！"

崔谕娘急忙捡起百鸟衣往门外跑。

"是是是！马上烧掉！马上烧掉！"

兰馨腿一软，倒进了坐榻里，悲痛无助地自言自语：

"这个战争，我好像已经输了！皓祯向着她，袁家向着她，她又会用法术来对付我，我该怎么办呢？"

兰馨在皇宫里自己吓自己。皓祯却在画梅轩里，急着安抚悲痛的吟霜。他扶着吟霜坐下，着急地俯头看着她，胆战心惊地问道：

"你怎样？现在你有身孕，可不要太激动！别告诉我，你动了胎气！"

吟霜悲愤不已，还没从庙前的震撼中回过神来，嘴里一直喃喃说着：

"百鸟衣！我爹死得真惨，死得真冤！"

"吟霜！"灵儿气得跳脚，"那公主故意穿百鸟衣去跳舞，故意要刺激你！你不能中计，如果你中计，你就更加冤枉了！"

"奇怪！"寄南困惑不解地说，"兰馨显然是去观音庙堵皓祯和吟霜的！她怎么知道大家会去观音庙？难道有人向她通风报信吗？"

皓祯握住吟霜的手，感到吟霜的手在发抖，更加担心。

"你在发抖，这刺激太大了！你到底怎样？我看你又被兰馨抓住猛摇，会不会摇出问题来啊？急死我了！"懊恼地拍着自己的脑门，"去观音庙原是为了祈福去的，居然造成了反效果！"大喊："香绮香绮！安胎药熬好了没有？"

"公子别急，在熬着呢！"香绮说。

正说着，雪如带着秦妈急急进门。雪如着急地问：

"吟霜，要不要请麦大夫来诊治看看？"

皓祯赶紧迎上前来：

"娘！不用请麦大夫！为了以防万一，香绮已经去熬药了，自从吟霜怀孕以后，这安胎药就一包包地备着，比大夫来还快！"

"那就好，那就好！"雪如走到吟霜面前，仔细看她脸色，"苍白得很，这兰馨……怎么有这么多花样？吟霜啊，你肚子里这块肉，已经是袁家全家的希望，你自己是神医，帮我们袁家保护好这个孩子！"

吟霜感动着，落泪了：

"是！娘！吟霜今天太激动，以后一定小心又小心！"

"以后，还是少出门吧！在家总是安全一点，今天这个场面，也实在太惊人！如果防不胜防怎么办？"

寄南想着想着，怒上眉梢，喊道：

"兰馨是和我一起长大的，居然变成这样子！这件百鸟衣……"突然大吼："裘儿！跟我回宰相府，我要向那个假扮清官的方汉阳讨个公道！"

"方汉阳？这事和汉阳大人有什么关系？"灵儿问。

皓祯和雪如也惊看着寄南，满脸狐疑。寄南暴躁地喊：

"有关系！有关系！有大大的关系！"

寄南不由分说，拉着灵儿的胳臂，就冲出门外去了。

寄南和灵儿赶回宰相府，在院子里就撞上了汉阳。他手里握着好几卷公文，匆匆往大门方向走，准备去大理寺办公。忽然看到寄南和灵儿出现在他面前，就喊道：

"哈！你们这两个助手终于出现了，一早就不见踪影……"

汉阳话没说完，寄南伸手就对汉阳重重一推。汉阳踉跄着连退了好几步才站住。

"寄南，你在干吗？"汉阳惊愕地问。

寄南上前，就抓住汉阳胸前的衣服，气势汹汹地吼道：

"你这个表面正直，心里有鬼的大理寺丞！老早我和皓祯就向你报案，你为什么不追查、不办案？只要是伍家的案子，你就置之不理，是吗？你和你爹一样，为虎作伥！你更坏，还用什么'怀疑、证据'作借口！如果你当时办了'百鸟衣'的案子，今天还会让吟霜受到刺激吗？如果吟霜小产了，就是你害的！"

寄南说完，激愤之下，一拳就对汉阳打去。汉阳哪儿受得了寄南的拳头，整个身子飞出去，跌倒在地。灵儿着急地奔过去，拦在汉阳身前，对寄南喊道：

"王爷！王爷！你怎么打汉阳大人呢？应该去打那个公主吧？是公主穿着百鸟衣，带着羽林军，大跳'百鸟朝天舞'，让吟霜受刺激的，不是汉阳大人呀！"

寄南把灵儿用力一推，灵儿也跌倒了。寄南扑上去，再度拉起汉阳，一拳打去。

"白神医为了那件百鸟衣，被伍项魁杀死，你为什么不办案？你为什么不把伍项魁绳之以法？你吃掉案子，暗中保护伍家，你根本是伍家的走狗！"

汉阳一听，脸色大变，也不知道从哪儿来的力气，挣开了寄南，一拳打中寄南的下巴。寄南完全没防备，被打了一个正着。

刚从地上爬起来的灵儿，见一向斯文的汉阳出手，惊得目瞪口呆。

汉阳不再保持君子风度，气坏了，嚷道：

"谁是谁的走狗？你才是皓祯的走狗呢！居然对本官如此无礼！"边说边整理服装，"要我办白神医的案子，你们递上诉状了吗？别忘了你们只是口头告官，什么程序都没有，你要我们大理寺怎么办案？"

寄南气不打一处来，又要上去打，灵儿紧张地拦在两人之间，急喊：

"不要打！不要打！宰相夫人来了！"

寄南一面冲上前，一面骂：

"你居然敢打本王，还跟我讲程序？你这就是官僚！如果是清官听到任何风吹草动，都会主动办案！连我这个小小靖威王，听到什么不平事，我都会去关心一下！你呢？你是官官相护！贪生怕死，不敢动伍家的人，方汉阳，我看不起你！我要揍死你这狗官！"

寄南说着，又对汉阳冲去。

采文带着丫头仆人急急赶到。采文惊喊：

"窦王爷！手下留情呀！汉阳不会武功，你那拳头会要了他的命！你们怎么会在这儿大打出手？"就正视寄南，威严地说道，"窦王爷，你可是皇上交给咱们'管束'的'戴罪之身'，你要知道分寸！办案的事，到大理寺去谈，家里是安静和平的地方，不是你们的战场！"

寄南见采文出现，只得按捺下来，兀自气冲冲，怒视汉阳。

汉阳赶紧对采文说道：

"这'窦王爷'今天变成'斗王爷'了！像一条'斗牛犬'一样！惊动了娘，实在让汉阳不安！不过，幸好裘儿这小厮帮我拦住了斗牛犬，孩儿没有大碍！"就正视寄南说："至于那'百鸟朝天舞'是怎么回事？本官让裘儿来跟我说明就好了！想来你这忘恩负义的王爷，也忘了是谁把你们从冰窖里救出来的！本官不会用冰窖对付你！你去自己房里闭门思过吧！"对灵儿说道："跟我走！"向书房走去。

"是是是！我去向汉阳大人报告经过！"灵儿赶紧点头，要跟着汉阳走。

"裘儿，你是我的小厮，跟我走！"寄南怒吼，往反方向走去。

"啊？"灵儿站在两人中间，不知道要跟谁，"王爷！小的先去报案，'百鸟朝天舞'的奇案！"

寄南往前一冲，拉着灵儿的耳朵就走。

"他迟早会知道'百鸟朝天舞'的案子，你不说也有人会说！你跟我走！"

寄南把灵儿拖回房间，关上房门，用食指戳着灵儿的脑袋开骂：

"你还要跟着他走？你看看他，伍项魁在东市欺负你和吟霜，我们报案了，他办案了吗？白神医被杀死，我们也报案了，他办案了吗？"

"至少汉阳上回还是办了祝大人的案子，你当时还说他能干呢！”灵儿试图安抚，“好啦！好啦！你今天火气真大，真的变成斗牛犬了！”

寄南一听火更大，追着灵儿就想拉她的耳朵，灵儿绕着房间奔逃。

“你敢跟着汉阳骂我斗牛犬？你真是欠揍！”边追灵儿边滔滔不绝地开骂，“祝大人的案子根本没破！奶娘畏罪自杀，后面的主谋者他抓到了吗？他根本就是一个表面办案，畏惧强权的伪君子！”

灵儿边逃边说：

“你一直对我发火有什么用啊？你自己想想，你跟我说过什么？住到宰相府来，有三个目的，你现在达到任何一个目的了吗？你这样一打，把我们好不容易和汉阳大人建立的友好关系，都打掉了！下次汉阳再去找吟霜和皓祯的麻烦，我们怎么办？”

灵儿这番话，寄南倒是听进去了，不禁跌坐在坐榻上发呆。寄南一阵心浮气躁，就抱着自己的脑袋，乱摇一阵，嘴里稀里呼噜地说道：

“这个方汉阳深藏不露，东西南北，也不知道他是哪一路？这样一打，真的是自找麻烦！每个人都有弱点，不知道他的弱点是什么？”

灵儿就走到寄南身边，弯腰对寄南说道：

“你说汉阳是一个冷静的人，那我们要让他不冷静啊！”灵光乍现，“哎！有了！汉阳几乎没有碰过女人，你觉得我们来个美人计如何？”

“美人计？他这不碰女色的人，怎么用美人计啊！”

“那美人计不行，也可以用美男计啊！”灵儿发出惊人之语。

“什么美男计，本王爷听不懂！”

“哎！你就会骂我笨，连这个美男计你都听不懂！”扬扬得意地说，“美男计就是……譬如用我这俊俏的男儿身来勾引他呀！”

“什么？你想去勾引他？”寄南大惊，“那你分明想让宰相府的老爷夫人都疯了不成？我们俩的断袖病没有医好，反而也让汉阳染上断袖病，那汉阳的娘，一定会气得上吊的！”

“这个不行，那个不行，咱们到底怎么办呢？”灵儿泄气。

寄南转念一想，醋劲发作：

“裘儿，本王爷觉得你非常可疑！你动不动找机会去接近汉阳，现在当他助手不够，还想用你自己去勾引他？你不会真的喜欢上汉阳了吧？你说！你给我说清楚！”

“哎！咱们现在是谈如何保护吟霜，如何让你打人这事下台阶？你这到底扯哪儿去了？你这样火冒三丈，是哪根筋不对了？”

“反正我就是觉得你这人动机不单纯！”寄南吃醋，“你如果看上了汉阳，你最好清清楚楚、明明白白地老实告诉我，不要让我……让我……”说不下去了。

“不要让你什么？一个堂堂王爷，讲话还这么不干脆！你说呀！不要让你什么？”

“本王爷就是不想说了！你想怎么样！”寄南吼道。

“你有病！老是动不动就对我发无名火，我欠你了吗？”灵儿也吼。

“你才有病！你的病就叫作不知好歹，脑筋不清！连自己是男是女，现在都变得糊糊涂涂了！”

灵儿眨巴眼睛，突然开窍似的问道：

"你的意思是说，要我用'女儿身'去勾引他吗？如果我恢复女儿身，你的断袖病也等于治好了！"

寄南大惊，抓起桌上的卷轴对着灵儿的脑袋敲去，嚷着：

"你敢用'女儿身'去勾引任何人！你现在是我的小厮，我这断袖病不想好，行不行？你就待在我身边乖乖当小厮，行不行？"

灵儿抓起另外一个卷轴，敲了回去：

"你这个王爷越来越怪！我现在就想恢复女儿身，这个小厮不想干了，行不行？"

两人剑拔弩张，怒目相对。

就在"百鸟朝天舞"还是疑案，灵儿也来不及向汉阳报案时，皇宫里却出了一件大事。这件大事把所有其他的事都压下去了，惊动了朝廷正邪两派所有的人。

四十九

皇宫里的大事，要从皇后说起。

东郊别府终于完工了。这天，莫尚宫陪着皇后，带着若干护卫和宫女，来到别府泡温泉。护卫分别在大厅外、澡堂外守卫着。宫女和莫尚宫就侍候皇后香汤沐浴。石砌的澡堂里冒着热腾腾的蒸汽，雾漫漫，烟袅袅。皇后泡得满脸汗水，面色红扑扑的，有如云蒸霞蔚，宫女们用一条大布幔，围裹着皇后缓缓走出池子。皇后疑惑着问莫尚宫：

"奇怪！荣王约本宫来验收别府，怎么还不来？"

莫尚宫与宫女一起为皇后擦汗更衣，背着宫女，不安地悄声问皇后：

"娘娘，荣王邀皇后来别府验收，怎么还特别交代轻车简从呢？这天气也不好，可能要下雨了，奴婢觉得还是早点回宫去吧！"

"你急啥呀？"皇后轻蔑地看了莫尚宫一眼，边穿好衣服，边娇媚神秘地笑着，"荣王肯定是被其他事情绊住了，这儿有美景又有温泉，本宫想多待会儿，享受享受。一时半刻还不想回宫呢！"

莫尚宫看着皇后陶醉的脸色起疑，忍不住直率地问：

"难道是荣王想背着皇上……约娘娘来这儿私会……"

皇后把擦汗的帕子丢向莫尚宫的脸：

"放肆！本宫和荣王的事情，不准你多嘴！"

皇后说话间，澡堂里的雾气更加弥漫，突然澡堂里的宫女一个个身体酥软昏倒。

莫尚宫一惊，伸头向温泉室外看去，惊见室外的护卫也全部昏倒在地。她赶紧回到室内，正要向皇后报告，皇后竟然摇摇晃晃地也倒了下去。莫尚宫大惊，急忙上前扶住皇后，着急地大喊：

"皇后！皇后娘娘！快醒醒呀？这是怎么回事……"

莫尚宫话没说完，感到一阵天旋地转，自己也昏倒于地。

大约一个时辰之后，莫尚宫醒了过来，看到昏倒的宫女也都慢慢醒转，可是，澡堂里却没有皇后的踪影。莫尚宫摇摇晃晃地站起身子，赶紧摸着石砌的墙，到了澡堂外，看到护卫也一个个醒来了，莫尚宫急问：

"皇后娘娘呢？谁看到皇后娘娘了？"

护卫们慌张迷糊地四面张望，大家摇头的摇头，困惑的困惑：

"一阵头晕，就什么都不知道了！皇后娘娘不是在澡堂里吗？"

"不好！皇后娘娘不见了！"莫尚宫喊着，"大家快找皇后娘娘！整个东郊别府，一个角落都别放过，快找快找！"

护卫立即四散，翻遍了东郊别府，也找不到皇后的踪影。皇后在东郊别府失踪了！

皇上得到消息，是莫尚宫回宫通报的。惊慌失措的皇上也顾不得快到黄昏了，紧急把心腹大臣通通召进宫。太子、皓祯、寄南、汉阳、柏凯、世廷、伍震荣不知发生何事，都火速赶来，全部聚集在皇宫偏殿里。皇上脸色苍白，急得五内俱焚，手足无措，不住唉声叹气，对着大家慌乱地说道：

"紧急传你们进宫，是皇后不见了！"瞪着站在一边的莫尚宫，大声喝问："你们怎么会让皇后不见了？为何要瞒着朕到东郊别府？"

莫尚宫匍匐跪地，着急哭着：

"皇上息怒！皇后是……"抬头看着伍震荣，"是接到荣王的密柬，说东郊别府落成，要皇后轻车简从……亲自去验收！"

伍震荣一怔，大惊，怒骂莫尚宫：

"你一派胡言！"对皇上说道："启禀陛下，臣整日都在太府寺核对账目，太府寺官员可以做证，不曾给皇后什么密柬，更无邀请皇后去别府验收！这事恐有文章，莫非有人想陷臣于不义啊？"

"母后失踪了？"太子惊喊，"这是何等大事，现在先别管密柬，为防母后不测，应该赶快派出人马搜寻母后下落！"

"皇上，太子说得没错！"柏凯一听事态严重，紧急禀道，"此事绝不能让百姓知道，增添皇后的危险。更不宜大张旗鼓地动用羽林军，也不能动用中央十六卫，这会造成社稷不安，谣言四起！"

皓祯赶紧请命：

"皇上，臣负责京畿的安危，经常带着便衣卫士巡逻各处，不会让百姓起疑。臣立刻派出人马尽快搜救失踪的皇后！"

寄南虽然深恨皇后，但是，皇后失踪可是影响整个朝野的大事！他立刻挺身而出：

"我也去！我也去！东郊那儿我王府的人特别熟悉，可以帮忙打听线索！"

"启禀皇上，皇后显然是被劫持了！臣请命立即到别府去采集证物，必须查出是什么东西迷昏了护卫和宫女。再说，若荣王没有传密柬给皇后，那么宫里肯定有内鬼，才可以轻易让皇后上当出宫，这些都是追缉匪徒的重点。"汉阳也跟着启奏。

皇上急得心慌意乱，喊道：

"你们个个精明，所请通通照准！该找人，该查案的，不该惊扰百姓的，通通快去执行……"盛怒地说，"一定要给朕平安地找回皇后，一旦抓出匪徒立刻杀无赦！"

大家齐声答道：

"臣遵旨！"

此时的皇后，正在一间残破的农庄内。

皇后头发散乱，手脚都被绑着，躺在地上。她渐渐苏醒，看到眼前许多蒙着嘴脸的农民围着自己，农民们衣衫褴褛，眼神愤恨。皇后惊恐万分，她挣扎着问：

"你们是谁？"看清四周更加惊慌，对外乱喊："莫尚宫！莫尚宫！来人啊！来人啊！"对着农民大骂："你们好大的胆子，居然敢挟持本宫！快放了本宫，否则你们个个项上人头不保！"

为首的农民豪气地扯下蒙脸巾，露出真面目，对皇后恨恨地说道：

"我是柳四，那是王海！我们敢抓你这像妖精的臭婆娘，还怕我们自己的人头？哼！今天我们就要为民除害！"说着，左右开弓，扬手给皇后几个大巴掌，边打边说，"让你勾结奸臣弄脏皇室，让你在朝廷乱搞欺骗皇上……"

皇后何时挨过这样的大巴掌，受辱和疼痛让她恐惧得乱了方寸，睁大眼睛不敢相信地看着。听到王海起哄叫好：

"淫妇打得好！抢我们农地，苛刻农民百姓！该打！"煽动柳四，"不过可不能让她这么好死，得慢慢折磨她！"

皇后挣扎哀号，大叫：

"好大的狗胆！竟敢对本宫出手！我是皇后之尊，你们不得放肆！住手！救命啊！救命啊！皇上救命啊！"

"皇上？你的皇上现在救不了你！我们随时可以取你性命！"柳四喊着，上来一阵拳打脚踢，皇后痛得惨叫：

"救命啊！救命啊！皇上……震荣……救命啊……"

王海拿帕子塞进皇后的嘴里，皇后只能在喉咙里呜呜着，什么话都说不出来了。

这夜的长安城风声鹤唳，皓祯和太子带着众多卫士穿过街道，快马疾驰而过，太子边跑马边对皓祯说道：

"真没想到忽然跑出这么一件大事！谁会有如此胆量，劫走皇后！目的何在？"低声问，"会不会是天元通宝干的？"

"你、我、寄南都没接到木鸢的指令，绝对不可能！"皓祯坚定地说道。

两人住口，飞马疾驰。队伍几乎踏碎了长安的石板马路。

百姓个个探头张望，赶紧躲进家门，关门避祸，彼此不安叮嘱着：

"朝廷又在抓什么钦犯？不关咱们百姓的事，关门要紧！"

皓祯和太子、寄南各带着卫士人马，在东郊别府附近的丛林、树林、乡野间搜寻。之后，三方人马在事先约定好的乡间小土地庙前会合，低声商谈。此时汉阳的人马也赶到土地庙，太子急忙问道：

"汉阳，你刚从别府出来，有没有找到什么线索？"

"回太子，皇后坐的马车早已随着皇后一起失踪，别府内也找到了一些草鞋的脚印，绝对不属于宫女卫士的！预估有十名以上的歹徒，鞋印臣已经拓印下来了。而且也采集了别府内的温泉水和周边树叶、窗纸，正要回大理寺做化验。"汉阳说。

"现在天色不早，想在别府附近的树林里找鞋印，恐怕不容易，但这乡道马车轮子碾过的痕迹，倒还容易着手！"寄南说。

"由此看来，歹徒可能是驾着皇后的马车逃离的！"皓祯吩咐，"那么我带着人马循着车轮痕迹开始搜索。寄南你带着人马在别府周围的树林里继续寻找，不要放过任何的蛛丝马迹。"看向太子。

太子不待皓祯发言即接口：

"别府方圆三公里内没有居民，我带着人马往三公里外继续寻找！"叮咛道，"任何茅屋、石屋、农舍……都不要放过，尤其小心附近的地势，千万别被诱进什么悬崖或是沼泽里！大家各自行动！"

皓祯、太子、寄南、汉阳四人互视一眼，立即分散往目的地前进。

这夜，大家都在寻找失踪的皇后，不知情的灵儿，又被寄南单独留在宰相府里，等得毛焦火辣。她舞动着流星锤，在宰相府的院落和门口，东张西望，嘴里轻声怒骂：

"什么臭屁王爷？整天都不见人影，到现在还不回来，不知道跑到哪儿去拈花惹草了。等他进门，我就用我的流星锤，给他一阵'流星扫落叶'……"

灵儿正说着，大门开了，汉阳在门外下马，拎着一篮窗纸、拓印、衣饰等各种检体，匆匆进门。回头对门外侍从交代：

"马都拉到马房去，这个时辰，大理寺都没人，我必须赶紧到书房去检查这些证物……"

汉阳话没说完，灵儿从院落草丛间蹿出，只当是寄南回来了，忽然挥舞着流星锤，一阵狂风暴雨似的攻击，打向汉阳，怒喝：

"你知道现在什么时辰？你去哪儿风流？自己招来，要不然我打得你在地上叫奶奶！叫祖宗！叫……"

事发仓促，汉阳一个闪避不及，被打到脑袋，不禁大叫：

"裘儿！住手！你一个人在院子里发什么疯？我已经忙得晕头转向，回家还要被我的助手打！"

灵儿赶紧收起流星锤，歉然地看着汉阳：

"汉阳大人！是你啊？你怎么不报个名呢？我以为是我那王爷……"看着汉阳手中的证物，"咦！汉阳大人，你去办案了吗？怎么不带我这个助手？这篮东西是什么？交给助手才是！"说着，就抢过那篮证物。

"我还要向你报个名？笑话！"汉阳着急地说，"快把东西给我，这些都是证物，我今天也不能睡觉，必须连夜从这些证物里找出端倪，你对证物不熟悉，回你的房间去吧！别来打扰我！"

灵儿拿着篮子嗅着：

"咦！这些证物有种奇怪的香味！不，有好几种不同的香味，如果吟霜在这儿就好了！她一天到晚闻百草，什么香味她都分辨得出来……"

汉阳眼睛一亮，急急地说：

"闻百草……"有力地喊，"裘儿助手！赶紧跟我去找吟霜！"

汉阳就带着灵儿，连夜赶到吟霜那儿。到了画梅轩，吟霜迎了出来，只见汉阳急匆匆，头上还肿了个包。香绮连茶都来不及上，汉阳就急着说道：

"吟霜夫人，实在事关紧急，必须前来打扰！这些证物，越早找到来源，就能越早破案！皓祯、寄南都在为这件案子连夜侦查，恐怕今夜也无法回家！"

吟霜感到汉阳的紧张，有点心惊胆战：

"是不是发生什么大事了？大将军也没回来，大家都为了这案子在连夜工作吗？不知道有没有危险？"

灵儿睁大眼睛：

"汉阳大人，我那臭屁王爷也在忙这件大案吗？你怎么不早说？"突然大怒，"有这样惊动大将军和皓祯、寄南的大案，居然把我这个助手瞒得紧紧的，当我是死人吗？"拉着吟霜："别帮汉阳大人'闻百草'！让他们这些能干的大人自己破案去！"

汉阳急急说道：

"这个案子是大机密！你们也不要声张！吟霜夫人……"

吟霜拼命点头：

"吟霜知道，绝对不会说出去！赶紧把证物给我！"

灵儿看汉阳和吟霜的神色，也开始紧张，不敢再抗议，赶紧把证物递给吟霜。吟霜就拿起衣服一件件地嗅，植物也每一株嗅一嗅，说道：

"汉阳大人，在这些证物上，我发现了一个共同的味道，这味道的来源就是'醉仙桃'，也有人叫它'山茄子'。全株有毒，尤其是它的种子和花蕊毒性最强。花蕊有催眠之效。一般我为病人疗伤用的止痛药，就会需要用到'醉仙桃'。若是做成迷魂香，就必须先磨成粉末和烟草一起燃烧。"

"吟霜果然对药材了解甚多，"汉阳敬佩地说，"本官就怕药草繁多，检验困难，耽误了调查的时效。刚开始还以为是长春花做的迷魂香，现在吟霜提供了这个方向，我们就事半功倍了，多谢女神医指教！"

"不忙！"吟霜拿着一个鞋子拓印闻了闻，又再拿了一个拓印闻着，"这些鞋子的拓印里，也都有一种共同的香味，名叫'女儿草'，这草很稀有，假若你们在找犯人，而这些都是犯人的鞋印，那么赶紧去找有'女儿草'的地方！"

汉阳抱着那篮证物，就要往外走，急促地说：

"汉阳告辞！赶紧通知他们去！"

"汉阳大人！"灵儿喊道，"你认识女儿草吗？皓祯、寄南他们认识女儿草吗？"

汉阳一怔，又站住，问吟霜：

"女儿草长什么样子？"

"上次鲁超带我去找药草，曾经在东郊'驴儿坡'地区找到过！那儿遍地都是！"

汉阳深吸口气，又是佩服，又是欣喜，喊道：

"东区驴儿坡！地理位置也对！吟霜夫人！我这就赶紧去处理！"回头又喊："裘儿，你就在这儿等你的王爷吧！我看到他帮你说一声！"匆匆欲去。

"汉阳大人，你要把这驴儿坡的事，通知皓祯他们吗？"吟霜急忙问道。

"正是！"

"那我有更快的方法！"吟霜就对窗外喊道，"猛儿！猛儿！"

汉阳惊愕地看着吟霜。这女神医好厉害，还有比快马更快的方法吗？正在惊疑中，却看到一只大鸟飞来。

皇后这天够惨，一早，就狼狈地被帕子捂着嘴，柳四等人押着她到农庄的井边。柳四掏开她嘴里的帕子说：

"想喝水吗？让你尝尝我们百姓喝的是什么样的水。"

农民用木桶拉出黄澄澄的井水。柳四一把压着皇后的头，按进井水里，命令道：

"喝！赶快喝！身为皇后，也当一天农民试试！"

皇后噘着嘴不喝，挣扎间打翻了水桶。皇后满身弄得更加狼狈，她边挣扎边吼着：

"大胆狂徒！放开本宫！放开本宫！你们这帮土匪，马上死到临头了！放开！"

"你这娇贵身躯，不敢喝是吗？"柳四再抓着皇后的脸，往稻田的泥地上压着，"田里一根稻米都种不出来！我们正饿着肚子，你们皇家倒是一间间地盖行宫，可曾想过我们百姓过着多么辛苦的日子？"

皇后虽然狼狈，仍旧高傲，仰头怒视：

"你们自己种不出东西饿肚子，关本宫何事？"想了起来，"原来你们就是那帮唱着'五枝芦苇压庄稼，万把镰刀除掉它'的乱党草寇！哼！你们别得意，本宫失踪一定已经闹得皇宫天翻地覆，皇上会派出羽林军来救驾，你们别想逃出长安的天罗地网！"

柳四随手拾起地上的镰刀，仰天长啸，视死如归：

"哈哈哈！原来皇后也知道这首歌谣，你倒提醒我用镰刀除掉你这妖妇！"在皇后面前要弄镰刀，"我就为那些饿死的百姓报仇……"举刀就想对皇后砍去。

王海突然出现，阻止柳四：

"柳四，别冲动！还不是让她死的时候，外面有动静，我们快点躲起来！"拉着皇后进入农庄内。

这时，皓祯、太子、寄南带着卫士们，已经团团包围了农庄。

"幸好猛儿及时送来地名，显然吟霜也在帮忙办案，驴儿坡有女儿草的地方，总算找到了！"皓祯庆幸地说。

皓祯、太子、寄南骑在马上面对门窗紧闭的农庄大门。太子对皓祯和寄南说：

"为了确保皇后安全，大家不要冲动，父皇虽说逮到绑匪就杀无赦，但是还是需要查明真相，一定要留下活口！重要！重要！"

"是！皓祯正有此意，最好是能够招降绑匪！"

寄南立刻对屋里喊道：

"屋里的人听着！你们已经被重重包围，最好你们没有伤害皇后，快把皇后放出来！有什么事情找我靖威王！"

"如果靖威王的面子不够大，本太子在此！"太子跟着喊着，"你们劫持皇后有何目的，尽管站出来说话！"

"我们知道你们人都在里面，不硬闯是给你们求生的机会，此刻自首放了皇后，朝廷绝对不会为难你们！我骁勇少将军用人头保证！"

农庄内，王海偷偷地从窗内窥视屋外的动静，回头煽惑柳四：

"外面重重兵马，恐怕是逃不出去了，不如抓着皇后威胁他们，或许能给我们农民要求点什么！他们皇室什么金银财宝都有！"

"是啊！"一个农民附和，"跟着柳哥蹚这浑水，就知道会没命了，与其白死，不如出去和他们谈判。"

"常听说太子是个大好人，让他知道我们百姓的苦，或许太子就是我们的救星！我们去向太子申冤，去投降吧！那个靖威王和少将军，也是有名的豪杰！"

众人对着柳四诚挚地点点头。柳四迟疑地说：

"他们现在只是想招降我们，对我们说说好话而已！"生气地说，"你们不是都说不怕死吗？不是说要痛宰皇后，为贫病死去的爹娘孩子报仇吗？怎么现在都动摇了？"怒向王海："王海，这一路你是怎么跟我说的，还找了宫里的人把皇后引诱出来，怎么这时候又怕死了！"

皇后听到柳四他们的争执，嘴里被堵着帕子，气得呜呜地想插嘴。

"唉！"王海劝着，"不是怕死，是想办法扭转乾坤，或许我们都不用闹到人头落地，我们出去跟太子谈谈看吧！为了你天上的爹娘，好歹我们也赌一把！"

农庄内的农民意见分歧，农庄外的皓祯、太子、寄南眼见屋里没有动静。寄南纳闷地说：

"该不会屋里有什么密道，被他们逃走了？"

"即使有，也逃不出这方圆几里，我们的卫士已经把这驴儿坡全部包围了，他们插翅难飞！"皓祯说。

"再等等，现在还不能进攻，也不要刺激歹徒，否则会危及皇后的性命。"太子说，"他们一定有目的，如果真要取皇后性命，早就可以取！我们少安毋躁，看看他们的目的是什么？"

"哈！"寄南冷笑，"皇后也有今天啊！多等一会儿，多让她受罪也好！不过，你们听到皇后的声音了吗？会不会皇后已经没命了？"

皓祯一急，就对着农庄内大声喊话：

"农庄里的兄弟们，皇后是不是安好？让皇后跟我们说句话好吗？"

农庄里的农民互看，王海就上前，把皇后嘴里的帕子掏出来，皇后立刻大声哀叫：

"救命啊！这些强盗土匪要本宫的命……"

皇后话没说完，王海立刻又把帕子塞回皇后的嘴里。

农庄外，太子、皓祯、寄南等三人点头，彼此示意。太子说道：

"我们继续喊话，让这些绑匪知道，我们也是苦民所苦，感化他们！现在最忌讳的是轻举妄动！"

五十

　　农庄这儿，内外陷入僵持状态。皇宫里，皇上一夜未眠，在书房着急来回踱步。对于卢皇后，皇上是恩情并重，就算知道她有些逾矩，平时也不忍苛责。现在，皇后失踪，只怕凶多吉少。皇上只要一想到这点，就五内俱焚了。此时此刻，皇后所有的缺点都忘了，皇后的优点却全部浮在眼前。既然莫尚宫说，是伍震荣的密柬把皇后骗到别府，这皇后的行踪，伍震荣应该有数吧？他怒视着伍震荣问：

　　"已经过了一夜了，怎么还没有找到皇后？太子跟着皓祯出去找人，有没有什么消息回报？"

　　"皇上请息怒！"伍震荣禀道，"臣和皇上一样着急皇后的安危，但请皇上保重龙体啊！太子真有孝心，为了皇后也亲自参与行动，应该很快就会有消息的！项魁、项麒虽然不能动用羽林军，但也都通通发动卫士到处寻找皇后下落，请皇上安心！"

　　正说着，汉阳行色匆匆赶来。

"汉阳，是不是有消息了？"皇上急问。

"启禀皇上，在莫尚宫的衣服、别府现场和周围环境的搜证之下，可以证实歹徒是用醉仙桃做成的迷魂香将众人迷昏，再掳走皇后。"汉阳说道。

"那京城里药铺多的是啊！通通抓来拷问拷问，或许能找到线索！"伍震荣插嘴。

"歹徒计划非常周密！"汉阳继续说，"很技巧地利用别府温泉的烟雾，来掩护迷魂香的飘送。而能知道别府温泉竣工，再给皇后密柬，这人若不是皇后身边的人，也一定是皇宫里的人。"

"皇宫里上上下下几千人，什么人这么大胆想对付皇后？朕的皇室里，到底隐藏着什么样的阴谋？汉阳，命你速速找出真凶！"皇上越想越急，心知皇后平时树敌不少，如果皇后落入敌人圈套，这"敌人"也必定手段高明！

"陛下放心，经过高人指点，太子、靖威王和少将军都到驴儿坡去找寻，相信不久就会带来好消息……"

汉阳正说了一半，伍项魁气喘吁吁冲入书房，大喊着：

"太子和皓祯找到皇后的踪迹了，就在别府三公里外驴儿坡的一处农庄里！好像是被一群农民叛徒给劫持，现在双方还在僵持谈判，项魁怕皇上着急，快马奔回禀报！"

皇上急促问道：

"僵持谈判？那皇后还没救出来？她是否安全？有没有生命危险？"一想，当机立断喊道，"不行，朕不能只是在宫里等候消息，曹安！备车！"

"曹安！"伍震荣急忙喊道，"你让卫士保护好皇上，赶去驴儿坡农庄！皇上，下官立刻带项魁先走一步，飞骑赶去支援太子救皇后！"

伍震荣说完，带着伍项魁就冲出了御书房。

在驴儿坡农庄那儿，太子、皓祯、寄南对里面的农民循循善诱，说了许多好话，双方继续僵持。里面的农民，分成两派，柳四主张立刻杀了皇后，置自我人头于不顾，用生命换得正义。王海主张投降，用皇后换得粮食银两和性命。双方争执激烈，但是，毕竟是一些农民，谁不贪生怕死？最后，浪费了好多时间，快到晌午时分，里面的意见终于在太子、皓祯等人的说服下，统一了。

农庄突然开门，柳四用刀架在皇后脖子上，走出屋外，王海带着农民等人也随后一起走出。皓祯、太子、寄南下马拔刀，众卫士也警戒着对峙。太子对柳四大喊：

"不要伤了皇后，放下你的刀子！"

"你就是太子？可以为我们百姓申冤的太子？"柳四问。

"没错！苍天在上，本太子绝不食言，放了皇后，一切好谈！"太子有力地说。

"我们小老百姓就像蚂蚁一样，被朝廷践踏太久了，现在要如何相信你们？"柳四问。

"太子一向苦民所苦，在民间尽人皆知太子为人，劝你快放下刀械投降，劫持皇后，并不能解决问题。"皓祯好言劝着。

突然伍震荣、伍项魁、伍项麒飞骑赶到。伍项魁一个策马向前，冲出队伍，喊道：

"跟这帮歹徒还有什么好谈的，皇上说过杀无赦，太子的人马不下手，浪费这么多时间，就让我来！"大喊，"来人！抓下这帮绑匪！立即处斩！"

伍项魁的人马便团团围住皓祯、太子、寄南及柳四等绑匪。

柳四一看情势不对，刀子更加深陷进皇后的脖子里。皇后挣扎呜呜地叫着，对伍震荣流着眼泪。太子霸气大喊：

"伍项魁，你若不想看到皇后受伤，就快和你的人一起退下！此案由本太子负责！"再大喊，"退下！"

伍震荣怒骂柳四：

"真是胆大包天，居然敢把刀架在皇后的脖子上！"瞪着太子，咄咄逼人地问道："太子你懦弱无能不作为，居然还袒护绑匪，难道这件劫持案和太子有关？"

皓祯无惧地面对伍震荣，振振有词地说：

"荣王，你不要含血喷人，就为了找出是谁和这劫持案有关，才不能草率杀人！"

寄南凑近伍震荣身边说道：

"别忘了有一份署名荣王的密柬，才害得皇后被绑，荣王的嫌疑也不小呀！"

"本王没有工夫和你们这帮毛头小子浪费唇舌！"伍震荣喊，"项魁、项麒，谁阻挡你们，一律杀了他！"

刹那间，皓祯、太子、寄南与伍家兄弟，双方人马兵戎相见。伍项魁朝柳四奔来，皓祯、寄南、鲁超拦住伍项魁、伍项麒，和重重伍家卫士相持不下。一团混乱之中，太子和邓勇飞身而上，邓勇踢飞了柳四手中的刀，太子立刻出手，一招"夜叉探海"，左掌锁喉、右掌分挫，打倒了柳四，救走了皇后，喊道：

"邓勇，快把皇后带到安全的地方。"

太子话才说完转身，惊见柳四已被伍项魁一刀刺入胸膛身亡。太子气得痛骂：

"可恶的伍项魁，你杀了我的证人，就是试图湮灭证据！"

太子飞身踢向伍项魁，两人刀光剑影地过招。

这时，皇上的马车已经赶到，皇上走下马车，见到狼狈的皇后，不禁心痛如绞，立即上前，一把就将皇后拥入怀里。皇上激动万分地说道：

"皇后有没有受伤？歹徒伤了你哪里呢？"

皇后泪流满面，在皇上怀中簌簌发抖，痛哭说道：

"皇上，臣妾差点再也见不到皇上了！皇上要为臣妾做主啊！"

曹安赶紧说道：

"陛下！皇后娘娘！快上马车，离开此伤心之地吧！"

曹安就侍候皇上、皇后坐上马车，皇上看着披头散发、面颊红肿、衣裳皆湿、满身泥泞的皇后，整颗心都绞扭起来，可怜的皇后，何时吃过这种苦、受过这种折磨？他紧紧拥着皇后，拍抚着她的背脊，不住口地安慰。马车立刻起动，向归途疾驰。

在农庄这儿，王海趁乱想往后溜走，项麒突然一剑拦住。王海就欣喜地说：

"大人，您真是英明，一切都照您预料的发生！小的完成任务了！"掏出一把匕首给伍项麒，"大人给的匕首也用不上了！"

伍项麒微笑地接过匕首，对王海说道：

"你的任务是完成了！我这就送你一程！"

伍项麒一反手，立刻把匕首刺入王海的胸口。王海捂着伤口：

"大人……你……你想灭口！"

王海倒地身亡，伍项麒再用自己手中的剑对王海补了两三剑。

柳四其他同伙农民，也都在混乱中，被伍震荣的手下刺杀身亡。

皇后虽然救回，谁是幕后真凶？怎会造成这场大难，成了最重要的问题。皇上惊魂未定，怒气未消，威严地坐在殿上，震怒地说道：

"你们两方人马还要吵多久？从农庄打到朕的殿上了还要吵！"

太子愤愤难平说道：

"父皇虽然在盛怒之下命令杀无赦，但留下活口，才能厘清案情，荣王急欲杀人，实有灭口之嫌！"

"下官一切都是遵照皇上的圣旨办事，而且也顺利救回皇后，太子不该在皇上面前胡言乱语，有失太子风度。"伍震荣说道。

寄南无惧地对伍震荣痛骂：

"什么胡言乱语，明明可以把人好好带回审案，你偏偏还要你两个儿子痛下杀手，甚至连对太子都毫不留情、真刀真枪地厮杀！"

"皇上！"皓祯气愤说道，"太子、寄南和微臣，已经控制了局面，可以救回皇后，也拿下人犯！荣王却强势介入，扬言阻挡者一律杀头，完全将太子视为仇敌般地对付！皇后重要，太子也重要！这点请皇上明鉴，为太子做主！"

汉阳站出来，说道：

"启禀皇上，臣已调查出十位绑匪的身份，都是城郊外的农民。这十位也从未有犯罪的记录。至于囚禁皇后的农庄……"看向伍震荣。

"怎么样？那农庄有什么问题？找出宫里的内应没有？"

"汉阳，你办案公允，任何疑点都必须勿枉勿纵，你快告诉皇上！"伍震荣说。

"陛下，经臣调查，那农庄很意外，居然是义王的庄园，不知是否因为巧合，就给绑匪利用了！"

"什么？"太子吃惊，"怎么会是皇叔义王？汉阳你确实查得清清楚楚？"

"是义王的庄园也不用太吃惊，旷废的农庄，也没有篱笆道筑墙，什么人都可能闯入，何况是亡命之徒！"皓祯说。

"就是就是！"寄南接口，"要找宫里的内应，谁都可能，就不可能是义王。"

方世廷挺身而出，说道：

"皇上，是不是义王，宣进宫询询问问便可知晓。最好忠、孝、仁三位王爷都请来问问，反正四王也是形影不离的。"

"好，就宣四王来见！"皇上说道。

片刻后，忠、孝、仁、义四王全部来到殿上。

义王听到问起东郊的农庄，就坦然说道：

"皇兄，那块庄园是先皇赐给臣下的没错，但是五年前，见农民无地可耕种，就拨给附近的居民随意耕作。不知为何会卷入皇后被劫的案子？"

"送给农民耕作的事情臣也清楚，那时水源充裕，土地肥沃，收割非常顺利，臣陪着义王还去过农民家里，喝过丰收酒。"忠王接口。

"那丰收酒，臣也喝了！"孝王说，"只是很遗憾，两年前那块庄园的水源就被破坏了，抽不出干净的泉水，农地也就越来越坏。到最后那农地就种不出东西来了。"

"我们和义王也曾到处奔波，想查出破坏水源土质的原因……"仁王跟着说，"可能是东郊别府和附近行宫大兴土木的关系，抽取了太多地下水源。"

伍震荣大声地打断：

"你们四王一人一句，故事说完没有？现在居然指桑骂槐地说到东郊别府，皇上是在找劫持皇后的真凶，你们从丰收酒说到破坏水源，这根本都是你们事先就套好招的！"

"所以义王不认识柳四、王海？"皇上问。

"柳四认识啊！"义王坦率地回答，"当年就是去他家喝的丰收酒。王海？没听说过这名字。"

"认识那就对了！"伍项麒点头，一口咬定，"义王既然熟识绑匪，囚禁皇后的农庄又是义王提供。这么直接的关联还有什么可质疑的，宫里的内应肯定就是义王。"

"有这样审案子的吗？"太子瞪眼，"认识绑匪就是主谋？"怒视伍项麒："你也认识义王，难道你也是绑匪之一，父皇和皇叔更是兄弟，难道父皇也是绑匪？"

皓祯、寄南不禁偷偷地笑着。伍震荣对他们一吼：

"这么严重的大事，你们还笑得出来！皇上，不只是义王可疑，太子和皓祯、寄南保护匪徒不肯动手救皇后，这都是事实，当时出动的人马都可以出来做证。"

正在这时，皇后忽然急急赶来，哀声喊道：

"皇上，您不能再纵容太子和义王种种的罪行！"

皇后虽已梳洗更衣，回到平时的装扮，但也难掩憔悴。皇上快步迎向皇后：

"皇后历险归来，又受到不少皮肉之苦，怎么不多休息疗养，何必老远赶来呢？"

"不赶来，就怕仁慈的皇上又要被利用了！"皇后泪眼婆娑，"皇上呀！臣妾就算有千错万错，好歹是您的皇后！臣妾不知道是挡了谁的道，居然出此恶计想置臣妾于死地。皇上，您一定要严查严办啊！"

"皇后，你不要激动，案子一定会查个水落石出，这大堂之上，快别哭了！"

"臣妾委屈呀！怎能不哭，劫持一朝国母是何等的大罪！"怒视四王，"谁有嫌疑，都当打入大牢严审。皇上您不能再心慈手软，快将四王和太子、皓祯、寄南这帮人通通押入大牢！皇上！"

"没有，怎么可以强制入罪？"皇上揪心地说。

"皇上，说四王、太子还有臣等将军府牵涉其中，实在太过牵强，何况忠王病体初愈，经受不住这些牢狱之灾的折腾。"柏凯说道。

伍震荣有力地对皇上施压：

"陛下，臣等请求将一干嫌犯送入大牢候审，以慰皇后受创心灵。此时不当机立断，以后皇室人人难安！如果下次劫走的是陛下怎么办？"

"皇后殿下！"汉阳急问，"那封把皇后诱到东郊别府的密柬，能否给微臣过目一下？这是最直接的证据！"

"密柬？"皇后瞪大眼，"看过就丢了！谁会留着那小纸条？如果本宫知道这纸条关系本宫的性命和荣王的威信，还会丢掉吗？如果是荣王要陷害本宫，还会用自己的笔迹和名字吗？皇上啊！"眼泪又掉下来："荣王和本宫是亲家，家眷们也走得很近，这明明就是有人想一箭双雕，杀了本宫再嫁祸荣王！皇上，你要帮本宫做主！"

殿上各大臣迟疑间，受伍震荣犀利的眼神胁迫，纷纷跪下喊："皇上圣明！皇上圣明！"

皇后含泪再度施压，悲啼地说道：

"太府寺的窃金案，还有万两黄金的劫案，皇上一再地纵容包庇四王和太子，才使得他们胆大妄为，欺凌臣妾。皇上，您答应要为臣妾做主的呀！皇上，君无戏言啊！"

皇上无奈，咬牙说道：

"汉阳，暂时先将四王带到大理寺大牢候审，没有朕的旨意，谁都不能提审四王、接近四王！"

"臣遵旨！"汉阳低声说道。

太子大声激动抗议：

"父皇，您不可以这么做，父皇！"

皇后用泪眼瞄着皇上，皇上安抚地对她点头。皇后一转头，却用胜利的眼光，扫视着太子、皓祯、寄南三人。三人被这眼光简直气炸了！

三人离开皇宫后，都聚集在画梅轩大厅中，个个愤愤不平。鲁超、邓勇在门口严密守卫。香绮侍候完茶茶水水，就悄悄退下。太子气得发昏，说道：

"皓祯！寄南！我们居然这么笨，跟着荣王布下的陷阱往里面跳！拼了命去救皇后！结果是个假劫案！你看，他们狠到利用完了就全部灭口！那些笨农民和我们一样笨！气煞我也！"

"荣王已经连皇后都利用上，明明就是要把四王和我们三个都赶尽杀绝！可恨的是，我们听到皇后被劫，还会忠心耿耿地去救皇后！这是我们的悲哀！"皓祯说。

"当时是我们得到猛儿送来的信息，'女儿草'和'驴儿坡'，第一个发现皇后被关的地方，就该冲进去先杀掉那个诱饵！我们就是笨！还想招降那些农民，这才给了伍家时机来灭口！"寄南后悔不迭。

"女儿草和驴儿坡还是吟霜贡献的线索！"灵儿气呼呼嚷道，"如果太子和王爷根本没发现那农庄，也不会被姓伍的反咬一口！我也笨，吟霜也笨！那个汉阳大人如果不是同谋，就也是笨！"

吟霜一直倾听着，此时一步上前，诚挚而有力地说道：

"大家不要再自责了，你们听到皇后被劫持，就个个忠心耿耿地去救皇后！这就是你们最可贵的地方！如果你们听到国母被劫持还沾沾自喜，那你们和荣王又有什么两样？荣王真正利用的，不是皇后，是你们的忠心和善良！"

寄南跳脚捶桌：

"可是，这忠心和善良，却把本朝最有功勋的四王送进了监牢！四王呀！那对皇上忠心耿耿、把自己的一切都奉献给百姓的四王！"

"今天，父皇是不肯办我们，等到过两天，伍震荣和母后，再对父皇耳边叽咕叽咕，那些大臣再喊几句'皇上圣明'，我们三个也会去监牢的！恐怕去的是刑部监牢，不是大理寺监牢了！"太子说。

"启望！"皓祯说道，"你好歹是太子！难道你不能也去皇上耳边叽咕叽咕吗？"

"我现在是嫌犯，再去叽咕，就是犯人了！我对我那父皇，也失望了！"太子说，"他只要碰到母后的事，就完全失去理智！"

"大家不要这么消极好吗？"吟霜给众人打气，"我相信'心存善念，天地动容'！我也相信'心存恶念，天地不容'！你们不是说，皇上不许任何人提审四王吗？可见皇上也有一念之仁！送进监牢，可能是在保护四王，而不是要害四王！"

"啊？吟霜你这是什么意思？裘儿听不懂！"灵儿说。

"吟霜的意思是，在监牢里最安全，不会被人暗杀！"皓祯代吟霜解释。

众人面面相觑，不禁深深思索，此时，鲁超把汉阳带进门，通报着：

"汉阳大人赶来了！"

众人都看向汉阳。汉阳说：

"就猜到你们一定在画梅轩，我特地赶来，只能说几句话，马上要去办事！大家对四王在牢里的情形一定很担心，我向大家保证，一定让他们生命安全，还会照顾他们的生活！大家放心！"

"你保证?"皓祯盯着汉阳。

汉阳重重点头说道:

"我保证!毕竟我朝的四王,也是天下的四王,更是百姓的四王!"

寄南一巴掌拍在汉阳肩上,说道:

"如果你爹方宰相在你耳边叽咕叽咕,你会不会改变?"

"办案就是办案,怎可靠叽咕叽咕来断案?"汉阳正色地说。

"有你这几句话,本太子就放心了!"太子一叹,忽然看着汉阳的额头,"咦!你头上怎么啦?受伤了?"

汉阳摸摸额头苦笑:

"我是这次案件里,唯一受伤的一个!被个'风火球'给砸了!"

灵儿悄悄溜到吟霜背后去了,偷笑着。寄南看向灵儿,即使在如此沉重的心情下,唇边也浮起隐隐的笑意。

五十一

画梅轩里个个义愤填膺。皇宫里依旧诡计重重。

在皇后的密室里，伍震荣终于得到皇后的通知，冒险来探视皇后。皇后见到了他，一甩手就给他一个大耳光，怒骂：

"你好大的胆子，出此计策居然没有通报本宫，让本宫毫无防备就被恶人掳走，你真把本宫当成一颗棋子？"

伍震荣抚抚被打的脸，赶紧抱着皇后安抚：

"皇后娘娘，臣是该打，您要怎么处罚都行！这一切都是万不得已啊！为了让整个劫持案逼真一点，只好委屈皇后！"

皇后推开伍震荣，生气地说：

"哼！你这老贼，就只有你会想出这种险招，将本宫置于险地，简直是玩火，这回要是没把四王和太子那帮人拉下来，你的仕途也可以结束了！"

"皇后别生气了！多亏您在皇上面前推波助澜，这下子四王不是入狱了吗？放心，这回您吃的苦头绝对没有白挨！项麒果然聪明，这一切都是他策划的。"

"真是有其父，必有其子！"皇后冷笑。

伍震荣想和皇后亲热，挨近皇后，拉着她的手：

"皇后受惊了，让臣来侍候侍候皇后。"

皇后给伍震荣一个妖媚的白眼。伍震荣就搂着皇后，温柔地说：

"等皇后心定了，也该管管兰馨的事了！下官才知道如何对付那个袁皓祯！太子帮里，他最棘手，下官投鼠忌器，因为他是兰馨的驸马！但是，皓祯不除，太子就像你那个皇帝说的'三人同心，坚不可摧！'你得拿拿主意！也别委屈了兰馨！"

伍震荣一番话，提醒了皇后。是的！还有个头痛的兰馨，嫁给了那个绊脚石袁皓祯！到底该把兰馨怎么办呢？

经过几天的休息，皇后总算恢复了往日神采，决定要解决兰馨的问题了。这晚，皇后大步走进兰馨的卧室，莫尚宫对崔谕娘招手，崔谕娘就识相地退出房间，把房门关上。兰馨脸色不佳地看着皇后，冷冷地说：

"母后历劫归来，气色还不错嘛！现在大概是左右逢源吧！"

"你不要对本宫明讽暗刺，那些都帮不了你！现在需要帮忙的是你不是我，你就好好地听我说几句！"

兰馨不语，看着皇后。皇后就走近兰馨，深深看着她，有力地说道：

"你常常挥着鞭子，骂我不知羞耻，有了你的父皇，又跟荣王有染！但是，你有没有想一想，我朝现在最重要的两个男人，一个是你父皇,一个是荣王,怎会都对我俯首称臣?本宫是如何做到的?"

"母后觉得这是一种光彩吗?"

"现在本宫不跟你谈是非,本宫用女人的身份,告诉一个完全不懂如何操纵男人的女儿,应该怎样去得到她想要的!"

这一下,兰馨完全明白了,声音软弱地问道:

"母后怎么做到的?"

"'放低身段,温柔妩媚,委曲求全,投其所好'!十六个字让你好好思考,只要你把持了他的心,你要怎样他都会依你!那时,你才是强者!才是胜利者!"

兰馨思索着,眼里有着恍然大悟的神情。皇后瞪着她说:

"你母后可以把两个男人弄得服服帖帖,你连一个都弄不好?你给我争气一点行不行?如果你想通了,就不能再虐待那个狐妖……也不用怕那个狐妖!"

兰馨有气无力地回答:

"现在想虐待也没机会了,皓祯根本不会让我回去!"

"谁说的?"皇后大声说,"他不来接你,本宫就亲自把你浩浩荡荡地送回去!他现在还是驸马,难道他还能拒绝吗?"

兰馨眼睛一亮。对于皇后,第一次如此心悦诚服。

于是,这天皇宫女眷出门,华盖亭亭,旗帜飘飘。众多的卫士和宫女前簇后拥着两顶豪华的轿子,浩浩荡荡进入将军府大门。卫士高声喊道:

"皇后娘娘驾到!兰馨公主驾到!大将军速来接驾!"

将军府中，仆人丫头卫士惊惶着，奔窜着。袁忠急喊：

"大将军！大将军！夫人！夫人！"

翩翩拉着到处跑的皓祥问：

"这又是什么情况？要来砍头吗？"

"快躲回房里去！这种气势，不砍头也要坐牢！"皓祥说。

母子二人，仓皇而逃。

大厅里，柏凯和雪如惊慌失措。雪如慌乱地问：

"怎么办？一定是来问罪的！衣服都没换，怎么接驾？"

柏凯拉住乱转的雪如：

"来不及换衣服了！赶快接驾吧！是福不是祸，是祸躲不过！"正正衣冠出门，带着雪如迎到庭院，朗声说道，"微臣袁柏凯恭迎皇后娘娘！"

皇后在宫女和莫尚宫的搀扶下出轿。兰馨也在崔谕娘和宫女的搀扶下出轿。

袁忠带着将军府的仆人、丫头、卫士等全部跪下地，齐声说道：

"将军府恭迎皇后娘娘！恭迎兰馨公主！"

柏凯和雪如就陪着皇后和兰馨走进大厅。

鲁超赶紧奔进画梅轩，对皓祯和吟霜说道：

"少将军，皇后亲自把兰馨公主送回来了！带着几十个宫女和卫士！浩浩荡荡好大的排场！崔谕娘和莫尚宫带着宫女，正在清理公主院！"

"什么？"皓祯大惊。

小乐跟着奔来，一迭连声喊：

"公子！公子！皇后已经到了大厅，将军要你赶紧去接驾！"

皓祯瞪大眼，有如大难临头，反射般地说道：

"我不去！"

吟霜听着，惊惶着，急忙推着皓祯，把他往门外推。

"你爹叫你去，你怎能不去？皇后亲自出动，你怎样也得低头！不管怎样，也算皇恩浩荡，经过皇后劫持事件，也没动到你！何况，那公主也没对不起你！"

皓祯瞪着吟霜：

"她把你弄得遍体鳞伤，还在庙门口大跳'百鸟舞'刺激你，差点害你失去孩子，这都不算对不起我？怎样才算对得起我？"

"那都是过去的事了，我相信公主这次回来，一定带着善意来的！请你快去接驾吧！要不然，家里真的会有大灾难的！"

袁忠和众多仆人也跟着奔来。袁忠着急说道：

"公子！将军和夫人要你赶快去接驾，迎接公主回家！"

皓祯心情大乱，还在挣扎。吟霜急了，痛喊道：

"皓祯！为你的孩子，赶紧去吧！不能让抄家灭门的事再发生一次！上次来的是荣王，现在是皇后呀！"

皓祯被打败了，跟着众多仆人，急急出门去。

大厅中，皇后端坐在正中，几十个宫女簇拥在后，卫士两边侍立。兰馨盛装，温柔妩媚，坐在卢皇后身前。大批宫廷卫士，在门外环侍。

柏凯、雪如都恭敬地站着。

皇后不卑不亢，却有力地说道：

"不论皇室还是平常百姓家，小儿女夫妻吵架，做长辈的总是劝和！说真的，兰馨是宫里长大的，从小被她父皇捧在掌心里，难免骄纵了一些，这次回宫，本宫和她父皇，也教训过她了……"

皇后正说着，皓祯赶到，皇后看到皓祯，就住了口。兰馨看到皓祯，就站起身来。

皓祯只得进门，对皇后行礼道：

"微臣皓祯叩见皇后殿下！"

"早就不是'微臣'了！何况上次还救驾有功！"皇后就微笑着，充满感情地说道，"皓祯，兰馨还小，如果有些事做得让驸马不高兴，一定是家教不够好的原因！"

"皇后殿下说哪里话！都是皓祯家教不好，这些日子，微臣也教训了他！有劳娘娘亲自到将军府，真让微臣惶恐！"柏凯不安地说。

皇后和颜悦色，却话中有话地说：

"咱们现在是亲家，都不必把身份官阶抬出来，既然是亲家，也等于是一家人！皓祯有任何不愉快，经过了两个多月，也该结束了！小儿女的事，不要弄得两家父母失和，小事变大事！"悄悄踢了兰馨一下。

兰馨便急忙走到皓祯面前，笑脸迎人地说道：

"皓祯，以前兰馨不懂事，做错很多事情，现在知错了！以后再也不会把公主院弄成战场，你也别再生气了，好不好？"

皓祯愣了一下，对这样判若两人的兰馨，有点手足无措，只得答道：

"皓祯也有很多的不是，如果公主能和皓祯成为亲人，不是敌人，依旧是皓祯的幸运！"

兰馨听出皓祯在强调亲人两字，软弱地笑道：

"亲人也好，家人也好，兰馨的傲气，早就被驸马收服，只剩下傻气了！不知道这个家还欢迎我吗？"

"收服不敢当！这个家中的老问题依然存在，希望公主包涵！只要公主能够包涵，它当然还是公主的家！"皓祯说。

"哦！小两口讲和啦！这种场面实在太感人了！"皇后感动地擦眼泪，就去拉住雪如的手，"亲家母，只有我们当娘的人，才能体会这种'不放心，很担心，又操心'的经历，直到看到他们和好，才有'总算安心'的感觉吧！"

雪如受宠若惊地、真心感动地、一迭连声答道：

"是呀！是呀！皇后娘娘说进臣妇心坎里去了！皓祯，再也不可以任性闹脾气了！赶快把公主带到公主院去吧！"

"慢一点！"皇后忽然喊道，环视众人，"本宫想见见皓祯的如夫人白吟霜！"

皓祯脸色骤变。雪如、柏凯等人也神色一惊。

于是，吟霜被袁忠从画梅轩叫了过来，她徐徐进门，对着皇后跪了下去，说道：

"民女白吟霜叩见皇后娘娘！娘娘金安！"

"抬起头来！"皇后威严地说。

吟霜跪在那儿，抬头看皇后。

"你就是鼎鼎大名的白吟霜？"皇后问。

吟霜听皇后语气不善，不敢回答。皓祯紧张地看着吟霜，担心的神情一目了然。

皇后看了看皓祯，再看吟霜，就起身，绕着吟霜走了一圈又一圈，眼光死死地盯着吟霜。走了好几圈之后，她才平静地说道：

"白吟霜，本宫听到很多关于你的传说，是真是假，本宫可以深究，也可以不深究。皓祯是驸马，这是不争的事实！希望你知道分寸，不要伤了皓祯和公主的和气！本宫看你眉清目秀，想你也不是妖魔鬼怪！如果传闻太多，宫里就必须派人来将军府驱魔除妖，所以，希望传言到此为止！"

吟霜还来不及回答，皓祯一步上前说道：

"皇后娘娘，今天既然送公主回家，就请不要恐吓吟霜！否则一定是历史重演，让皇后娘娘的好意再度落空。吟霜已经有孕，不便久跪，请让她回画梅轩吧！"

皇后惊看皓祯，就要发作，兰馨紧张地一步上前，害怕地看了吟霜一眼，说：

"母后！兰馨住在公主院，吟霜住在画梅轩，谁也不犯谁！她能让我穿着百鸟衣像中邪一样跳舞，兰馨不想再惹她了！母后也别再追究吧！"就看着皓祯说："不知道公主院收拾好了没有？皓祯，我们过去看看吧！"

皓祯站着不动，眼睛看着吟霜。皇后只得说道：

"吟霜！你下去吧！"

"谢皇后！"吟霜磕下头去，又抬眼看皇后，说道，"娘娘！吟霜一定坚守本分，不敢和公主争宠！有关吟霜的任何传言，吟霜不敢辩驳，只有两句真心话不得不说，民女从小学医，怀着悲天悯人的胸怀，只会救人，不会伤人！"

吟霜说完，就起身，对柏凯、雪如行礼。

"将军、夫人，吟霜先下去了！"

皓祯听到吟霜对爹娘改了称呼，眉头一皱。

卢皇后深沉的眼光，直直地看着吟霜消失的背影。

与此同时，宰相府里的汉阳在书桌前看公文。寄南敲敲门，不等回答，就大步进门去。灵儿在窗外偷窥着。汉阳抬眼看了寄南一眼，面无表情地问：

"有事吗？"

寄南嘻嘻哈哈地在他面前一坐，说道：

"我们那四王还好吧？你有没有熬点鸡汤，给他们补补身子？现在你那监牢，是他们的家！要让他们过得好一点！"

"是不是需要本官，把他们的四位夫人，都送进去呢？"汉阳问。

"那倒不必！让几位夫人探监，也是好的！"

"我看，那监牢交给你这个斗牛犬去管吧！"

"你还记得斗牛犬的事呀？那天是本王爷太冲动了一点，汉阳没'斗牛'病，有'心病'，咱们这两个病人，就把那天的事，一笑置之如何？"

"本官有什么心病？"汉阳依旧面无表情地说。

"心病都藏在心里，哪会轻易让本王爷知道？不过，关心公主，关心'百鸟朝天舞'，是真的吧？"

汉阳瞪了寄南一眼：

"'百鸟朝天舞'的事，裘儿已经告诉本官了！"

"哦？我那裘儿，对汉阳倒是挺忠心的！现在，汉阳是不是了解我会大发脾气的原因呢？就怕公主也病了，让吟霜再度蒙上不白之冤！"

汉阳眼睛又一瞪：

"公主也病了？哪会人人都病了？"

"唉！"寄南一笑，"这芸芸众生，几个人没病啊？你那大理寺，关了一群有病的人呢！朝廷上，还有一群'病入膏肓'的人呢！一天到晚想陷害这个，想嫁祸那个，想劫持这个，想暗杀那个！"

汉阳听了，心中一动，眼中闪过一抹光芒。此时，灵儿笑嘻嘻入房。

"汉阳大人，经过大家合作救皇后后，虽然也不知道是对是错，我们两个，还是你的助手吧？"

"其实，皓祯和吟霜如果来当我的助手，应该比你们两个强！"汉阳说。

"那汉阳大人就大错特错！皓祯全心在吟霜身上，你的案子，他会丢的丢，忘的忘，全部交白卷！"灵儿说。

"那可不然，这次营救皇后，他可一点疏失都没有！"

"哈哈！你这个大理寺丞，用我俩当助手，已经绰绰有余！皓祯和吟霜那种高手，汉阳还用不起！"寄南嬉皮笑脸地说。

汉阳瞪了寄南一眼，灵儿赶紧帮汉阳磨墨。

"汉阳大人！"灵儿一面磨墨，一面说："你那天说，四王是百姓的四王，是天下的四王，裘儿听得心都热了！现在，这天下百姓的四王，就拜托大人了，千万千万不能让他们饿着、气着、冷着、热着、累着、苦着……"

"你有完没完？"汉阳打断，"干脆把你们两个送进去侍候他们如何？"

"好呀！"寄南说，"不过，如果发生劫狱事件，与本王无关！"就对汉阳悄悄说道："我们大家都被人耍了，四王也冤枉入狱了！要不要报仇？咱们干脆把四王给劫出来如何？"

汉阳瞪着两人，两人就都住了口。寄南忍不住一叹：

"还是和皓祯聊天比较有意思，不知道他现在是不是和我想着同一件事！"

皓祯并没有想着如何劫狱，他正忙着应付突然回家的兰馨公主。已经两个多月没走进公主院大厅，现在陪着兰馨重回这大厅，心中是充满无奈和抗拒的。兰馨却深情地看着他，真挚地说道：

"皓祯，以前那个嚣张跋扈、残忍任性的兰馨已经不存在了！现在站在你面前的，是一个卑微的兰馨，让我们把所有的不愉快都忘记，重新开始吧！"

皓祯惊愕困惑地说：

"你还是用你平常的语气说话吧！你这样变成一个小媳妇的样子，我很不习惯！那个霸气的你，才是真正的你，我不想要你整个性情大转变！这样，你好像在对我演戏！"

兰馨悲哀地说：

"我不是在演戏，我是不知所措！"

"怎么讲？"

"从小到大，我要的东西都能到手，使我予取予求。自从嫁到将军府，才知道不是这样！我要的那个你，距离我很远，我可望而不可即。你知道这多么伤我的自尊，打击我的自信吗？所以，虐待吟霜的那个我，是不正常的！是被妒恨控制的怪物！现在我痛定思痛，愿意为你重新活过！请你给我机会！"

"你知道现在情势没有改变！"皓祯凝视着她，"我还是原来那个皓祯，我对吟霜依旧不变！如果你回来，我依然只能跟你做亲人，不能跟你做夫妻！"

"明白了！我们就做亲人吧！"兰馨悲哀地说，"但是，今晚是我回来的第一晚，你能不能配合一下演演戏，就在公主院过夜吧！我保证不会犯你所有的忌讳！"

皓祯见兰馨如此低声下气，不禁有点同情：

"让我想想看！"

晚上，皓祯在画梅轩的大厅里走来走去，矛盾抗拒着。吟霜在桌子前包药，放下药包，就去抱住皓祯，说道：

"今晚，无论如何也要去公主院。崔谕娘、卫士、宫女多少双眼睛看着，你不去，公主太没面子，明天马上就会传到宫里，请你以大局为重好吗？"

皓祯托起她的下巴，看着她：

"今天早上皇后来的时候，你为什么叫爹娘为将军、夫人？你不敢在皇后面前承认你是我的人吗？你用改变称呼来跟我划分界线吗？"

"我不想刺激公主，毕竟她离开的时候，我还在她身边当丫头！"吟霜低语。

皓祯一叹，凝视着她：

"你虽然拥有一个完完整整的我，你的心里，依然是自卑的！我要怎样才能建立你的自信？"想想说，"我今晚不能去公主院，那样对你太不公平！"

吟霜抬头盯着他，有力地说道：

"我现在不要公平，只要平安！我肚子里有你的骨肉，我要这个孩子安全地、健康地来到人间！请你也理智一点，人生从来就没有'公平'这两个字，现在的局面，你、我、公主三个，每个都在委曲求全！你不明白吗？"

吟霜说着，就把他的手拉到自己的肚子上。

"感觉一下，不知道是儿子还是女儿，在对你说'爹！保护我就要稳定公主的情绪，你已经是我爹，不能再任性了'！"

皓祯又无可奈何地一叹。

所以，这晚皓祯去了公主院，进了那间他千方百计要逃离的卧室。兰馨把崔谕娘和宫女都打发了，室内只有他们两个。

兰馨有点尴尬地整理着床铺，把两个枕头分得很开地放好，说：

"你睡左边，我睡右边！中间还空了好多位置，我们谁也不碰谁！"

皓祯拉了两床棉被，就铺在地上，把枕头也拉到地铺上，说：

"不！你睡床榻，我打地铺就可以了！今天很累了，我们早点睡吧！"

皓祯说着，就倒向地铺，用棉被连头裹住，侧着身子，背对着床。兰馨落寞地看了看他，叹口气倒上床榻。

于是，一个在床上，一个在床下，两人都是无眠的漫漫长夜。

五十二

从将军府回宫，皇后就一肚子心事。这天在阙楼见到伍震荣，皇后满脸隐忧，对伍震荣叹气说道：

"那个白吟霜，一定是兰馨的后患！非除掉不可！"

"皇后要除掉谁，只要交代一声，下官就去办理，用得着唉声叹气吗？"

"可是皓祯的心，根本在白吟霜身上，万一过程中有闪失，兰馨的终身也就断送了，还会反过来恨我们！这种情况，真让我拿皓祯和白吟霜无可奈何！"说着，就咬牙切齿起来，"兰馨这个傻丫头气死本宫！这样的驸马就该一刀砍了！"

伍震荣不语，深思地想着。那白吟霜，他也领教过，即使带着羽林军去大闹将军府，也不曾伤到她一根寒毛，反而被她教训了一顿。这个白吟霜，他也恨得牙痒痒，到底要怎样才能治她呢？

就有这么巧，这天，荣王府里来了一个稀客，本来，这个人物从来不在伍震荣眼睛里，虽然他是将军府里的二公子。但是，今天不一样！他可能会带来将军府和公主院的一些秘密！于是，伍震荣在大厅里，接见了皓祥。

皓祥会到荣王府，也是走火入魔。他认为自己在家里，处处被皓祯压着，多少冤枉气没地方出！今天他豁出去了。站在大厅中，恭恭敬敬等着伍震荣。

伍震荣出来，皓祥立刻对他行礼说道：

"王爷，您行事一向恩怨分明，干脆利落，那我也就不兜圈子，直言不讳了。今天皓祥来此，是特意向荣王投诚来的！"

"哦？"伍震荣疑惑地，"你要投诚？你是袁家人，太子帮的，本王要如何相信你？"

"小的才不是太子帮的人！我哥皓祯和我是天敌，不是兄弟！我们先不说他，现在最要紧的是公主！我知道王爷非常关心公主，但是公主在袁家实际上是毫无地位、孤立无援的，打从公主进门，也只有我和我娘最关心公主。公主在将军府受了许多委屈，我们母子也是多次仗义执言，但是还是斗不过那个白吟霜！"

伍震荣耳朵一竖，眼睛一亮，锐利地看着皓祥问道：

"依你在家的观察，白吟霜到底是不是狐妖？"

"她当然是狐妖！"皓祥斩钉截铁说道，"王爷您还记得皓祯抓白狐、放白狐那段故事吧？我敢肯定白吟霜就是皓祯放走的那只白狐，现在她化成人形，是来报恩的！"

伍震荣回忆皓祯徒手抓箭，救下白狐那幕，恍然大悟道：

"经你这么一说，这人狐恋的故事就合情合理了！"

"是呀！"皓祥愤愤地说，"家里出了个狐妖，全家还把她当宝贝，现在居然怀上我们袁家的种，地位简直爬到公主的头上去了！这妖孽不除，公主只能天天担惊度日，我真害怕公主会忧心过度，急出病来的！"

"公主生病了？"伍震荣担忧，一握拳，"白吟霜！本王就不信没人治得了你！"

伍项魁正好从屋里走出来，听到白吟霜的名字，一惊，问道：

"爹，你们在谈谁呀？我好像听到白吟霜这个名字！"看皓祥："皓祥你也在！"

"白吟霜就是袁皓祯的如夫人，公主口中的狐妖！"伍震荣说。

"这个白吟霜我认识！"伍项魁立刻口沫横飞地说道，"看病问诊相当厉害，当初我曾经想把她献给爹，作为咱荣王府的家医，可她性子可横着呢！而且……"痴想着，"她呀，长得确实是一副妖媚样！她在东市的时候，差点就让我得手了！后来真被皓祯抢去当如夫人了！可恶！"

"你的意思是真的和白吟霜交过手？"伍震荣看着项魁问。

"当然！我和她的恩怨还没了呢！"

伍震荣心里，立刻浮起一个念头，看着项魁说道：

"那很好！既然恩怨未了，爹就再给你一次机会，去把你的恩怨消除！中秋那夜，将军府大宴宾客，我们父子就去捧个场吧！皓祥，来！一起聊聊！"

皓祥受宠若惊地加入，三人就交头接耳地密谈起来。

转眼来到中秋，将军府大门前，宾客一一到来。将军府庭院、长廊、楼台、水榭、赏月亭……都装点着许多华丽的灯笼。

宾客在庭院川流不息，三三两两谈笑寒暄。柏凯、雪如忙着招呼客人。袁忠、秦妈、小乐等家仆，上上下下忙忙碌碌地奉茶奉点心。

伍震荣和伍项魁、方世廷早已到访，散步在将军府花木扶疏、错落有致的庭院里，翩翩和皓祥作陪。伍震荣的卫士随侍在侧。伍震荣说风凉话：

"你们看看，家里有个驸马爷之后，趋炎附势的人也都靠过来了！将军府也挺会拉拢民心，四王被关，这时候赶紧办个中秋宴！"

"这朝廷里，哪一个不懂得见风转舵！"世廷附和，"将军府再怎么讲究志节，还不是得攀龙附凤，和四王撇清关系，才能飞黄腾达！现在朝廷上，因为四王的关系，已经泾渭分明了！"一番话，听得伍震荣心花怒放，直点头。

"这中秋宴到底是为公主办的？还是为他们家如夫人怀孕了在庆祝啊？唉！公主一定挺委屈的！"项魁转变话题，泼冷水。

翩翩尴尬，赔笑脸奉承地说：

"当然是为公主办的呀！感谢各位大人赏脸，让我们将军府今夜蓬荜生辉呀！"

"咱们在这花园逛个老半天了，也还没有见到公主！咱们不如先去公主院，向公主请安！"世廷提议。

"哎！这个主意好，皓祥来帮各位大人带路，请！"皓祥说。

翩翩和皓祥便热心地招呼伍震荣等人离去。

寄南、灵儿见伍震荣离开，便从树丛后面走出来。灵儿与寄南窃窃私语，愤愤地说：

"想不到那个蛤蟆父子也来到将军府，还说什么风凉话？人家将军府宴客，是老早定下的，谁知道你们这些混账，会陷害四王！"

"你要小心啊！"寄南警告，"你现在是男子汉裘儿，别又火烧眉毛暴露身份！到时候没人可以救你！能不和那对父子打照面，最好就不要碰头，总之离他们远点！"

汉阳冷不防地在灵儿身后发出声音：

"你们在这儿鬼鬼祟祟地做什么？又在偷看谁呢？"

寄南、灵儿一怔，赶紧转身向着汉阳。

"哎呀！大人，鬼鬼祟祟的是你吧！突然这样冒出来吓死人了！"灵儿说。

"汉阳，你跑哪儿去了？害我们到处找不到你，你爹娘他们正要去见公主，你需要我带你去公主院吗？"寄南问。

汉阳一本正经地转过脸：

"本官又没有什么特别的事情，为何要去见公主？"

"说得也是！"灵儿接口，"那种没良心的公主，有什么好见的，汉阳大人也不是他们那一群势利鬼，想去巴结公主。咱们还不如去见吟霜和少将军呢！太子也在那儿！"拉着汉阳："走吧！我们去画梅轩！"

画梅轩里，皓祯、太子和吟霜在密谈。鲁超站在门口把风。

"什么？劫狱？启望别异想天开了！这念头千万打消！"皓祯一惊，瞪着太子。

"可是我实在生气！"太子激动，"父皇自从母后'历劫归来'，就把母后宝贝得什么似的，几乎言听计从！那四王，虽然汉阳守信，没有让他们吃苦，可是，你想想看，他们是王爷呀！就这么冤哉枉也地进了牢，我们怎能袖手旁观？何况还有我的皇叔义王呢！父皇对我说过，他绝不骨肉相残！他食言了！"

"忍耐忍耐！"皓祯说，"不是你生气，我们个个生气！可是木鸢没有给我们指示，我觉得还是静观其变！我们三个，也是敌人的目标，先稳住自己，才能打击敌人！"

"最大的目标，应该是我吧！你们是受我之累！"太子苦笑。

吟霜对太子说道：

"最大的目标还不是你，是你爹的那张龙椅！你爹也是个大目标！"

"吟霜这句话，才说中了要害！我爹……"

太子话没完，灵儿、寄南带着汉阳到来。灵儿大声地通报：

"皓祯，汉阳大人来啦！"

汉阳赶紧对太子施礼：

"臣方汉阳参见太子！"

"哦！你也来了！"太子注视着汉阳，"我正在和皓祯谈，借住在你们大理寺的四位嘉宾，你们招待得还好吧？"脸色一正："汉阳！千万别走错路！你心知肚明，那四位嘉宾是冤枉的！冤狱会引发许多悲剧，慎之慎之！"

"哈哈！"寄南大笑，"太子老哥，汉阳大人今天来做客，你是太子，别威胁臣子！不过你那些话，本王已经跟汉阳大人说过了！还有一个伟大的建议，被汉阳瞪眼瞪回来了！哈哈！我是以助手身份说的！"

汉阳苦笑道：

"今天这场'中秋宴',怎么让我觉得'山雨欲来风满楼'呢?"

"哪儿有风,哪儿有雨,月亮好得很呢!"灵儿没心机地说。

"我们也该去观月楼,爹和娘肯定在等皓祯,大家走吧!有话再谈!"吟霜说。

于是,大家就向花园中走去。

花园里,雪如和采文像是老朋友似的,边走边聊天。采文真挚地说:

"这阵子,将军府好像出了很多事情,一直想来探望,又怕自己来的时机不对!"

"宰相夫人不用客气,将军府人口多,烦心的事情难免也就多一些。像你们宰相府就好了,宰相爷珍惜夫人一如往昔,家丁简单也没有给夫人添麻烦!夫人真是好福气!"雪如温和地笑着。

"唉!"采文真诚地回答,"宰相大人也只有这点好,说出来也不怕夫人见笑。年轻的时候,我们是贫贱夫妻百事哀。那些苦日子,真是不堪回首。还好大人功成名就之后,就发誓不纳妾,算是对我的回馈!也许这是我这辈子最值得欣慰的事吧!"

"看来宰相爷真是一个重情重义的人,对夫人信守承诺,真是不简单!"

正说着,吟霜、皓祯、太子、寄南、汉阳、灵儿迎面而来,香绮跟随在后。宾客们看到太子,立刻纷纷行礼,一阵忙乱。采文的目光,却被皓祯那英武中带着书卷气的特殊气质给深深吸引了,心里想着:"如此人物,当了驸马却毫无骄气,也是个奇人!"

大家行礼完毕,雪如拉着吟霜说道:

"吟霜啊！今晚天气有点凉，你有没有多穿一点呢？现在你的身子是我们大家的，可要照顾好呀！"

"娘！"吟霜羞涩地阻止。

采文盯着吟霜：

"听说皓祯的如夫人是一位美女，果真是漂亮呀！"

"谢谢夫人的夸奖，吟霜才疏学浅，更不是什么美女，只是被皓祯和袁家错爱，充满感恩之心的小女子！"吟霜说道。

"她还是一位博学的女神医！上次帮我破了一个大案！"汉阳佩服地说。

"夫人听到的谣传应该不止这些吧？恐怕说的是什么狐狸、什么妖怪吧？"皓祯直率地接口。

"果真如此，本太子应该多多借用这份才华！人，能力有限！"太子笑着说。

采文儒雅地笑着，也由衷地说道：

"那些谣传我一句都不会相信，现在亲眼看到了吟霜，我更不会相信了！"盯着皓祯，忽然转变话题，"你能和汉阳这样站在一起，我觉得很欢喜！希望你能多多照顾汉阳，帮助汉阳！"

"谢谢夫人，这话太不敢当！有您这样身份的长辈来肯定我们，这是这么长久以来，最令我们感到欣慰的话了！"皓祯说。

采文的眼神，充满了欣赏，说道：

"这世间都是缘分在作怪，你和公主的事情我也能理解。唉！都怪我们汉阳没福气！他要是也能像你一样，文武全才，真不知道该有多好！"

"看来我娘是在长他人志气，灭自己儿子的威风啊！"汉阳忍不住插嘴，面对采文说道，"汉阳虽然不会武功，但是文才也是一等一的好！"

"对对对！"灵儿也插嘴，"不只是文采好，汉阳大人还是咱们长安城的第一神捕！"对寄南说，"王爷，你说是吧！"

"不只是文才好的第一神捕，而且还是足智多谋的大理寺丞！"寄南接口。

"今天大家是在玩接龙吗？"太子一笑，"那我也来接，汉阳不只是文才好的第一神捕，是足智多谋的大理寺丞，更是正义凛然的少年英雄！"眼光锐利地看着汉阳。

寄南、灵儿一听拼命鼓掌叫好。

吟霜笑着看汉阳：

"这样的接龙吟霜也来参加一个！"就说道，"汉阳不只是文才好的第一神捕，是足智多谋的大理寺丞，更是正义凛然的少年英雄，还是不畏强权的公正清官！"

"今天是在中秋节赏礼吗？每人一句，你们有何居心？"汉阳看着众人。

皓祯一叹摇头，对汉阳说道：

"你呀！工作病又犯了！你真是文才好的第一神捕，足智多谋的大理寺丞，正义凛然的少年英雄！不畏强权的公正清官！但却是一个疑神疑鬼的方汉阳！"

众人一听，全部忍俊不禁地大笑起来。

片刻之后，大家都聚到了观月楼，柏凯、雪如招呼宾客入座。伍震荣带来的卫士，一直跟随保护着。宾客座前，摆放矮桌，上面放着各种酒水、佳肴、点心、水果等。太子、皓祯、吟霜、寄南也就座赏月。灵儿在寄南身边，虽是男儿装扮但也小心翼翼，回避伍震荣和伍项魁的目光。

公主穿着华丽的盛装，在崔谕娘和宫女的搀扶下，浩浩荡荡地来到观月楼的一楼。兰馨突然停住脚步，感慨地对崔谕娘低语：

"以为皓祯会到公主院来接我，谁知他连出现都没有！想必已经在这儿接待客人了！我这'委曲求全'四个字，还真是做到底了！"

"总之这么多客人，还都是冲着公主面子来的！"崔谕娘安慰地说。

兰馨一抬头，就撞上了汉阳。两人相对一看，都有若干难忘的感慨。

"公主金安！很久没看到公主了，不知最近可好？"汉阳恳切地说。

"汉阳，你在大理寺，应该什么都知道吧？兰馨回宫的日子，你怎么不来看看我？或者我还可以考考你，偷什么东西不犯法？"

汉阳一怔，回忆当时，不堪回首，有点苦涩地说：

"偷什么东西都犯法，只有偷笑不犯法！一个永生难忘的'偷笑'！"突然问道，"如果当时我答出了这个题目，我会加分吗？"

"或者会吧！"兰馨也怔了怔。

两人还要说话，皓祯急急走来，说道：

"兰馨，原来你在这儿，正要去接你！爹娘都在观月楼赏月了，大家都在等着你呢！来吧！"又对汉阳说道："第一神捕何时溜走的？一起上楼吧！"

兰馨就跟着皓祯上楼去。汉阳跟在后面，看着前面两人的背影，不胜感慨。

兰馨坐在皓祯的右侧，忍不住瞪向在皓祯左侧的吟霜。吟霜对兰馨礼貌地点个头，灵儿却与兰馨怒目相视。寄南小心地保护着灵儿，生怕她的真实身份被发现。一群年轻人坐在一起，却各有各的心事。

大家吃吃喝喝赏月时，伍震荣就站起来，走向袁柏凯面前敬酒。伍震荣高呼：

"各位贵宾，今夜皓月当空、清风拂面、花好月圆，我们一起向大将军敬酒，祝大将军青云直上，鹏飞万里！"

所有宾客全部举杯跟着祝贺，齐声说道：

"祝大将军青云直上，鹏飞万里！"

"谢谢！"柏凯举着酒杯，起身回敬，"谢谢各位大驾光临，若有招待不周，还请见谅！请各位嘉宾尽情喝酒！喝酒！"

伍震荣再举杯，走到皓祯面前：

"各位贵宾，少将军的如夫人已经有喜了，我们应当也祝贺少将军这份添嗣之喜！"

宾客们又举杯说着恭喜。兰馨勉为其难，跟着举杯。

皓祯与吟霜也举杯向大家回礼。

伍震荣此时对伍项魁做了一个眼神，伍项魁就坐近吟霜身边，突然大声说道：

"哎呀！白吟霜，原来你在这儿，我找你找得好苦啊！"一把抓着吟霜的手，"咱们以前感情那么好，天天腻在床上，你还记不记得？"

吟霜惊愕。兰馨虽也意外，但却冷眼旁观。

"快放开你的脏手！"吟霜挣扎着喊。

皓祯一见伍项魁抓着吟霜，又说些乱七八糟的话，立刻扇了伍项魁一耳光，厉声喊道：

"伍项魁！你胡说八道些什么？"

项魁捂着脸，忍耐地大声嚷：

"袁皓祯，你上当了！这个狐媚的白吟霜，也曾经跟我好过！"故意转身对宾客们说："她也跟我说她怀了我的骨肉！逼我要休了我家的夫人，否则要和孩子一起投河自尽！"

柏凯、雪如、翩翩、采文、汉阳、世廷个个震愕！皓祥暗暗得意着。

太子、灵儿、寄南大怒。吟霜起身，悲愤地喊：

"伍项魁！你在东市的恶劣行为，多少双眼睛有目共睹，对我而言，你的功劳就是让我认识了仗义出手的皓祯和寄南！然后你为了一件百鸟衣杀死我爹，现在，你又想污蔑我的清白，你以为大家会相信你的胡言乱语吗？"

寄南忍无可忍，从座位上跳出来，抓着伍项魁大喊：

"伍项魁，闭上你的狗嘴！你不要在这儿妖言惑众，要不然本王把你丢到湖里喂鱼去！"

伍震荣拍桌威吓：

"寄南，你反了吗？他的爹还在这里，你把本王当作什么了？"大喊："项魁，这个白吟霜，还和你做过些什么事？你只管说！"

"荣王！"太子起身怒喊，"你反了吗？本太子在此！你们再要信口雌黄，侮辱吟霜夫人，通通拿下！"

项魁甩开寄南，不理太子，继续说道：

"她会医术，经常对我扎几针之后，我就神志不清了，天天要我跟她一起同床共枕，完全让我离不开她！"

柏凯、雪如脸色铁青，尴尬愤怒至极。皓祯怒急攻心，冲上前去大骂项魁：

"你根本一派胡言，我撕烂你的嘴！难道你说这些谎言，你的良心不会不安吗？你这人还有没有丝毫的品德、丝毫的羞耻心？"上去就是一招"流星破空"，左手一式劈掌虚招，右拳直攻项魁左胸，出招迅疾、拳去如风，只听得项魁一声闷哼，左胸中拳，登时连退数步。

皓祯一出手，伍震荣的卫士也全部出动，护着伍项魁，与皓祯大打出手。灵儿机灵地看看众人混乱的状况，快速地闪身离开。寄南喊着：

"皓祯，不要跟他废话！这种人只能用拳头！"使出"缠丝散手"出手快捷、脚走形意，身如飞鸿。拳掌肘膝并用，穿梭游走，迅若疾风，接连打倒数名卫士，一转眼，就来到项魁面前，当胸就给了伍项魁一拳。这一拳，是寄南在盛怒之下发出的，力道奇大，伍项魁被打得飞到太子面前。

"本太子和寄南看法一样！"太子大声说，接住倒过来的项魁，一招"旋身撩阴掌"，左手上架，右手上抽至胸，立刻变掌为拳，又一拳打在项魁左胸。这拳名为"力劈华山"，力道强猛无比，项魁胸中一热，口中一甜，嘴角渗出鲜血。

荣王的卫士立刻冲了出来，三个卫士挡住太子，两个卫士迅速地把项魁拉出战场。

汉阳冷静地观察着一切。

项魁退后一步，在卫士重重保护下，继续说道：

"这个白吟霜天天逼我要休了我的夫人，我不依她，就威胁我说要对我们全家下蛊。直到有一天在东市看上了袁皓祯，我才终于摆脱这个白吟霜的纠缠……"

皓祯气得大喊：

"你颠倒是非，我要杀了你！"

崔谕娘落井下石，故意大声说：

"那……那如夫人肚里的孩子，到底是谁的呀？"

兰馨一叹，喃喃自语：

"还好，这些话不是我说的，否则驸马跟我会没完没了！原来白吟霜这么有名！当初应该是东市之花吧！"

吟霜怒极，双眼直直地瞪着伍项魁，眼中似乎要冒出火来，双手紧紧握拳，气得身子颤抖。她咬牙切齿说道：

"伍项魁！你会受到报应的！"

吟霜话声才落，忽然之间，伍项魁的身子一颤，只见他的头上脸上爬满了蝎子，尾巴摇着晃着，毒针历历在目，有的还往他的嘴里钻。项魁惊吓，大叫：

"蝎子！蝎子！哪儿跑来这么多毒蝎子……"

宾客们纷纷惊吓躲避，却又忍不住回头盯着看，你挤我撞，场面大乱。

藏在项魁身后，穿着小厮服装，隐身在仆人中的灵儿，悄眼瞪着伍项魁，咬牙自言自语：

"这次不用'鸡飞鼠跳'，来点更厉害的！让毒蝎子蜇死你这臭蛤蟆！"

伍项魁见自己满身蝎子乱爬，又惊又急，但却继续胡说八道：

"白吟霜是勾人的狐狸精，还是会作法的妖怪，袁皓祯上当了，受骗了！大家看，蝎子都被她变出来了……"

伍项魁说着，突然觉得双腿有异，低头一看，竟有一条巨蟒，顺着项魁的腿爬了上去，将伍项魁整个身子从下到上地缠住，宾客们哗然惊悚。大家各喊各地大叫：

"哇！不得了！毒蛇！毒蛇！好大的毒蛇！"

"哇！哪儿来的大蟒蛇？还有多少？会不会咬人呀？快跑！快跑！"

"这一招厉害！让本太子也大开眼界！"太子惊叹。

刹那间，整个观月楼惊声连连！大家逃的逃，躲的躲，乱成一团。

灵儿早就溜得不见踪影了。

汉阳瞪大眼珠，不可思议地观看着。

兰馨、崔谕娘见伍项魁身上，又是蝎子又是蟒蛇，惊恐万分。兰馨颤抖着说：

"又来了！妖怪又来了！这下大家都看见了，不是我胡说吧？"大喊，"有妖怪！有妖怪！有妖怪……"

吟霜含泪继续怒瞪着伍项魁，仍然气得全身发抖。

只见伍项魁身上盘着巨蟒，蛇头对着他的头，他惊吓至极抓着蛇颈跳跃挣扎。

"救命呀！救命呀……哪儿来的大蛇呀……"项魁颤声大喊。

吟霜含泪继续怒瞪着伍项魁，眼中怒火腾腾。伍项魁抓着身上的蛇头，惊慌乱窜，没命地喊着救命。伍震荣救儿心切，便抢过卫士的佩刀要帮伍项魁砍蛇，但伍项魁生怕伤了自己，只能逃避伍震荣的刀，场面一片混乱。伍震荣喊道：

"项魁不要惊慌，待我把这妖怪砍死！"追着伍项魁挥刀。

皓祯看向吟霜，见吟霜怒不可遏，忍不住呼应吟霜，正气凛然地大喊：

"满嘴毒舌的人，就是妖怪！会被毒蛇缠住！砍死毒蛇，也就砍死了被缠住的人！荣王不妨用力斩妖除怪！"

伍震荣听皓祯这么一喊，急忙收刀，伍项魁险险躲过这一刀，狼狈不已。

太子忽然拔剑对项魁冲去，嘴中大喊：

"荣王！你不敢斩妖除怪，本太子帮你代劳！"就追着项魁杀去。

项魁大惊，抓着蟒蛇亡命奔逃，太子猛追不舍，边追边喊：

"不知道妖是谁、怪是谁，反正我通通杀了就是！"

荣王这才急急喊道：

"太子手下留情！那蛇妖不杀也罢！"

宾客们或惊或惧，有的奔逃，有的抱在一起。伍项魁奔跑中，挣脱了蟒蛇，将蟒蛇抛向楼下的草堆。太子收剑不及，硬把伍项魁的衣服翻飞划破。顿时，伍项魁的衣服碎了一地，狼狈地穿着内裤在那儿颤抖，脸色惨白，也不敢再胡言乱语。

太子从容收剑，喊道：

"荣王！那妖蛇被本太子赶走了！勿惊！勿惊！"

伍震荣又气又无奈，咬牙切齿。

躲在人群中的灵儿见蟒蛇被抛到草堆，一惊，低喊：

"糟了！我得快去救我的小斑！"立即趁乱跳进草丛，轻喊道："小斑，你立了大功，主子来送你回家！"

寄南看着这一切，心中了然。

吟霜这样怒火攻心，大伤元气，额上冒冷汗，腹中绞痛，皓祯见状赶紧搂住她。

"你脸色苍白，你有没有怎样？"皓祯问。

"皓祯，我可能动到胎气了！"吟霜难受地抚着肚子。

"我带你回房去吃安胎药，你忍着点！"皓祯大急，扶着吟霜欲去。

突然伍震荣又发难，大喊：

"抓住白吟霜！她一定是个妖女！快抓住她！是她变出蝎子、毒蛇在作法！"

伍家卫士闻言，立刻向皓祯冲去，皓祯只得放开吟霜迎战，喊着：

"谁敢动手！"大声下令："鲁超，让将军府卫士全部出动！"

太子忍无可忍大叫：

"邓勇！帮助少将军！要打就打！我刚刚手下留情，荣王还要穷追猛打，到底有没有荣王的风范？"

顿时将军府卫士涌出，寄南一马当先，率领将军府卫士群，玄冥剑出鞘，向荣王卫士群一指，"鸿雁破空"，玄冥剑平举，挺剑向当头的荣王卫士直刺，双方人马登时混战成一团。

吟霜支撑不住，顾不得这场大战，抚着肚子，转身便向楼梯奔去。奔到楼梯口，崔谕娘悄悄伸脚一绊，吟霜再也站不住，尖叫着从长梯阶上滚落下去。

寄南边打边大喊：

"皓祯，赶紧先救吟霜要紧！"

皓祯见吟霜跌下楼，大惊。纵身一跃，想去接住吟霜。但是已经晚了一步，吟霜骨碌骨碌，滚到楼梯底层，嘴角溢出血，皓祯急忙抱住吟霜。

吟霜痛苦地看着皓祯，按着肚子，含泪喊道：

"孩子……孩子……快救我们的孩子……"

吟霜说完，就晕倒在皓祯怀里。

五十三

画梅轩里，皓祯呆呆地坐在大厅坐榻里，整个人像是都被掏空了。雪如、秦妈、产婆带着仆妇们川流不息地从卧室出出入入。一盆盆的血水从卧室里拿出来，经过皓祯等人面前去倒掉。皓祯脸色惨白地看着，动也不动。灵儿、寄南、太子陪着皓祯，但是都没有力气安慰他。

卧室里，吟霜躺在床上，产婆正在忙着。

吟霜忽然发出一声哀鸣，抓住雪如的手痛喊：

"哎哟！好痛……啊……啊……"

大厅中的皓祯惊跳起来，喃喃说道：

"她要死了！我得去救她……"

寄南一手拉住皓祯说：

"那房里都在忙，有你娘在，吟霜不会死的，你不能进去！"

皓祯涨红了眼眶：

"我为什么不能进去？那是吟霜啊，有什么我不能看的？"

"皓祯，冷静冷静，你进去不能帮忙，只会让吟霜更痛，你坐下坐下！"太子说。

灵儿死命把皓祯按进坐榻里：

"你娘还有产婆，都在抢救你的孩子，你别冲动，让她们安心抢救！"

卧室里的吟霜又发出一声惨叫：

"啊……"死命攥住雪如的手，"娘！请产婆保住我的孩子，我要那个孩子……"

雪如落泪了，哽咽着说：

"吟霜，孩子已经没有了！是个男胎，都成形了……"

吟霜发出一声凄厉至极的惨叫：

"啊……不要啊……"

大厅里的皓祯惊跳起来，这声惨叫让他再也受不了，一个箭步冲进了卧室。

只见产婆、秦妈带着仆妇，收拾了东西出门去。秦妈经过皓祯身边，对皓祯低语：

"是个儿子，没有保住！吟霜夫人太伤心了，又失血过多，你安慰安慰她！"

皓祯扑向了吟霜，看到吟霜面无人色，又是汗又是泪的脸庞。他一句话都说不出来，只是跪在床前，把吟霜的头抱在胸前。吟霜看着皓祯，想说话，嘴唇抖动着，什么话都没有说出来，失声痛哭。皓祯的眼泪也跟着落下。

雪如拭泪，勉强安慰着两人：

"你们都还年轻，只要把身子调理好，随时会再怀孕的！不要太伤心了！好不好？吟霜身子已经很虚弱，不能再哭了！"

皓祯就用帕子帮吟霜拭泪，努力想控制自己的情绪，半晌，才伤痛至极地说道：

"一次又一次，你进了将军府，要承受多少的伤害？"用大拇指拭着吟霜的泪，"我无法安慰你，因为，我已经无法安慰自己了！"

吟霜低喊着：

"我连一个孩子都保不住……我真想去死……"泣不成声了。

皓祯和她紧拥着，双双落泪。雪如也落泪不止。

此时此刻，在公主院的卧室里，兰馨噼里啪啦连续几个耳光，愤愤地甩在崔谕娘脸上，痛心疾首地大骂：

"你好大的胆子，竟敢害得白吟霜坠楼小产，你罪该万死！"

崔谕娘突然挨了耳光，惊慌失措，赶紧下跪求饶：

"公主！公主！奴婢这样做是在帮公主除害呀！你怎么反而怪起奴婢了！"

"你还敢说是为了本公主，你知不知道你这样做，是在陷本公主于不仁不义！好不容易才回到将军府，还在努力委曲求全想挽住驸马爷的心，这下全被你这奴婢破坏光了！"兰馨怒气冲冲。

崔谕娘委屈，哭着，拉着兰馨的衣角说：

"公主，没人治得了那狐妖，还让那狐妖怀了驸马的骨肉，让公主伤心，奴婢实在看不下去呀！只有这么做，才能斩草除根！何况白吟霜小产，和公主无关呀！"

兰馨大力踢开崔谕娘，气极了：

"你这笨婆娘！这事怎么会与本公主无关？全天下的人都知道我与白吟霜为敌，在晚宴上有那么多双眼睛在盯着本公主，你以为没人看到你耍的把戏？你以为本公主脱得了干系吗？"气极了，"你简直是可恨至极！"

崔谕娘着急，又跪着抓兰馨衣角：

"公主！公主！奴婢知错了！奴婢知错了！"

兰馨也伤心地流泪，说道：

"从小是你把我带大，你是女官，应该教导我！我放弃我的骄傲和尊贵，拼命对皓祯放低身段，投其所好，你知道我用心良苦吗？我的所有努力却被你一脚踢得荡然无存！你说，袁皓祯还会容得下我吗？"拖起崔谕娘，"现在我就带你去画梅轩领罪！"

兰馨就拖着崔谕娘一路走出房门。

吟霜已经稍稍平静了，两眼无神地躺在床上。皓祯、灵儿、寄南、雪如、柏凯都守在床边安慰她，谁都不管进产房的忌讳。皓祯坐在床边握着她的手说：

"吟霜，我知道你现在很伤心，我也一样，但是我们来日方长，一定还会有儿女的！太子刚刚才走，要我带八个字给你，是'勇者无惧，再接再厉'！你看，在太子心中，你是勇者呢！我们两个都振作起来吧！"

吟霜似乎连哭的力气都没有。柏凯心疼一叹：

"唉！吟霜，你不必自责，这不是你的错，在那么混乱的情况下，难免会发生遗憾，你还年轻，爹和娘也等得起！快疗养好身体才是重要！"

吟霜听到柏凯这番话，终于崩溃哭出声音，悲伤歉疚地说道：

"爹，对不起，吟霜让袁家在中秋宴上蒙羞，现在又失去您和娘的孙儿，吟霜真的对不起你们！真的对不起！"就撑起身子，想在床上磕头。

雪如跟着心酸流泪，赶紧压住吟霜：

"傻孩子，千万不可以这样说，好好躺着别乱动，你这样小产，也是很伤身体，娘不准你再伤心！嗯？"

"吟霜，你今天受的委屈，本王爷一定会替你讨回公道，伍项魁那家伙，会自食恶果，夜路走多了，早晚也会碰到鬼的！"寄南气呼呼地说。

皓祯霍地起身，愤愤地说：

"这分明是伍震荣父子故意找机会羞辱我们将军府！"对柏凯说："爹，他们有备而来，套好招在众人面前想让吟霜难堪的！简直是可恶极了！"

灵儿忍不住插嘴：

"可恶的何止是伍震荣父子！还有那个黑心公主！尤其是她身边那个歹毒的崔谕娘！就是她害吟霜摔下楼的！"

众人震惊。皓祯气急败坏地喊：

"裘儿！你确定是崔谕娘？你亲眼看到了？"

"我确定！"灵儿斩钉截铁，心直口快地说，"在我下楼要去救小斑的时候……"赶紧收口，"总之，我亲眼看到崔谕娘用脚绊倒吟霜，吟霜才会从那么高的楼梯摔下来！我也相信，看到崔谕娘那一脚的，不止我一个人！"

皓祯握紧拳头，气坏了：

"又是公主，又是她们两个！"就奔向门口，大吼，"我要她偿命！我要杀了她！"

皓祯冲到大厅，柏凯紧追在后。突然房门被大力地冲开，兰馨带着鞭子，将崔谕娘甩在皓祯和柏凯面前。兰馨高傲霸气地喊：

"害吟霜小产的罪魁祸首，本公主带来领罪了！"

众人惊愕。灵儿愤愤地说：

"你们主仆明明就是串通的，带她来领罪，是想演哪一出？大义灭亲？"

"这里没有你说话的余地！"兰馨气势犀利地瞪着灵儿，"看清楚你的身份，现在是袁家的家务事，你这小厮给本公主闭嘴！"

"公主的意思，是承认崔谕娘故意害吟霜摔下楼？"柏凯问。

"是的，爹！"兰馨大义凛然地说，"这件事情伤及袁家骨肉，我和大家一样痛心，所以我把崔谕娘带来，一切听候爹的发落！"

"驸马爷，奴婢知错了！"崔谕娘哭喊，"大将军，奴婢错了！对不起！对不起！都是奴婢的错！和公主无关！和公主无关！"

雪如忍不住生气，对崔谕娘开骂：

"你怎么可以这么狠毒，过去多少事情都看在公主分上，一直容忍你，现在你居然连我的孙子都不放过，你真是太狠心！"

"你不用在我爹娘面前假装慈悲！"皓祯对兰馨愤怒说道，"就是你这主子，指使崔谕娘使坏，从吟霜进门你就没有一天要让她好过！今天甚至容不下她肚子里的孩子！你到底良心何在？"

"我就知道你们一定会把这件事情扯到我身上，崔谕娘铸下大祸，我也忍痛亲自带她来请罪，你还不相信我，你到底要我怎么样？"兰馨满脸铁青。

"你的奴婢害死了我的亲骨肉，你还好意思在这里大呼小叫！这就是你的歉意吗？"皓祯怒喊。

"崔谕娘，崔谕娘，你看到了，都是你干的好事，你让我如何在袁家立足？"兰馨忍痛放开绕在手上的鞭子，"一切都是你自作自受，你别怨我！"

兰馨就在众目睽睽之下，用鞭子狠狠抽打着崔谕娘。崔谕娘边被打，边求饶哭喊，兰馨忍着泪，鞭鞭无情地抽下去。

"公主，手下留情啊！公主，奴婢知道错了！公主，不要打了，公主！"

崔谕娘被打得在地上打滚，继续求饶哭喊。柏凯等人旁观，个个义愤填膺。

"杀了我的儿子，毁了我们全家的希望，害吟霜流了那么多血……打几鞭子就算了吗？"皓祯红着眼眶，恨恨地说道，完全不领情。

兰馨狠下心，接口：

"好！如果鞭刑不够！本公主就在爹娘面前将她处死！"

兰馨冲上去拔出皓祯挂在墙上的长剑，立刻将长剑抛给皓祯。皓祯敏捷地接下长剑。

"是我的人犯的错，就让你亲手处决吧！"

皓祯拿着长剑，愤恨地看着趴在地上已遍体鳞伤的崔谕娘。他一步步地走向崔谕娘。兰馨眼眶泛泪，挺直背脊，强忍着不落泪。崔谕娘艰难地说：

"驸马爷，都是奴婢一个人的错，奴婢以死谢罪，请驸马原谅公主！"

寄南已经心寒，说道：

"皓祯，如果你下不了手，就让我来吧！这种刁奴，打死都便宜了她！"

"没错！对付恶人，就要以牙还牙！让她偿命！"灵儿咬牙切齿。

就在这时，卧室门一响，吟霜颤巍巍地用手按着肚子，走了出来。皓祯抬头看到吟霜，惊喊：

"吟霜！你刚刚小产，你不能动，你怎么下床了？"

"吟霜！快回去躺着，这样会引起血崩的！"雪如也惊喊。

吟霜跪到皓祯面前，把崔谕娘护在身后，虔诚地说道：

"皓祯！爹娘！我们失去的已经再也不能挽回了！就算杀了崔谕娘，我肚里那个小生命终究是走了！皓祯，我们曾经共同希望，我们袁家再也没有血腥暴力！请不要让我们的画梅轩溅血，为我们无缘的孩子，积些阴德吧！皓祯！"

吟霜一番话终于敲醒了柏凯。柏凯无奈叫停：

"皓祯，够了！吟霜说得没错，就让我那无缘的孙子，安心地走吧！何况崔谕娘的命，还不值得用来赔偿我们袁家的骨肉！她也不配让你用上我们祖传的宝剑！"

皓祯依旧愤怒着：

"爹，留下她的命，只会让她有机会，继续在我们将军府兴风作浪！后患无穷！"

"算了！我们是积德之家，今天这件事情就到此为止！"柏凯威严地说。

崔谕娘赶紧对柏凯磕头如捣蒜。

"崔谕娘谢谢将军饶命之恩！"又转向吟霜，磕头如捣蒜，"谢谢吟霜夫人不杀之恩！"

皓祯一叹，长剑落地。此时吟霜的身子已摇摇欲坠，皓祯一把抱起吟霜，往卧室走去，痛楚地说道：

"即使你已经身心俱伤，你还是不想报复让你受伤的人，为什么这个世间，还有人不能容你？"

兰馨把崔谕娘带回公主院，在宫女帮助下，让她趴睡在兰馨的卧榻上。崔谕娘裸露的背部鞭痕累累，兰馨流着泪帮崔谕娘治疗。宫女们忙着清理地上一些沾有血渍的布条，又忙着端水盆来。兰馨亲自拿着湿帕子，为崔谕娘拭去血迹，清洗伤口，再涂上治伤的药膏。崔谕娘痛得呻吟，说道：

"公主，我看明白了，你用鞭子抽我就是想救我！"哭着，"公主，对不起！你别哭，我知道你比我更痛！公主，对不起！对不起！"

"你明白我的苦心就好！"兰馨说，"需要委曲求全的不只是我，这口气咽下去吧！为了那无辜的孩子！"

崔谕娘点点头，再也说不出话了。

天蒙蒙亮，寄南和灵儿心情沉重地走出画梅轩，来到庭院。庭院里空荡荡的，这个中秋宴，给将军府带来的冲击实在不小，灵儿说：

"吟霜好不容易平静下来休息了，咱们是守在将军府还是回宰相府啊？"

"当然回宰相府！免得给皓祯添麻烦！"突然用手戳着灵儿的额头，骂道，"你上次的'鸡飞鼠跳'还不够？现在又弄出一个'蝎子蟒蛇'来？你哪儿弄来的蝎子，哪儿抓来的蟒蛇？给我从实招来！"

"咦？"灵儿瞪大眼，"我不帮吟霜出气，教训教训那个伍项魁，他会停嘴吗？难道让他一直在那儿侮辱吟霜？"抬头看看天，若无其事地说："蝎子，是上次陪吟霜采药，在山里抓了一大堆，养在坛子里，准备作药材的！蟒蛇嘛，就是这儿后院外面的石头堆里，被我发现的！我从小玩蛇，常常喂它一点东西，它是我的小斑啦！"

寄南看着她，无可奈何，说道：

"一会儿看不到你，你就闯祸！又是'就地取材'！你知不知道，大家都没注意你，可是个个看到蝎子蟒蛇、看到生气的吟霜！"气得敲了灵儿脑袋，"你这自作聪明的家伙！你……你这么一搞，不是害大家更加怀疑将军府有妖怪作祟吗？你不是让吟霜更加跳进黄河洗不清？"

"怎么会啊！我是帮吟霜和皓祯教训恶人，我哪里有错！谁怀疑吟霜，我就出来解释说是我干的呀！一人做事一人当嘛！"灵儿理直气壮。

"你呀！你怎么解释？"寄南气死了，"你会玩蛇还养着小斑？汉阳可是在场的人！到时候他对你抽丝剥茧，你这男扮女装，裴家杂技班的灵儿，不就身份暴露了！荣王会饶你吗？你还一人做事一人当？你身份暴露是欺君之罪，得砍头的呀！连我这个靖威王，保护着你自称断袖，也会跟着你一起砍头！你想过

200

没有?"

灵儿气焰弱下来:

"啊?会扯这么远吗?难道我又做错了?"

"你呀!永远不把本王爷放在眼里,老是不跟我商量行事,你要是被砍头,简直活该!只可惜了我这个靖威王,一表人才,壮志未酬,跟着你遭殃才是冤枉!"

"唉!王爷,好好说话嘛!我不都是为了帮吟霜出气嘛!你聪明你说我们现在怎么办?"灵儿求饶地说。

"现在知道把本王爷当作'我们'了?哼!"认真指示,"这蝎子蟒蛇的事情,除了皓祯、吟霜之外,你谁都不能说,尤其不能和汉阳说,明白吗?伍震荣一定不会罢手的,到时候我们见机行事!"

灵儿委屈地默默点头,不敢再多言了。

吟霜虽然平静了,但是,状况却很不好。睡在床上,苍白憔悴。头上盖着湿帕子,睡得很不安稳。皓祯坐在她床前的矮凳里,心痛地看着她。香绮和秦妈不住在水盆里绞了冷帕子过来。皓祯就把她额上的帕子拿开,换上新的。香绮轻声说道:

"公子,你去休息吧!我和秦妈可以照顾她!"

"怎么会发烧呢?"皓祯担心地说,"她这样昏昏沉沉的,烧得这么厉害,我哪里还能休息?真不该让兰馨和崔谕娘在这儿大吵大闹,她太衰弱!她承受不住了!"

"公子,小产过后有点发烧也还正常!我们不断给她换上冷帕子,看看情况!只要她醒来了,她自己就知道怎么治!"秦妈低声地说。

皓祯凝视吟霜，换着帕子，对吟霜说道：

"吟霜，我以为我很有办法，很有魄力，是个能干的男人，会带给你幸福！谁知道我带给你的，是一连串的灾难！我怕了，吟霜，你告诉我，我该怎么办？"

吟霜在枕头上不安地转动着头，呓语着：

"娘……娘……"

在吟霜的似梦似幻中，母亲翠华的脸孔出现，俯头温柔地看着她，对她说道：

"吟霜！娘知道你现在有多么伤心和痛苦，可是，在你身边的那个男人，比你更加伤心和痛苦，他是男子汉，许多伤痛不能轻易流露，生怕会让你更加难过。所以，你要勇敢一点！为皓祯坚持下去，不要被打倒！命运对你，可能还有重重考验，你都要挺住！要勇敢地挺住！"说完，翠华的面孔消失。吟霜喊着：

"娘！不要走……娘……回来……"

吟霜突然从床上坐了起来，头上的帕子落到棉被上。皓祯赶紧扶住她：

"你做梦了！梦到什么？"摸着她的额，"烧好像退了一些！"

吟霜迷糊地看着皓祯，说：

"我……梦到我娘了！"

皓祯怜惜地握住她的手，说：

"再继续睡！梦到娘一定很开心吧？现在没有什么力量可以安慰你，或者你娘可以吧？继续睡，让你娘再到你梦里来安慰你！"

吟霜怔忡着，看看窗子，窗纸已经被曙色染白了。吟霜再看皓祯。

"你整夜都没睡吗？"

"是！你在发烧，我不放心！你爹有什么神药，可以让你退烧？"

吟霜就把身子往里面挪了挪，拍拍身边很宽敞的位置：

"睡这儿，陪着我！我爹的神药现在对我没用……"

"是！"皓祯就踢掉鞋，和衣躺在她身边，伸手轻轻抱住她，"我陪着你，希望这帖药对你有用！"吻着她的鬓角："如果你想哭，你就哭！"

吟霜就含泪依偎着他，片刻，两人都睡着了。

香绮和秦妈，拉开棉被，给两人盖好。秦妈要换帕子，才惊喜地悄悄说道：

"烧退了！"

五十四

早上，翩翩在花园里翘首以盼地张望着。皓祥从远处走来，翩翩着急地迎向前去。

"怎么样？吟霜这么一摔，保不住了吧？"翩翩问。

"妖孽的种，小产了！"皓祥幸灾乐祸地说。

"这下公主的威胁，不就少了大半个，哈哈哈！那真是太好了！"翩翩一乐。

"娘！"皓祥警告，"你不要喜形于色呀！现在大娘那边黑天暗地的，咱们躲远点，免得沾上了晦气！果然伍震荣父子这招真狠，又逼得白吟霜弄出蝎子蟒蛇来，在众目睽睽下作法，现在是狐妖已经尽人皆知，只可惜没逼出她那狐狸精的原形。"

"什么？"翩翩疑惑，"这场闹剧，是伍震荣父子策划的？"

皓祥看看周遭，见四下无人，放心地对翩翩邀功道：

"严格来说，应该是我和伍震荣父子策划的，你儿子也是伍家势力的一分子了，自从四王下狱，现在朝廷都是左右宰相在掌控的，很快你儿子也会飞黄腾达！"

"是真的吗？"翩翩惊喜，"也对！投靠当朝大红人，才是明智之举！要想靠你爹提拔，就算等到了白头，也没有盼头！"

皓祥憧憬地、得意地说道：

"所以命运是掌握在自己手里的，娘，我不会让你受苦太久，我们会一步步踩着袁皓祯往上走！"

皓祥母子得意地笑着，却不知道急忙去提水的小乐，悄然躲于暗处，意外听到母子二人的谈话，他水也忘了提，抓着水桶，义愤填膺怒瞪着皓祥母子。

片刻之后，皓祯带着小乐，怒气冲冲一脚踢开了皓祥的卧房房门，一进门就抓起在床上左拥右抱睡"回笼觉"的皓祥。而他身边被惊动的两个小妾青儿、翠儿，同时惊叫：

"少将军！不要打我家皓祥呀！"

"大公子！手下留情呀！有话好说呀！"翠儿喊着。

"你这个善恶不分、出卖家人的家伙，我今天非打醒你不可！"皓祯怒喊。说完便对皓祥一记"虎扑横路"打去，一拳正中皓祥胸前："你居然吃里扒外，勾结外人来打击我们将军府，我再送你几拳！"

皓祯连续几拳，怒打着皓祥，皓祥挣扎着跳开，立刻反击，兄弟两人便大打出手，两人转眼之间，拳来脚往，连过了六七招。皓祥的功夫底子，本来就比皓祯差，又值皓祯暴怒时刻，皓祥心虚，六七招之内，两人从卧房打到外室，皓祥已是落于下风。

皓祥边打边骂：

"你跟狐妖处久了，就神志不清，见人就乱打！我什么时候出卖家人了？"

"你还狡辩？不要以为你干了什么肮脏的事情，没有人知道。伍项魁来捣乱，吟霜会小产，你是罪魁祸首！"

"哈哈！"皓祥冷笑，"那个狐妖自己的肚子保不住，还到处找人推卸责任！"

皓祯一听，气得一个"揪捶"，右手变拳为掌，一掌抓紧皓祥的衣襟，左拳一拳重击皓祥的下巴：

"我不准你再说吟霜是狐妖，她是我的妻子、你的大嫂，你卖祖求荣伤害的是我们的家人、我们袁家的血脉！"

皓祥挨了一记重拳，跌到老远的地上，爬起身大吼大叫：

"谁跟她是家人，我们袁家要是有流着狐狸血的血脉，那才是侮辱了我们的列祖列宗！我就要说，白吟霜是狐妖！白吟霜是狐妖！"

皓祯真是气极了，扑过去，抓着皓祥又是没头没脑地乱打一通。

两个小妾吓得抱着哭。皓祯边打边骂：

"你真是不打不成器！我代替爹，代替袁家祖宗，教训你这不孝子！"

翩翩、雪如、柏凯闻声赶来，翩翩进门发现皓祥被打，惊慌失措，大声叫嚷：

"打死人了！打死人了！"用力拉住皓祯："你快住手，你凭什么打我儿子！你快住手！"又骂小妾："青儿，翠儿！你们两个废物，怎么不拉住皓祯？"

"我们两个怎么拉得住大公子？"青儿落泪。

小乐也来拉住皓祯，喊着：

"公子，大将军来了，快住手！"

皓祯终于停手，痛楚地对柏凯说道：

"爹，你知道皓祥干了什么事情吗？"

柏凯威严地对皓祥说：

"我都知道了！小乐告诉鲁超，鲁超知道皓祯会来教训你，马上告诉了我！"怒瞪皓祥："皓祥，功名是要靠自己的能力去挣来的，不是靠出卖家人！你一次次让我对你们母子失望！我说过，如果你们不想再待在袁家，你们母子立刻就给我离开将军府！我袁柏凯没有你这样的儿子！"

翩翩赶紧下跪求饶：

"大将军，皓祥不懂事，你原谅他吧！不要赶我们走！皓祥知道错了！皓祥会改！会改！"又求雪如："大姐，皓祥也是你看着长大的孩子，你帮他说说话吧！大姐！求你了！"

雪如烦恼地对翩翩说：

"现在我们袁家真是多事之秋，你们母子还是少惹是生非吧！"对柏凯说："柏凯，皓祥应该都听懂了您的教训，咱们走吧！让他自己反省反省！皓祯，跟娘回去！"

皓祯无奈地跟着柏凯、雪如离开皓祥的房间。皓祯离开前回头对皓祥威吓：

"你再对吟霜不敬，再出卖家人，我还会来教训你！"

将军府中秋宴的诡异事件，立刻传进了宫里，在皇后的密室里，皇后烦恼地看着伍震荣问道：

"到底这袁家的中秋宴是怎么回事？现在到处都在传说，你儿子伍项魁干了不少亏心事，遭到了天谴，什么蝎子蟒蛇的？你怎么都没对本宫说？"

"真是气死人！"伍震荣愤愤说道，"那白吟霜明明就是一只白狐！大概为了报恩到了袁家，那狐妖皇后也看到过，是不是有一对狐狸眼睛？当天她对项魁作法，弄出蝎子又弄出蟒蛇！这事下官觉得很丢脸，也就不想说了！不过……"一笑："那狐妖的孩子就在那晚小产了！兰馨如果抢在前面怀孕，就可以威风八面！"

皇后瞪着伍震荣，咄咄逼人地问：

"是不是你们联手，让白吟霜小产的？"

"不是！不是！好像是崔谕娘的杰作！"

皇后跺脚，怒骂：

"什么兰馨抢在前面怀孕？你还做梦，兰馨好不容易已经得到了皓祯一些信任，现在全部完了！这笔账，皓祯会记在兰馨身上的，再也不会对兰馨有好脸色！本宫又该操心担心不完！"怒极，"一群废物！都是一群废物！"

"皇后娘娘别操心，下官把那个白吟霜彻底解决就是！"伍震荣阴沉地说道。

要解决白吟霜，还是得去一趟宰相府，跟汉阳谈一谈。于是，这天伍震荣到了宰相府，和世廷、汉阳一起走在庭院里。灵儿、寄南看到伍震荣来了，立刻远远跟随着偷听。伍震荣说道：

"汉阳，你也是亲眼目睹吧？那个狐妖白吟霜对项魁作法，多少眼睛可以做证，你还迟疑什么？赶快把那个狐妖抓去斩首示众！或者把她活活烧死！"

汉阳从容不迫地说道：

"荣王，不要激动！这事很难办！"

"怎会难办？"伍震荣皱眉，"众目睽睽下，她就当众作法，难道你没看见吗？"

"当时，我在现场，确实看得清清楚楚！我只看到当今郎侮辱吟霜的时候，吟霜满脸悲愤，可是没有看到她有任何作法的行为！本官相信，即使让所有宾客做证，大家看到的，也跟本官看到的一样！这没凭没据的，就把吟霜定罪，这实在不妥！"就看着世廷说道，"爹，你也在现场，你看到了什么？"

"虽然没有证据说白吟霜是狐妖，但是，也没证据说她不是！总之，她在现场，就是嫌疑犯！"世廷支持着伍震荣。

偷听到这儿，寄南再也忍不住，一个飞跃就跳到众人面前，笑嘻嘻地说：

"这么说，宰相公也是嫌疑犯喽！本王也是嫌疑犯喽！汉阳兄也是嫌疑犯喽！荣王也是嫌疑犯……那天的嫌疑犯实在太多了！"

伍震荣瞪着寄南，看到他就生气：

"你从哪儿跑出的？现在我们在谈公务，你还是去找你的小厮玩吧！"

灵儿跟着出来，笑道：

"荣王，本小厮和窦王爷已经是大理寺丞的左右助手，听说有案子上门，就赶紧来帮忙办案！"

伍震荣不理寄南，看着汉阳，怒道：

"人人都知道那白吟霜是狐妖！不是狐妖，就是当初被皓祯放掉的白狐！不管她是狐妖还是白狐，她都不是人！汉阳，你不要死脑筋，什么都要证据！这事，你就放手去做，把白吟霜以狐妖之名定罪就行了！"

"荣王！"汉阳耿直地说，"很多案子，在荣王的指导下，已经草草定罪，不该结案的也草草结案！吟霜这件案子，除非有更多的证据，本官是绝对不能随便定罪、随便抓人的！"

"你不知道，这个白吟霜和项魁已经交过几次手，项魁都败在她的手下！她厉害得很，一定是狐妖！你看到她瞪着项魁的眼光没有？那眼光就是想杀了他！"伍震荣说。

"我朝律例上，没有一条是'瞪人'就犯法的！而且'眼光杀人'还没听说过！"灵儿在一边接口。

"裘儿不许插嘴！"世廷喝阻，"汉阳，荣王既然提出来了，这案子还是需要调查一下才是！如果白吟霜没有问题，也利用这个机会，帮她洗刷冤枉！"

"哪一次荣王的案子，洗刷了被告的冤枉？这样调查，吟霜就注定是白狐了！"寄南拍拍汉阳的肩，"汉阳兄，兔子好欺负，帽子扣头颅，你可要主持正义！"

汉阳坦然地看着伍震荣：

"中秋那晚，很多人都是同情吟霜的，只怕项魁兄也冤了吟霜，那些不堪入耳的话，可以逐条求证，如果下官有证据，对令郎项魁不利，不知道是不是可以对项魁进行调查呢？"

伍震荣一怔，对着汉阳，气得舌头打结：

"你你……你真是脑筋不转弯，这狐妖能够成妖，还会留证据吗？"

"狐妖能够成妖，还会任人公开侮辱栽赃吗？"汉阳坚决说，"还会为此小产吗？这说不通呀！这案子就是绝对不成立的那种案子！"

伍震荣一气，甩袖离去。世廷着急怒瞪汉阳：

"汉阳你……真是气死我了！走！跟我去追荣王，说你会好好办案！快走！"硬拉着汉阳追向伍震荣而去。

灵儿和寄南见众人离开，欣喜地互相击掌。灵儿兴奋地说：

"你看你看！汉阳都帮着吟霜说话，咱们算是过关了吧！"压低声音说，"没人会怀疑到我身上是吧！"

"这汉阳真是让我越来越欣赏！"寄南佩服地说，指着灵儿，"你呀，针对中秋宴的把戏继续保持沉默！懂吗？"

灵儿松了口气，忙着点头。

几天后，在画梅轩调养的吟霜，气色已经好多了，也下床了，香绮帮她送来熬好的药，开心地说：

"最后一帖药，吃了这碗就不用再吃了！小姐恢复得很好哟！"

皓祯从外面回来，看到她在吃药，就一边看着，一边说：

"你别担心了！中秋节那场大闹，伍震荣那边确实找了汉阳去谈，已经被汉阳严词拒绝！这案子不会成立！"

吟霜边喝药边关切地问：

"当晚那么混乱，那蝎子蟒蛇，我们虽然知道是灵儿的把戏，但是绝对不能让灵儿被发现！现在……外面是不是传得乱七八糟，朝廷里，长安城里，官府里，宫里……大概都知道了吧？"

"是！都知道了！"

"那怎么办？大家怎么说呢？说我是狐妖吗？"吟霜忧愁着急地问。

"最新说法，说你是我救过又放生的白狐！"摊开手掌，"也是这条伤痕的由来！你不是来作祟的，你是来报恩的！"

"哦！反正我再也说不清楚，一定是狐狸就对了！不是狐妖，就是狐仙？"

"不！还有一个说法！"

"什么说法？没人注意到灵儿吧？"

"她那么机灵，又是杂技班出身的，怎会给人发现？不过灵儿这一招，反倒让大部分宾客都认为是上天对伍项魁的惩罚，因为他实在恶名昭彰，做了太多伤天害理的事，除了伍家，没有人同情他！于是，大家的说法是，作恶多端，报应必到！何况那蝎子蟒蛇，实在太巧妙了！太子那一招追杀，也太妙了！"

"那你爹娘呢？对我也没怀疑吗？"

"我爹娘比较单纯，认为这蝎子蟒蛇，都是后院外面荒野里常有的东西，那天被食物的香味，引诱到花园里来，也大有可能！会爬到伍项魁身上，如果不是偶然，就是巧合！丝毫没有怀疑你或灵儿，倒是对一些下人的讨论，叫来发了一顿脾气！警告每个人都不可以胡说！尤其不能给你加上任何狐仙的名义！所以，别担心爹娘了！"

"唉！"吟霜一叹，"这中秋的宴会，实在太震撼！尤其，让我失去了儿子，我……真是太……太心痛了！"

皓祯搂住她，深情地说：

"那……等你身子完全好了，我们再努力，把他生回来！"

吟霜轻轻点头，两人深情依偎着。

抓白吟霜对伍震荣来说，还是小事。现在，最重要的大事，是关在大理寺的四王！伍震荣对方汉阳越来越不信任，看样子，连方世廷拿这儿子，也没什么办法！事事要求证据的死脑筋！办不了白吟霜，还是先解决四王要紧！

这天，伍震荣带着方世廷、刑部郎中江宁大人和诸多大臣疾步走过长廊，充满肃杀之气，严肃至极地走进皇上书房。

皇上一惊起立，问道：

"何事惊动刑部郎中、左右宰相和各位贤卿？"

伍震荣把一封密函往皇上矮桌上一拍，厉声说道：

"关于忠孝仁义那四王，刑部拿到最新证据，这是四王联名写给常远都督的一封密函！他们要都督配合，在年底起兵谋反！"

"不可能！这四王绝对不可能！那义王还是朕的亲弟弟，怎么可能谋反？"皇上大惊说，颤抖着手去拆开信封，看着内容，"这封密函是真的吗？义王的字朕认得，这不是义王写的！"

"陛下！"世廷禀道，"如此严重的密函，四王会留下亲笔？当然另有执笔之人！"

"那……那有没有找到执笔之人呢？"皇上惊痛怀疑地问。

刑部郎中就严肃地禀道：

"刑部郎中江宁愿以项上人头，保证此事不假！执笔之人已经找到，是忠王的手下，捕拿后在狱中畏罪自杀！常远都督声称未曾接到这封密函，因为被刑部半途截获！但供称四王确实跟他有联系！"

伍震荣厉声说道：

"陛下！如果刑部证实的案子，陛下仍然怀疑，那要刑部何用？"

世廷也严肃地禀道：

"陛下！这是'十恶不赦'大罪中的第一条！案子太大，连大理寺都无权插手！陛下不能一再包庇那四王了！"

伍震荣更加严厉地禀道：

"陛下再包庇下去，那四王迟早也会被有志之士，诛之而后快！"

大臣全部跪下，喊道：

"皇上圣明！请以社稷为重！皇上圣明！请以社稷为重！"

皇上惊痛惶然的眼神看着那封密函。

寄南带着灵儿奔进画梅轩大厅。只见皓祯、太子、吟霜全部在室内，鲁超和邓勇守在门外。寄南着急地喊：

"大家都得到消息了？这案子居然跳过了大理寺，直接由刑部接办！那刑部郎中江宁上任才半年，明明就是伍震荣的人！"

太子心急如焚，怒气冲冲喊道：

"这种密函宫里到处都有，一看就是栽赃！偏偏父皇最怕的就是'谋反'，这个罪名加上去，四王还有命吗？可见左右两宰相，决心要把四王置于死地！"

"这一下，就连那监牢，也保不住四王了！"皓祯急得满房间转。

"太子！"吟霜喊道，"你毕竟是太子呀！你们赶紧进宫去保住四王吧！"

"听说拥伍派的大臣们紧急被召进宫，只怕此时已经太晚！"太子毛焦火辣地说。

"你们不去，怎么知道太晚？"灵儿跳脚生气，"那天，汉阳还跟我们保证四王会没事，什么天下的四王、百姓的四王，现在是死定的四王了！"

寄南给了灵儿脑袋一下：

"不会说话就少说话，什么'死定'的四王？"

太子当机立断地往门外冲去：

"皓祯、寄南，我们冲进宫去！拼死也要救下四王！"大喊："邓勇！备马！"

太子、皓祯、寄南就飞骑往皇宫奔去。

皇上已经移驾偏殿，因为许多大臣都闻讯赶来，跪坐了一地。皇上站在矮桌后面，桌上文房四宝俱全，还摊着那封密函。皇上激动得双手发抖，大惊喊道：

"什么？要将忠王他四个判死刑？那怎么可以？这封密函还待检查！"

"陛下！"伍震荣强势地说道，"现在不能再对他们心慈手软了，趁这机会一举将他们一网打尽才是当务之急！"

"可是……"皇上抗拒地说，"可是当年他们对朕的登基，也立下不少功劳，朕怎能在此刻……对他们翻脸无情呢？"

方世廷严肃地禀道：

"四王种种罪状，太府寺偷金子，还是太子亲自查明的！

各种贪赃枉法，劫持皇后，再加上谋反大罪，此时不除，更待何时？"

伍震荣上前，走到书桌旁边，厉声接口：

"陛下念着旧情，是不是要让他们仗着当年有功，逼得陛下俯首就擒，让出江山？"将毛笔塞入皇上的手里，口吻犀利，"陛下！请御笔下诏！拿出皇帝的魄力来！"哗的一声，一张空白诏书打开。

皇上吓得跌入坐榻上，张口结舌地问：

"一定……一定要这样做吗？那……改成流放，流放行吗？流放太远，改成徒刑！徒刑吧！让他们出门悔过两三年再回来！也别连累他们的妻儿，撤销王位，王府也给他们留着吧！毕竟是对朕有功的爱臣！"

此时，太子、皓祯、寄南冲进了偏殿。太子大声喊：

"父皇！万万不可！父皇这二十年的风调雨顺，就是四王在撑着！如今让四王冤枉定罪，父皇如何再能平天下？"

伍震荣大怒，转向太子问道：

"太子如此包庇四王，难道和四王一样，想谋反吗？"

皓祯激动地喊道：

"谁想谋反谁心里有数！陛下！在下旨以前，肯不肯让微臣等人，陪同陛下去四王属地走一趟，听听百姓的心声？"

"根本不用去四王的属地，只要走进长安城的坊间，微服私访一下，也能知道四王的名声！同时，也可以听听其他大臣的名声！"寄南接着大声嚷。

伍震荣拿着笔逼近皇上，大声近乎威胁地说：

"陛下不要再举棋不定，跟着太子这三人！流放、徒刑怎能杜绝后患？他们犯案累累，个个都死有余辜！死刑！死刑！"

所有大臣，全部磕头喊道：

"皇上英明！死刑！死刑！"

"父皇！"太子大喊，"别忘了，四王都有丹书铁券，可以免死！"

"对对对！"皇上急忙说，"丹书铁券！四王有丹书铁券，杀不得！杀不得！"

"陛下！"伍震荣喊道，"丹书铁券只能免除小罪，碰到谋逆叛变，依然是死罪！陛下就赶紧下诏吧！如果一定要免除死罪，就用刖刑吧！"

所有大臣又全部磕头喊道：

"皇上英明！刖刑！刖刑！"

"陛下！"皓祯痛心大喊，"四王是百姓的四王，四王是天下的四王！刖刑是去掉膝盖骨，从此变成残废！陛下何忍？"

"何况，其中还有义王，那是陛下的亲弟弟！"寄南喊。

"父皇不是亲自对儿臣说过，不会骨肉相残吗？"太子再喊。

"太子！这四王要起兵篡位，你们这是来声援四王的吗？"荣王厉声喊道，"陛下，你应该认清太子帮这三人的真面目了！四王是百姓的四王，那陛下是百姓的什么？赶快下诏吧！不忍刖刑，就是死刑！"

伍震荣又把笔去蘸了墨，再塞进皇上手里，皇上握着笔发抖：

"这御笔诏书，朕如何写得下去？"看着伍震荣和方世廷，再看向激动的太子和皓祯、寄南，"流放吧！流放到边疆，他们也就没有任何势力了！"

世廷瞪着皇上，生怕再有变化，把诏书拉平，催促道：

"那就流放吧！流放！流放！事不宜迟，还是请皇上快下诏书吧！"

"父皇！父皇！"太子痛喊，"千万不要下笔！请深思啊！"

皇上颤抖地拿着毛笔，含泪说道：

"四王，你们封王，连名号都是右宰相给朕的启示，今天左右宰相都拿出证据，朕只得流放你们，不要怪朕狠心……不要怪朕……"

伍震荣和世廷监督皇上落笔，震荣满眼杀气，世廷一脸肃穆。

太子、皓祯、寄南见无法挽回，满脸悲愤。皇上落笔后，曹安捧来玉玺盖印。皇上拭泪说道：

"他们好歹是四王，不许穿囚衣，不许用脚镣手铐，用轿子抬出明德门，一路用马车送他们到目的地！这就是朕对他们最后的恩赐！"哽咽大声命令，"不得有误！"

忠孝仁义四王，就这样被定了罪，这四王因为个个人如其名，深得百姓爱戴，他们四个的流放，等于是一个贤能时代的结束。多少忠臣泣，多少奸臣笑。

五十五

汉阳得到消息，非常挫败，脸色惨然严肃，手里拿着文卷，疾步走进大理寺。才匆匆跨进书房，灵儿和寄南就冒了出来，一下子拦在他前面。灵儿喊道：

"大人！你还是大理寺丞吗？你居然让刑部栽赃四王！那刑部不归你管吗？"

寄南上前，一把抓住汉阳胸前的衣服：

"汉阳！你跟我说，这事跟你有关吗？"

汉阳沉痛着，却极力保持冷静，看着寄南问：

"皇上今天下御笔诏书，寄南你不是在场？你看到本官了吗？有刑部郎中在，本官算什么？"

"这么说，真的把这几位大臣流放了？"灵儿不信地问。

寄南无法接受，跳脚激动，问汉阳：

"怎么变成这样？你不是要我们放心，说四王是安全的吗？"

"连太子都无法保四王，我又能怎样？在大理寺，我确实把他们照顾得很好！"汉阳摇摇头。

寄南深思着，平静下来问：

"汉阳，什么时候执行呢？"

"五天后，由本官亲自监刑，由南边的'明德门'送他们离开长安城！"对寄南说，"你们俩既是本官的助手，当然也随本官去送他们一程！"

灵儿瞪大眼珠，转动念头看一眼寄南：

"啊！我们还要助纣为虐，去监刑啊？"

寄南脸色一凛，和灵儿眼光交流着。

虽然四王流放已成定案，太子依旧无法接受，他还想做最后的努力，晚上，他冲进了皇上的寝宫，急促哀恳地说道：

"父皇，请快收回成命，现在还来得及！"

皇上叹气，无可奈何地说道：

"唉！就知道你们这些小辈一定会怪朕无情无义，但是明摆着样样罪证确凿，还包括你查出来的偷金案！"痛心地说，"你们绝对不知道朕是多么无奈才出此下策，若不流放，其他朝臣就要他们四个死，为了让他们活命，朕已经尽最大能力保住他们了！"

太子气急败坏，也顾不得礼数了，说道：

"什么其他朝臣，不就是左右宰相的胁迫吗？父皇，儿臣今天亲眼目睹，那荣王已经嚣张到极点！几乎强迫父皇下诏！父皇，朝廷不能再受两位宰相控制，否则忠孝仁义全部瓦解，失去忠孝仁义，皇上还剩下什么？"

"唉！"皇上一痛，"那忠孝仁义，当时就不该用来封王的，应该维持他们原来的封号！现在朕都不知道，这世间有没有忠孝仁义了！"

太子激动得快落泪了，诚挚地说：

"有！当然有！父皇，那四王就是代表，当初皇上用这四个字封王，是神来之笔！那是父皇治国的初衷，封得太好太妙！既然对他们有信心，就该坚持到底！我们现在需要的就是忠孝仁义！父皇，您心里是明白的，只有您可以拯救四王！让这四个字仍然成为治国的信念吧！"

皇上被太子的热情打动了，想着四王，不禁叹息。太子眼睛一亮，忽然嚷道：

"还有父皇那'六条鲤鱼跃龙门'的吉祥梦也要破灭了呀！流放了四王，等于流放了四条锦鲤，只剩两条大鳄鱼了！"

皇上本就不想流放四王，此时已完全动摇，犹豫道：

"那现在……现在怎么办？朕都下旨了，又该如何收回成命呢？"

"那还不简单！"太子深深看着皇上，"皇上的尚方御牌借儿臣用用就是！"

"对呀！"皇上一喜，赶紧掏出身上的御牌，"朕的御牌可以扭转乾坤！"准备递给太子："你快拿着御牌去救人！这御牌上次借给寄南，还破获了买官案！"

正当皇上要将御牌交给太子之时，瞬间被从后面突然出现的皇后截走。

皇后握紧御牌，瞪着皇上：

"救什么人啊？皇上已经下旨的命令，难道可以朝令夕改，出尔反尔的吗？那岂不是要闹出千古的笑话！何况那四王劫持了臣妾！皇上怎可不为臣妾做主？"

皇上看到皇后，心就软了，无力地说道：

"皇后怎么来了，也没人通报一声呢？"

太子坚定无惧地喊道：

"救人如救火，母后，请快把御牌还给儿臣！"

"还给你？"皇后瞪着太子，咄咄逼人地说道，"好让你拿着到处滥用权力？建立你太子的权势？是不是四王流放了，你的力量也跟着削弱，你才这么着急？居然威胁你父皇给你尚方御牌？"扬声大喊："来人呀，请太子回东宫！"

皇后的卫士立刻冲入寝宫，架着太子。太子甩开卫士，生气地说道：

"本太子话还没有说完，绝对不走！"看向皇上："父皇！朝廷是您的，您开口呀！快把御牌交给儿臣去办事吧！"

"你是太子，我是你母后！"皇后瞪视太子喊道，"再不走，休怪卫士动武了，来人呀，押下去！"

更多卫士冲进房，围着太子，蠢蠢欲动。皇上左右为难，息事宁人：

"好好好！别动武！别动武！"命令道，"启望，四大功臣，显然是天意，我们都尽力了！你走吧！"挥手，暗示快走："不要连你的性命都搭进去了，不值得！"

太子被卫士拉着走，边走边喊：

"父皇，治国爱民，怎可不忠不孝不仁不义啊！"

皇上眼见太子被拉走了，立即转头对皇后严肃地说：

"把御牌还给朕！"

皇后嫣然一笑，将尚方御牌还给了皇上。

歌坊的一间房间中，皓祯带着鲁超和若干天元通宝的兄弟们正在密谈。寄南和灵儿敲门进了房间。寄南就迎向皓祯，急切地说：

"太子差一点就可以拿到尚方御牌去救四王，可惜被卢皇后给截走了，气得他几乎砸破了宫门！想当初，我就不该把御牌还给皇上！"

皓祯点头，坚定地说：

"朝廷对四王如此不义，我们不能对这几位大功臣不仁！"

"那应该怎么救人呢？"灵儿忧心，"他们名气那么大，目标那么大，咱们该从何下手？何况是汉阳担任长安城的监刑官呀！"

"汉阳这人心思细腻冷静，又不属于任何势力，如何在他眼前救人，这倒是非常麻烦的事情！"

"唉！"寄南一叹，"这就是我烦恼的地方，汉阳现在变成我们行动上最大的障碍了！又不能把他除掉！"

就在众人烦恼之际，突然窗外一个黑影闪过，咻的一声，金钱镖射进了屋里。皓祯动作敏捷，及时徒手用食指和中指夹住金钱镖。皓祯惊喜道：

"木鸢来了指示！"

室内众人，全部一喜，赶紧围向皓祯。皓祯打开纸笺，念着上面的句子：

"秋月飞霜，波澜不惊！碧血丹心，四海升平！"

"又是像作诗一样的密语！"灵儿头痛，"这木鸢到底是诗人，还是咱们护国保李的头头呀？这几句有什么指示？"

寄南解释着：

"'秋月飞霜，波澜不惊'就是说，这一场秋季的冤狱，大家不要太惊慌！"

"啊！一下是四个冤狱，还叫我们不要惊慌？"灵儿说。

皓祯冷静地接下去解释：

"'碧血丹心，四海升平'，木鸢意思是要我们全部动员，即使血染长安城，拼死也要保住四王的平安！"

小白菜挺身而出，坚毅地说道：

"少将军，如果需要全部动员，城内我们早已经部署了有一百多名弟兄，若是不够，我再去把咸阳城的弟兄召集过来。"

皓祯谋划着，对小白菜和天元通宝的弟兄们郑重吩咐：

"很好！小白菜，还有兄弟们！这次行动太大，时间也不多了，能调动的兄弟，全部集结到长安城来，但是小心大家的身份，都要做好掩护！我猜想，伍震荣不会让四王真的流放，寄南再去方世廷那儿探听一下，我有一个大计划……"

所有的人，都急切地围向皓祯，一起聆听大计划。

这晚，大家都不能安睡，寄南和灵儿回到宰相府，两人都悄悄注意着世廷的一举一动。果然，戌时过后没多久，伍震荣就来到了宰相府，和方世廷关在书房内密谈。灵儿对寄南说道：

"我去把窗外的卫士引开，你去偷听一下他们在计划什么？"

"你如何引开？"寄南不放心地问。

"你别管了！快去偷听！"

寄南就溜到书房窗外去，只见灵儿忽然出现，竟是用女儿身出现，穿得花红柳绿，在卫士前面搔首弄姿，又抛媚眼。两个卫士果然瞪大眼睛看灵儿，灵儿就招招手，悄悄往花园深处走去。两个卫士果然跟去了。寄南心里七上八下，就怕灵儿被两个卫士给强暴了。但是，灵儿已经牺牲到这个地步，不偷听是不行的！先偷听再说！他在窗外这一听，居然大有收获。听到世廷在低声说：

"劫人犯是一定会发生的，你要准备八个一样的轿子，四个是真王，四个是假王，让他们把假王劫走……"

"至于真王……"伍震荣贼笑着，"就随便抬到哪儿去，咔嚓给结束掉！"

寄南听到这些，下面的话也不用再听，赶紧跑到花园深处去救灵儿。悄悄到了花园深处，却惊见两个卫士被绑在两棵大树上，正低声怒骂挣扎着，灵儿已不知去向。他赶紧回到房间，见灵儿穿着女装，打扮得甚是妖艳，已经进来。他惊奇地看着灵儿问：

"你怎样把那两个卫士绑在大树上的？"

"我告诉他们，如果他们不动手动脚，我就脱光衣服给他们看；如果动手动脚，我就大叫强奸！他们都愿意不动手动脚，为了保证，我把他们绑在树上，他们也让我绑了！我绑完，就逃回来了！"

"有这么笨的卫士？"寄南惊愕。

"唉！男人你不懂，我懂！只要色心一起，脑袋就变木头！你偷听到什么？"

什么男人他不懂，她懂？这样冒险，居然也给她过关！或者四王是应当被救的！他赶紧说道：

"大有收获！你赶快换回你的小厮装吧！要不然，这两个卫士追到这儿来，一定会扒了你的皮！"

灵儿换了小厮装，两个卫士也没追来，想必这两个笨蛋，始终没弄清楚灵儿是谁。何况如此丢脸的事，也不愿声张吧！

皓祯这晚带着吟霜，进了柏凯和雪如的卧室，两人对父母行礼，皓祯就请求地说道：

"恳请爹娘同意孩儿带着吟霜，一起进行这项营救任务！"

柏凯深思不语，雪如立刻反对：

"皓祯呀，这次行动非同小可，你怎么能让吟霜跟着你去冒险呢？何况她身体还在调养中，还是不要让吟霜出门吧！"

"爹、娘，请不用担心我的身体，已经调养一个多月了，我已经完全恢复，我的医术可以帮助皓祯，他带着我，对他肯定是有帮助的！"吟霜恳切地说。

"拯救四王，听起来就很危险，咱们女人家还是待在家里守本分要紧！"雪如说。

"娘，那四王在牢里待了好多日子，忠王前阵子还生病，这么危险的营救任务，他们哪受得起惊涛骇浪的折磨，若有吟霜跟随，也能就近照顾几位王爷的健康！何况把吟霜留在家里，我一定担心害怕到无法工作的！所以，是我需要她！"

雪如明白了，问道：

"你怕吟霜在家不安全，又被公主折腾陷害？"

"对！留下她，我有后顾之忧，只能带她去！以后我所有的行动都要带着她！"

"娘！"吟霜积极地说，"吟霜既不会武功，也不懂刀枪，只能用自己的医术，来帮助这些忠心耿耿的大臣，而且这次行动这么大，'天元通宝'的弟兄也难免在刀光剑影中受伤，他们也需要我呀！娘，您就答应吧！"

"好吧！"柏凯深思后点头，"这次任务确实艰险，吟霜医术或许真的能发挥效用！皓祯，你就带着吟霜一起出门吧！不过，你要保证让吟霜安安全全地回到我们将军府，若是吟霜有何闪失，我唯你是问！"

"谢谢爹！皓祯一定将吟霜毫发无伤地带回家来，请爹娘放心！"皓祯脸色一沉，"但是，公主院那边……"

"公主那儿，爹娘自会帮你解围，你就安心地去进行大计划吧！"柏凯说。

皓祯和吟霜两人互视一眼，从容跪下说道：

"感谢爹娘恩准！"

皓祯等人，在积极策划营救四王。伍震荣那儿也胸有成竹，如何借机杀了四王。这晚，伍项魁走进荣王的书房，对伍震荣急切地报告：

"爹，据报，最近几天长安城突然来了很多生面孔，到处隐秘活动，我猜想，这些人大概是拥李派的人马，要不就是想作乱的乱党。"

"这些本王早已经得到消息了，他们是准备来劫走四王的！"伍震荣从容地说。

"那些乱党若是敢来劫人，我们就和他们火拼！"伍项魁冷笑。

伍震荣摇头，轻蔑地说：

"你呀！干大事就是不会动脑子，怎么不想个……既不用火拼，又能达到目的的办法呢？"

"难道爹已经有什么妙招了？爹快说，我立刻去部署！"伍项魁喜形于色。

"既然他们想来劫人，咱们就将计就计，声东击西！"伍震荣指示着，"你派两批人马，一批带着四个假王去勾引乱党劫轿，转移他们的重心和注意力；另一批，你让刘虎带着真四王到城外的黄马坡与本王会合。"阴狠地咬牙切齿，"本王要亲手斩了这几个拥护李氏王朝的四王！"

"项魁明白了！这回一定要让爹，让我们伍家痛快地干一场！"

伍震荣再厉色地叮咛：

"还有！所有参与这次行动的卫士，个个都要灭口！不能留下任何证据，否则那太子会因祸得福！"

"项魁遵命！"

转眼就到了四王流放的日子，平时，只要有朝廷大案，民众都会掩门闭户。这天却一反常态，长安城大街上人潮涌动，民众拥挤着，议论纷纷。

汉阳带着寄南、灵儿，分骑着大马，领着大理寺的官兵，押解四个马车拉的轿子，在大街上缓缓行进。街上两侧民众，埋伏着各种乔装的"天元通宝"弟兄，彼此眼神交会，摸摸鼻子或是甩着铜钱打着暗号。

四个轿子之一，忠王坐在轿内愤恨难平，破口大骂：

"皇上呀皇上！本王真是瞎了眼，当年看你忠厚仁慈，拼命让你坐上龙椅，今天居然落到这种地步！"手捶轿子，"本王真是恨死我自己！恨死我自己！"

四个轿子之二，孝王坐在轿内，脸色发青，抚着肚子呕吐着，一边呕吐一边说：

"可恶的伍震荣，假传圣旨，居然出门前还要强灌我野葛藤……"又作呕，手指发抖，比着空无，"伍……伍震荣……你好狠啊！本王做鬼也不饶你……"呕吐不止。

四个轿子之三，仁王坐在轿内心灰意冷，感慨万千，说道：

"祝之同啊！你命好，走得早呀！不用在长安街上受到伍震荣的羞辱，本王很快也会到阴间与你相会！你等等我呀！"

四个轿子之四，坐在轿内的义王悲愤不已，沉痛地说道：

"以为他是真龙天子，谁知是一个被人摆弄的昏君，当初我不曾跟他争王位，这么多年，还在忠心耿耿扶持他！哈哈哈！我义王，自作孽，不可活！"悲苦惨笑着。

轿子外的大街上，伍项魁带着若干卫士也在人群中观望，狡猾地笑着，对身边卫士命令：

"今天所有行动，只许成功，不许失败！我们走！"

伍项魁满意地看完现场，便带着卫士离开。

街上两侧围观的民众，交谈议论着。一个老者感慨：

"当年轰动的册封四王，今天就流放了！"

"这就是功高震主的结果，伴君如伴虎呀！"另一个说道。

突然众多民众义愤填膺高喊起来：

"奸臣陷害忠良，天理何在？奸臣陷害忠良，天理何在？"

皓祯、微服的太子、吟霜、鲁超、邓勇也乔装挤在众多的民众中观望。小白菜也换上一身劲装，跟随着皓祯行动。皓祯忧心忡忡，对吟霜低语：

"吟霜，刚刚接获密报，孝王好像病得非常严重！我们带出门的药品够不够，要不要让鲁超再回去多备一点药丸！"

"不用担心，我各种最坏的情况都想到了，你安心行事，不要担心我！"

太子再叮咛鲁超、小白菜、邓勇：

"让弟兄们盯紧轿子！轿子才是我们追踪的目标！寄南得到的消息一定可靠！"

鲁超和小白菜点头回应。

汉阳担心民众过于激动，立刻向着官兵指挥，大喊：

"官兵卫士们，小心押解，切勿伤及民众，保护四王！"对寄南和灵儿交代："你们俩要小心，民众要是大乱就自求多福，刀枪是不认人的！"

"大人！你不用担心我们，我和我家王爷，还负责保护你的安危呢！"灵儿说。

民众继续义愤填膺地高喊：

"奸臣陷害忠良，天理何在！奸臣陷害忠良，天理何在！"

"汉阳，你都看到了，百姓都为四王鸣不平，可见民心所向！"寄南趁机对汉阳晓以大义，"你这位当官的除了办案善恶分明，立场也应该善恶分明！朝廷纷乱，谁是乱源你应该比谁都清楚！"

"本官今日奉命行事，不谈立场，只管安全将四王送出明德门。"汉阳沉着地大喊，"卫士们，继续往前走！"

汉阳说完便踢着马肚，往前奔去。汉阳和灵儿赶紧相随。

官兵卫士列队押着轿子，向前移动。

四王被押解出城时，崔谕娘在公主院大厅，对郁郁寡欢的兰馨说道：

"驸马爷一早就带着白吟霜出门了！"

兰馨落寞地看着虚空，黯然说道：

"自从吟霜小产，皓祯就没进过公主院，现在，又带着吟霜出门！我这个公主，被母后说中了，一点用都没有！"

"都是奴婢闯的祸！"崔谕娘惭愧地说。

"也别自责了，或者，本公主当初就选错了人！"看着远方，似乎听到隐隐中人声鼎沸，忽然问道，"今天长安城有什么大事吗？"

"好像是什么四王流放的日子！"

兰馨一怔，眼光深邃起来，低低自语：

"把忠心耿耿的四王流放……父皇！你昏庸了吗？还是被伍震荣和方世廷给挟持了？或者，被母后给操控了？"

五十六

汉阳、寄南、灵儿领着监刑的大队人马终于来到"明德门"外。

若干民众也一路相随跟到城门口。

汉阳亲自对着一个个轿内的四王一边核实一边行礼，真诚恭敬地说道：

"各位王爷，保重了，后会有期！"

核实无误，汉阳与在城外守候多时的监刑官当面交接。汉阳对城外监刑官说道：

"皇恩浩荡，本官代表皇上为四位王爷送行到此。这四位王爷就交给大人了！皇上有旨到泸临城再换马车，然后分送各地，希望各位一路平安。"

城外监刑官行礼领旨：

"汉阳大人请放心，本官一路遵旨，必定亲自护送到底。"

交接完毕，城外监刑官大喊：

"队伍继续向南行！出发！"

所有大队人马又往前行进。汉阳、寄南、灵儿停在城门外目送轿子一个个远去。众多不舍的民众向轿子挥手。民众齐声大喊：

"四王功在社稷！四王一路平安！四王功在社稷！四王一路平安！"

灵儿见队伍远去，就急急说道：

"汉阳大人，今天监刑的工作完成了，没其他事情了吧？"

"如果没事，我要带裘儿回我王府一趟！家母最近身体微恙！"寄南接口。

"你的身份真复杂，一下是本官的助手，一下又是寄南的小厮，这样会不会太不务正业！"汉阳不满地看着灵儿。

"大人，小的去去就来，很快就回来侍候大人！"就拉拉寄南的衣袖，"王爷，咱们快走吧！"

灵儿说完便和寄南转身快速策马，向城门内奔去。汉阳无奈大喊：

"喂！你们两个怎么可以说走就走！喂！"

寄南和灵儿早在人群中消失无踪。汉阳便带着自己的官兵卫士回大理寺。

躲于人群中的皓祯、吟霜、太子、鲁超、邓勇、小白菜等众多弟兄，见汉阳离开，就奔向藏于城外的系马之地。太子一跃上马，喊道：

"皓祯！下面是我们的事了！"

皓祯带着吟霜各骑一马，高声一呼：

"弟兄们开始行动！"

皓祯、太子便领着众弟兄，向南策马奔驰而去。远远看到前面的押解队伍，皓祯手一举，大家便奔向预先勘查过的山头，在山野隐秘的制高点上，追踪着四王队伍。鲁超、邓勇、小白菜等众多弟兄也紧紧跟随皓祯前进。

山野下，四王的轿子队伍继续快速前进。

接着，灵儿和寄南从另一个岔路策马追出来。看到皓祯人马在前，兴奋地追向前去会合。寄南追到皓祯身边，边策马边说：

"我们终于赶上你们了！"

太子一边追踪，一边有感而发地说道：

"没料到四王比我想象的还得人心！我爹实在太失策了！"

"岂止失策？聚九州之铁，不能铸此大错！让我们帮皇上拨乱反正！"皓祯说，回头看寄南，"甩掉汉阳了吗？"

"小事一桩，没问题的！"灵儿潇洒地说，看向吟霜，"吟霜，咱们好像又回到过去，一起对抗伍家的日子！"

"这回不比以前，你们个个出手要小心！"吟霜叮咛。

皓祯众人便在各种山野、郊道、高岗的制高点和隐蔽处，继续不露痕迹地追着四王队伍。忽然，四王队伍进入一个隐秘的树林里。树林里有一个岔路口，所有队伍停下，伍项魁赫然出现。在伍项魁身后，跟着四辆与四王一模一样的马车轿子。伍项魁上前，递给城外监刑官一袋钱币，说道：

"大人辛苦了，这个是我爹荣王一点小意思，咱们就在这里换轿子吧！"

城外监刑官贪婪地收下钱，恭敬说道：

"荣王真是太客气了！"对卫士喊："来人，换轿！"

于是众卫士便将原来四顶四王轿子，换上了四顶假四王的轿子。

伍项魁见换轿完成，得意地说：

"哈哈！这声东击西，真是妙计呀！"转身对身边伍震荣的贴身卫士，严肃地交代："刘虎！你按照计划，押着这真的四王往东边走，速战速决！"

"是！遵命！"

刘虎说完便带着一群卫士，押着真四王的轿子往东边的岔路口而去。

"这回我一定要整得那些乱党七荤八素！监刑官，咱们出发！哈哈哈！"伍项魁说着，便和监刑官带着假四王的轿子，走出了隐秘的树林，继续浩浩荡荡地上路。

皓祯众人下了马，趴在高岗上监视着树林里的动静。见四王的队伍从树林走出来，继续上路的情景。太子冷笑：

"这个伍项魁，还真以为他能瞒天过海，换了四个假王爷给我们救！幸好我们早就得到消息！以为我们天元通宝是可以糊弄的吗？"

皓祯指挥若定：

"鲁超、小白菜，咱们兵分两路，你们俩带着预定的弟兄，跟着伍项魁的队伍，去虚晃一招，救假王爷，降低他们的戒心，也让他们少了防备！"

鲁超和小白菜立刻领命而去。

太子对着剩下的众人大喊：

"其他兄弟，快马奔向东边，营救真王爷！"

众人众志成城大喊：

"是！"

皓祯、寄南、太子、吟霜、灵儿、邓勇等人，便带着众多天元通宝的兄弟，快马加鞭追向真四王的队伍。

鲁超与小白菜带着一队人马，追着伍项魁的队伍而来。鲁超来到方便下手的旷野，便停下马队，对小白菜说道：

"现在时机成熟，咱们就去表演一手吧！"

小白菜兴奋地大喊：

"没问题！我好久没揍人了！"对众人大喊："兄弟们！抢轿子去！"

鲁超、小白菜便蒙上脸，带着众弟兄，从隐蔽处横里杀出，冲入伍项魁的队伍。伍项魁守株待兔，见有人劫轿，得意地笑道：

"果然不出所料，这群笨蛋真的上钩了！来人啊！随便打两下就好！"

伍项魁和监刑官坐在马上，像是没事一样地观虎斗。鲁超、小白菜等人和伍家众卫士一阵厮杀。不久，鲁超等人轻松地劫走轿子，扬长而去。

刘虎押着真四王的队伍来到人烟稀少的黄马坡，刘虎突然叫停，对着身边卫士说：

"这里就是黄马坡了，咱们在这里等候荣王差遣！"

忠王在轿内，知道情况不妙，满怀的义愤，拉开窗户对刘虎痛骂：

"你们这些狐假虎威的禽兽！把本王带到这个荒郊野外，想暗杀我们吗？你们会下十八层地狱，永世不得超生！"

刘虎对着卫士凶恶地命令：

"把那四位王爷拖出来！"

卫士们便粗鲁地将四王通通拉出轿子外面。四王虽然落难，仍然气势不凡。唯有中毒的孝王，已经无力地倒卧在地上，不停地发抖，抚着肚子，痛苦难受，看到地上有一摊泥水，忍不住想去喝。刘虎凶恶地抓着孝王的头：

"你是毒性发作了吧！想吃解药吗？哈哈哈！你都快没命了，就吃土去吧！"

刘虎凶残地将孝王往泥水里压，孝王痛苦挣扎。义王看不下去，走来破口大骂：

"你这个畜生！有没有人性？孝王何等仁慈爱民，你竟敢这样折腾他！"

刘虎一怒，侧身起脚对着义王用力一踢，义王原是皇子，身手不凡，怎会让刘虎踢到？伸手一探，抓住刘虎踢来的脚，一式"插步倒推"向上一送一甩，刘虎被义王摔到五步之外，不偏不倚，跌了一个狗吃屎。刘虎大怒，躺在地上凶恶大吼：

"卫士们！先给我杀了这个义王！"

卫士们长剑出鞘，对着义王杀来，义王左封右架，奈何没有武器，后退中一绊，踉跄摔倒，头部撞到石头流血。刘虎起身大骂：

"你们几个死王爷，马上去见阎罗王了！如果不是荣王要亲手斩你们，我就把你们通通杀了！卫士们，上！好好教训他们！"

刘虎和众卫士便冲上前去对四位王爷拳打脚踢。唯一会武功的义王拼命保护着其他三王，左支右绌，挨了好多拳脚。

皓祯、寄南、太子、灵儿、吟霜与众"天元通宝"弟兄，策马飞奔而来，看到这等状况，气急败坏。太子急喊：

"今天绝对不能留下活口！杀！居然敢欺负我的皇叔！"

刹那间，皓祯、寄南、灵儿以及众"天元通宝"弟兄，身手矫健地从马上一跃而下。

"你们这群狼心狗肺的魔鬼，纳命来！"寄南大喊。

"伍家的败类，看到四王不下跪，还敢仗势欺人！你们的死期到了！"皓祯喊。

皓祯、寄南、太子、邓勇、灵儿等人见四王身处险境，立刻发动一轮快攻，拳出如影、掌劈若风，脚踢腿扫、当者披靡；伍家众卫士禁不住如此强攻，纷纷倒地哀号。皓祯落地之后，立刻拔剑直取刘虎，剑锋到处，生成片片白光，封住其退路，一面回头喊道：

"忠孝仁义四王功在社稷！仁义之师赶到为民除害！"

四王除了孝王倒在泥地，其余三位如见救兵，个个惊喜交加。忠王见到太子，又惊又喜又感动：

"太子太子！本王能够让太子亲自营救，不愧我忠王这封号了！"

"太子！"义王也惊喊，"来治治这群叛徒！皇上中了伍震荣的计，他们根本不想让流放成功，是要让我们四个死！你快来结果了他们！"

"皓祯，寄南！别放过这些姓伍的人！祸国殃民，死有余辜！"仁王喊。

太子见孝王倒在泥地，神志不清地猛吃土。太子赶紧去救，对吟霜大喊：

"吟霜，我把孝王先救出来交给你！看看他是怎么了？"

吟霜在后面应着：

"我等在这儿呢！你们小心！"

"裘儿！"寄南喊，"跟紧我！我要杀死这群没有人性的混账！"

寄南和灵儿、众"天元通宝"弟兄立刻与伍家卫士们展开搏斗，但见处处刀光剑影，金石交鸣之声不绝于耳。几位弟兄保护吟霜躲在后面，吟霜伸长脖子，看得心惊肉跳。寄南和太子杀死了众多卫士，两人各一手将孝王带到吟霜身边。太子急切说道：

"吟霜，先救一个是一个，你快帮孝王诊治！我和寄南继续杀贼去！"

太子说完立即和寄南转身又杀出去了。灵儿跟着来到。

"吟霜，你要不要我帮忙？如果你不要，我就再去杀那些狗东西！"

孝王全身抽搐，四肢不停颤抖。吟霜撑开孝王的眼皮，又看着他的舌头。

吟霜着急地对身旁弟兄说：

"王爷中毒了！你们快帮我按住王爷，不要让他乱动，我必须帮他放血！灵儿，赶紧拿我的银针来！"

灵儿赶紧递过银针包，吟霜立刻拿出银针，在孝王的十根手指头上，刺了小洞，放血。

皓祯锐不可当，带着兄弟们和伍家卫士们缠斗。不到一盏茶的工夫，所有卫士全部被皓祯和天元通宝弟兄，打倒在地。刘虎已经被邓勇擒拿，跪倒在太子面前。

寄南忍不住对刘虎开骂：

"你是伍震荣的杀手吧？"抓着刘虎的头，"你竟敢让孝王吃土，本王爷也让你尝尝滋味！"

寄南说完就压着刘虎的嘴，用力逼迫刘虎喝地上的泥水。此时另一批弟兄驾着几辆马车赶到，几人抬出了四个超重的大布袋来到皓祯面前。

"少将军，伍家人带到！"

弟兄们把四个大布袋打开，跌出了四名双手已被反绑的中年男子。

皓祯恭敬地走到忠王面前：

"忠王，救驾来迟，让你们受惊了，现在我们将计就计，也来个偷天换日，押来了四名伍震荣的亲人，伍延威、伍延信、伍崇范、伍崇德，个个都恶名昭彰，杀人如麻，请忠王处置！"

忠王义愤填膺说道：

"过去我们对伍震荣实在太仁厚了，才会让他有机会对我们四王恩将仇报！为了保护李氏江山，一定要消灭伍家的叛贼！"

义王冲上前来，看向四位伍家人，咬牙切齿说道：

"本王是皇上的弟弟！伍震荣想夺我李氏江山，凶狠残暴，伍家人就该见一个杀一个！"突然夺下皓祯的剑，"我来亲手宰了伍家人！"

"皇叔！请动手！"太子说。

义王满腔义愤，长剑上下翻飞，瞬间杀死了四名伍家人。鲜血溅在刘虎脸上。

"义王威武！真是大快人心！"皓祯引以为荣地喊道。

太子、寄南、天元通宝兄弟们个个震撼，血脉偾张。

片刻之后，伍震荣带着若干武士，坐着马车神气活现地赶到黄马坡。只见黄马坡上遍地是东倒西歪的尸首。四位王爷的轿子依然静静地停在那儿。马车夫停轿，武士扶着伍震荣下马车，说道：

"王爷，这里就是黄马坡！"指着地上的尸体，"看这遍地尸首，应该是刘虎照王爷指示，全部灭口了！"

伍震荣欣喜，走向四王的轿子，边说：

"刘虎人呢？怎么不见他的人影？"

伍震荣才走到其中一个轿子，赫然发现刘虎已经被乱刀砍死。伍震荣抓着刘虎的尸体，大震：

"刘虎！你怎么死了？"大声怒吼下令，"快，把这四个轿子打开！"

武士们上前，七手八脚打开四个轿子门。伍震荣定睛一看，四个轿子里分别坐着的，竟然是四位伍家人的尸体。伍震荣震惊至极，不敢相信地扑了过去，对每个亲人，忍不住喊着：

"延威、延信、崇范、崇德！"急怒攻心，大吼，"是谁杀了你们？"

武士们巡逻一遍回报：

"报告王爷，这里没有一个活口！"

伍震荣悲愤如狂，才一抬眼，看到身边一个轿子上，用剑刺着一张纸条，纸条随风飘扬着，上面写着：

"以其人之道，还治其人之身！"

伍震荣愤恨地扯下纸条，咬牙切齿喊道：

"这群乱党，铁了心要和我伍震荣作对！换轿子调虎离山，居然给他们破局！"揉碎纸条，"好个'五枝芦苇压庄稼，万把镰刀除掉它'，一下子杀死了我伍家四个人！"怒极大吼，"本王就让整个长安城，与我伍家死难的人，一起陪葬！"

伍震荣凶神恶煞的眼神，凌厉地看向长安城的方向。

一处隐蔽的农庄，藏在山林深处。

太子、皓祯、寄南、灵儿、吟霜等人带着两辆马车来到农庄前。邓勇带着若干天元通宝兄弟随行。太子四面看看问：

"这儿安全吗？怎么没看到任何护卫？"

"是木鸢最后给的地点，相信木鸢一切都安排好了！"皓祯说。

"这儿真安静，我相信，那些树林里，全是天元通宝的兄弟！"寄南说。

"打了一天架，又骑了半天马，我饿了！不知道木鸢有没有帮我们准备吃的？"灵儿摸着肚子说。

寄南打了灵儿的头：

"木鸢帮你准备吃的？你以为你是谁呀？"

皓祯就看着太子说道：

"启望，你应该回长安去！四王就交给我们吧！这四王被救，相信伍家有苦说不出！但是，伍震荣诡计多端，你得回去稳住大局！"

"没看到孝王痊愈，我心里还是七上八下！看到他有起色我再走！"太子说。

"太子放心！吟霜会尽心尽力救治孝王！"吟霜说。

"嗯！"太子看着吟霜说，"能把我从鬼门关抢回来的女神医，我不能不信！好吧！皓祯说得有理！"喊道："邓勇！我们立刻掉头回长安！"

"太子老哥，你不饿吗？"灵儿惊讶，"吃点东西再走！"

"今天过得够精彩，看到四王平安，我还会饿吗？"太子一笑，"何况，邓勇准备了干粮，我们一边赶路回长安，在马上吃点干粮就行了！"看着皓祯、寄南，郑重交代："皓祯，寄南！四王交给你们了！一定要把他们全程安排好！"

皓祯和寄南心情良好地说道：

"是！遵命！恭送太子。"

太子手一挥，带着邓勇和几个贴身护卫，立刻掉头而去。

皓祯等人走进农庄大厅，两位女仆迎了出来。两人请安报名：

"奴婢苏苏等候多时，少将军和几位王爷的房间都收拾好了！"

"奴婢芸娘见过各位王爷和少将军，不知各位是先进房休息，还是先用晚膳？"

灵儿瞪了寄南一眼，得意地说：

"哈！我就知道有晚膳吃！"

皓祯架着昏迷的孝王喊道：

"吟霜！孝王昏迷了！"

吟霜着急地问：

"孝王房间是哪一间？赶紧把孝王送进房间，让我来治疗！"

皓祯与寄南七手八脚地将昏迷中的孝王抬上床。吟霜紧急地打开药箱，再为孝王仔细诊治。皓祯就对苏苏和芸娘说道：

"苏苏，芸娘！我们要在这儿住几天，不知道这儿的主人是谁？我应该先去道谢一下才是！"

苏苏亲切地回答：

"这儿的主人复姓天元，大名通宝！相信各位早就对他熟悉了！"

"哦！原来是这位鼎鼎大名的人物！失敬失敬！"寄南赶紧说道。

"有人复姓天元？"灵儿问寄南，"我第一次听到，怎么你认得我不认得？"

"因为你笨，从来不用脑子！"寄南打她的头。

芸娘礼貌地说道：

"芸娘和苏苏先去准备晚膳，各位大人就把这儿当自己的家，有事就叫我们！安全问题，不用操心！"

苏苏和芸娘退下。

皓祯立刻走回床边关切着吟霜，问：

"孝王严重吗？到底是中了什么毒？"

"中了什么毒，最好等孝王清醒，问他吃过些什么，这样比较能对症下药。"吟霜神情凝重地帮孝王把脉，说道，"现在我们必须先帮他催吐，将毒素逼出来，减轻他的痛苦！我要用气功帮他催吐！"

"用平常的治疗方法行吗？"皓祯一急，"你今天帮兄弟们治伤，已经用过好几次气功了！我不想让你先病倒！"

"不会！我自有分寸！灵儿，我需要帮忙！"

"好好好！那我们应该怎么做呢？"灵儿问。

"今天香绮和小乐都不在，只好你和寄南多担待一点，你们去烧一大锅热水，再打一些干净的清水来，还要找一些干净的白布，再拿一个空桶过来！"

"没问题！烧水的事交给我，打水的事交给窦王爷！"

"打水就打水，本王爷就喜欢打水！"寄南瞪灵儿，心情愉快地说道。

吟霜对皓祯和寄南交代：

"一会儿，让灵儿和苏苏帮着我就行，你们快去安置其他三位王爷，刚刚在马车上只是简单帮他们包扎。等这位孝王稳定下来了，我再去帮其他王爷疗伤。"

吟霜边说边拿出药箱里的药丸。

"他们等于经过一场惊涛骇浪，身上又有伤，先给他们每人吃一颗安神丸！"

"喂人吃药，这个简单，我来！"寄南立即接下药丸。

"你一个人一定忙不过来……"皓祯体贴吟霜，从药箱拿出一些创伤药，说道，"外面那三位王爷的外伤，我先去帮他们上药，等一下，你这神医再去帮他们医治！"

皓祯说完，便和寄南、灵儿快速离开房间。大家立刻展开疗伤的行动，因为伤势都不严重，对四王来说，从下狱到流放，从流放到黄土坡差点被害，再到太子、皓祯、寄南不顾性命地救下四人，整个事件，带来的冲击远远大过伤势。除了孝王还在中毒状态，其他三王都陷在百感交集中。如何安抚四王的情绪，才是当前大事。不过，皓祯、寄南、灵儿、吟霜却是个个积极，精神振作的。尤其想到此时的伍震荣，不知会气愤成啥样，皓祯和寄南就忍不住暗中得意，真想目睹一下这"盖世枭雄"眼下的情形！

五十七

不错！当四王在农庄养伤，伍震荣这位"盖世枭雄"却在荣王府"爆炸"了！

他大口地喝下酒，愤恨地将酒杯摔在地上砸碎。跪在地上的伍项魁，闪躲着碎裂四散的杯子！伍震荣更加恼怒，又继续砸着桌上的杯子、酒瓶、花瓶、摆设等等。他疯狂地砸，疯狂地怒骂：

"本王要杀了他们！要让他们不得好死！"

伍项魁跪地震悚，惊吓无比，急喊：

"爹，请息怒呀！爹！不要砸了！砸碎的都是咱们府里的宝贝呀！"

伍震荣猛地跳起身，气愤地抓着伍项魁的衣襟，怒瞪着他嚷道：

"你这混蛋，你办的是些什么事情？居然让人劫走四王还杀掉我伍家人！我们的'调虎离山'变成他们的'一石二鸟'！我伍震荣还要不要混？你真是个混账东西！你气死我了！"对伍项魁拳打脚踢，"气死我了！气死我了！"

伍项魁苦苦求饶：

"爹！别打了，别打了！你气坏了身体，不又便宜了我们的仇人吗？打死我就又多死一个伍家人！爹，息怒呀！"

"你这个伍家人，早死一点，大概可以救下很多伍家人！你不如死掉算了！"

"爹！项魁是你的儿子呀！你不能让我死掉，崇德他们死掉你都心疼，我死掉爹不是更心疼吗？"

"老天啊！"伍震荣大叫，声音几乎穿透了整个荣王府，"我怎么会生下你这个儿子？你是来讨债的吗？"

伍震荣发泄得精疲力竭，泄气地跌坐在坐榻上，瞪着项魁说：

"现在咱们伍家又被杀了四个人，确实，我看你死期也不远了！放心，我也不会心疼你！死掉最好！"

伍项魁惊吓，满脸愁苦，跪爬着来到伍震荣身边，喊道：

"爹，你不要吓我呀！我们父子是一体的，你可不能丢下儿子不管！"急于安抚，"爹，你别生气，我们现在要亡羊补牢才是啊！那失踪的四王，我再去把他们找出来，就算把长安城翻转过来，我一定要找出他们！"

伍震荣愤怒拍桌起身，怒骂：

"这时候你还不开窍！你来个翻城找人，是要昭告天下，我荣王无能，重军防守之下，居然还弄丢了四个王爷？"愤愤地说，"你忘了今天大街上，百姓对他们疯狂拥戴的情景吗？要是让百姓知道他们被劫走了，这会儿民心聚齐，就起来谋反了，一定又是大喊'反对外戚干政'，毕竟我们姓伍不姓李！"大声吼到项魁耳边去，"你想过没有？那方世廷是文官，还逃得掉，我们姓伍的，手上都沾着血……你想过没有？"

伍项魁被父亲吓得簌簌发抖。

"还有黄马坡上，尸横遍野的都是我们伍家军，这更不能和四王失踪的事情扯上关系，万一消息传到皇上那儿，太子帮再添油加醋施压，逼得皇上来个追究，我们也会吃不了兜着走！"

"那……我们就什么都不做了吗？"

伍震荣踢翻了项魁，望向远方，压抑着自己：

"君子报仇，三年不晚！"又大声怒吼："你这个草包！赶紧去黄马坡，把所有尸骨清除，一点痕迹也不能留下！总之，四王失踪，黄马坡事件，都要全面封锁消息！闭紧你的嘴，所有事情本王自己善后！"

伍震荣这儿气冲牛斗，四王那儿，吟霜等人正忙着抚平四王的情绪。晚上，绿荫深处的农庄大厅里，忠王、仁王、义王三位，神情疲惫，被殴打的外伤或瘀伤，都已包扎。忠王一整天怒气冲冲，胸口郁结，抚着胸口喘息，感慨万千地说：

"皇上啊！你登基时的豪气干云，到哪儿去了？你被伍震荣和卢皇后要摆布到什么时候？连太子都知道的事，你怎么看不清呢？"

吟霜端来汤药：

"王爷，你不能再生气了，快喝了这碗汤药，等一下也比较好入睡！"

忠王气得打翻汤药：

"还有什么好入睡？本王也活腻了！什么药，本王也不吃了！活着有何用？活着眼睁睁看着江山被伍震荣篡夺吗？不如让我气死算了！"

"王爷，请息怒！"皓祯恭敬地说，"今日我们出动那么多人马，即使血染长安城也要拯救各位，这就是我们拥护四王、珍惜四王的苦心，王爷请为我们保重，为太子保重，也为本朝保重吧！"

"各位王爷，请恕民女说几句话……"吟霜也真挚地说道，"今日交战，受伤的弟兄无数，当我为他们疗伤的时候，个个笑着对我说，就算送了命，若是能换回四王的生命，一切牺牲都值得了！各位为了这些弟兄，也要坚持呀！"

"是的！"寄南说，"今日王爷们委屈了、受苦了，但留着生命是最重要的！如果左右宰相怀着异心，各位只要登高一呼，一定会让百姓团结，众志成城！"

"你们依旧是我朝的栋梁！"皓祯接口，"忠孝仁义，多么崇高的四个字，你们也一直为这崇高的理念奉献，所以让我等如此尊重，四王是我们大家的希望呀！"

义王不禁点头说：

"皓祯和寄南说得好！忠王、仁王，我们都是大风大浪里走过来的人，我们都相信拥立了一个明君！今天，皇上被蒙蔽了，我们还有太子！"突然发现太子不在，到处找，"太子呢？太子才是本朝的希望！"

"太子已经连夜赶回长安，打探消息！不知道此时此刻，皇室知不知道丢了四王？太子英明，会见机行事！"皓祯说。

"虽然义王说得有理，本王还是生气！"仁王叹气，"流放是一千五百里呀！皇上就这样把我们当犯人看！先坐牢，再流放，气死我也！"

"各位王爷别气，你们可要好好地活着呀！这左右宰相明明是帮着皇后，那皇后想当女皇帝，伍震荣想篡位，根本在利用皇后，两人都各怀鬼胎，其心可诛！你们还要带领我们巩固江山，怎么能随便气死呢？"寄南说。

灵儿俏皮地看着众王，嚷着：

"就是就是！还没见到伍震荣父子人头落地、五马分尸，我们就偏偏不死！现在狠狠气死的，应该是那个伍震荣！哈哈哈！"凑近义王身边套近乎："义王你今天好厉害，斩了四个伍家人！"拼命行礼："裘儿我，大大地佩服！佩服！"

吟霜一边帮忠王扎针，一边说道：

"我和裘儿，都深深受到伍家的迫害，我爹也死在伍项魁手下！像我这种人，在本朝处处可见，万一伍震荣夺得江山，本朝一定会生灵涂炭！四王，这就是你们一定要好好活着的原因！"

被众人一安抚，三位王爷都平静下来。仁王严肃地问：

"你们将我们救出来，接下来有何计划？"

"这个农庄也只是四位王爷暂时的歇脚处，过几日，待各位王爷身体情况复原之后，便会护送各位到更安全的地方。"皓祯说。

"看来，之后我们四个王爷，还要隐姓埋名过日子是吧？"义王问。

"义王英明！请原谅这是不得已的安排！"皓祯赔笑说。

忠王又火冒三丈，头上手上扎着针，就在屋里到处甩袖嚷嚷：

"什么？还要我隐姓埋名？本王一辈子循规蹈矩，不做亏心事！为何还要隐姓埋名，我不答应！本王行不更名，坐不改姓！"

吟霜急喊：

"皓祯，压着他，我刚刚帮他扎了针，会伤到他！"

皓祯、寄南、灵儿又围着忠王，把他连拖带拉压进坐榻里。

吟霜赶紧把他头上手上的针拔掉，大家手忙脚乱。吟霜说：

"你们继续压着他，扎针不行，还是喂药吧！"

厨房里大锅热烟滚滚，锅中药汤沸腾，苏苏和芸娘帮忙，在灶口添木柴加火。吟霜在厨房忙着煎药，灵儿在帮忙，三五个药壶一直冒着烟，吟霜满头大汗。寄南不停提水进来，皓祯不停抱着木材进来，厨房里一片忙碌。此时鲁超赶到，冲入厨房，风尘仆仆说道：

"少将军，我回来了！"

皓祯放下木柴，迎向鲁超问：

"你那边处理得如何？小白菜呢？城里有何风声？"

鲁超向众人报告：

"城里现在一点风吹草动都没有，想必伍震荣不敢让失去四王的消息走漏，小白菜我让她回去歌坊，继续监视城里的动静。"

"好！"寄南说，"现在我们要研究，如何安排四王的去处。"

咚的一声，一支金钱镖射在厨房门框上。皓祯迅速拔下金钱镖，看着，喜悦地说：

"木鸢的指示到了，四王的新家都有了！四个天元通宝的大户，都在长安城附近！等到他们身体养好了，鲁超就负责把他们送到那儿去！"

第二天一早，天刚亮，农庄的厨房已经炊烟袅袅。厨房里，芸娘、苏苏、吟霜、灵儿忙着做饭。

后院不远处的草地上，孝王披头散发，一个人神情恍惚地趴在地上，一直用手指头掘土，把挖出来的土送进嘴里吃着，神志不清，喃喃自语：

"找解药！找解药！本王要吃解药！你毒不死我！我要活下去！找解药！"

寄南到后院井边提水，突然看到孝王举止怪异，赶紧奔来，扶起孝王喊：

"孝王、孝王！你怎么会跑来这里？"向厨房大喊："皓祯、吟霜、裘儿，你们快来啊！孝王在这儿挖土吃！"

皓祯、鲁超、吟霜、灵儿闻声赶来，个个震惊。孝王挣脱寄南，对寄南吼叫：

"伍震荣，你想毒死本王，你这恶魔，我偏不死！"继续用力挖土，"等我吃了解药，本王再收拾你！"又趴在地上挖土。

吟霜见孝王用手指挖土都挖得出血，心痛，蹲在孝王身边，急切地问：

"孝王，你在离开长安城的时候，吃了什么了？你还记得吗？你快告诉我，你到底吃了什么？我虽然帮你催吐，但是，那些毒已经进入体内，吐也没用！"

"鲁超，快帮忙把孝王抱回床上去！"皓祯吩咐，看着吟霜，"别再催吐了，他已经吃什么吐什么了！"

正当鲁超准备靠近，孝王突然抓起地上一根木棍，向众人挥棍大吼：

"谁都不能靠近我！滚开！"

孝王摇晃身躯起身，疯狂地见人就打：

"我打死伍震荣！打死伍震荣！"疯狂大笑，胡言乱语，"哈哈哈！我打死恶魔伍震荣！我马上找到解药了，想毒死本王，你做春秋大梦！"

皓祯等人到处闪避棍棒。寄南说：

"皓祯，看来得用蛮力，把他绑回床上去了！"

"孝王，你快清醒啊！我们在救你，不是害你呀！"灵儿喊。

"告诉我，孝王，你到底吃了什么？伍震荣给你吃了什么？"吟霜不放弃地喊。

皓祯灵机一动，从地上捡起一颗石头，挥着石头，吸引孝王，喊着：

"孝王，你想吃解药，就在我手里，你过来抢呀！你知道你中了什么毒吗？"

孝王果然受到皓祯的吸引，神情恍惚、踉跄地走向皓祯，对皓祯怒吼：

"你这可恶的伍震荣，逼我喝了野葛藤汁，还问我中了什么毒？"丢了木棍，冲向皓祯，"解药给我！解药给我！"

混乱间，寄南、灵儿和鲁超终于逮到机会，七手八脚快速地抱住孝王，鲁超把他扛在肩上，直接扛回房里去。孝王沿途挣扎大喊：

"放开我！解药给我！放开我！伍震荣！你够狠！"

皓祯等众人松了口气。皓祯对吟霜说：

"终于问出来了，野葛藤汁，有解药吗？"

"有！有！有！我立刻去煎药！"吟霜笑着，奔进厨房。

伍震荣可以瞒住天下人，四王丢了，被劫走了，就是不能瞒着皇后。在皇后的密室里，门窗紧闭。皇后震惊大吼：

"什么？被劫走了？你不是计划周详吗？怎么还会出这么荒唐的事！"

"皇后息怒！唉！下官自己都快气死了！赔了夫人又折兵，伍家损失惨重！"

"这些乱党，怎么就抓不完呢？个个死缠烂打、阴魂不散！"皇后想想，豪气地说道，"算了！反正四大功臣已经不会对本宫造成威胁了，这事情再追究也没意思！"

"是啊！"伍震荣汗颜地说，"只要把他们逼出朝廷，就不怕他们再作乱。何况现在就算他们逃出了我们的手掌心，个个气的气，病的病，也不会活得太长了！"

皇后无奈地说道：

"最近本宫为了兰馨还有狐妖的事情，已经够烦了，这件事情你自己处理吧！找机会编些理由去向皇上交代，就说他们都死掉算了！反正他们这样逃走，也不能再用真面目出现！省得皇上天天对本宫叨念，流放四王，于心不安！搅得本宫，烦都烦死了！"

伍震荣无言以对，低声说道：

"是，遵命！"

皇后看出伍震荣打败仗后的落寞，安抚地说：

"你也别懊恼，等本宫登上皇位，你有的是机会报仇！快快振作，整军待发！"野心勃勃地说，"咱们还有大好前程呢！"

伍震荣勉强一笑。心想,等了快二十年,连四王都没杀掉,还谈什么大好前程?曾经以为这四王和皇上都是软柿子,随时可以被他压扁。现在看来,民心聚齐,这李氏王朝,想推翻还没那么容易!想着想着,对那四王被劫,更是气不打一处来。只希望此时此刻,四王个个暴毙算了!

四王非但没有暴毙,还过得越来越好,小日子有滋有味。在农庄里,孝王终于恢复了。吟霜还是忙着每天熬着各种补药,给四王调理身子。寄南和灵儿陪着几位渐渐恢复神采的王爷,在农庄附近散步,经常谈得眉飞色舞。黄昏时分,大家聚在大厅里用晚膳,咒骂伍震荣是话题重心。孝王发疯吃土的事,就成为酒足饭饱后的笑谈。至于义王手刃四个伍家人的壮举,更是让每个人热血沸腾地回忆着、敬佩着。日子一天天过去,四王不但身强体健,也恢复了信心!得人心者得天下,四王看着皓祯、寄南、吟霜、灵儿,想着太子,未来,就在他们这群儿女英雄手里!四王那么喜欢这几个年轻人,都舍不得和他们离别,但是,离别必定会来的!

庭院里,停了四辆马车,以及马车夫与众多弟兄。苏苏和芸娘笑嘻嘻站在院落里送客。皓祯、吟霜扶着已换上平民百姓服装的四王,准备上马车。

吟霜心安地看着孝王说道:

"孝王,你恢复得很好,气色红润……"交给孝王一个药盒,"这些药你带在身边,感觉胃又不舒服了,就拿出来吃!"

"多谢吟霜夫人相救,皓祯好福气,有你这位医术高明的夫人。"孝王欣慰地说。

皓祯恭敬地对四王说：

"此后一别，不知何时再聚？现在必须勉强各位隐姓埋名，祝福各位王爷，身体安康，待我们天元通宝弟兄，消灭朝廷的外戚乱源，必定盛大接回各位王爷！"

"各位王爷，你们的委屈，我窦寄南一定帮你们讨回，你们一定要健康地活着！等到我们重逢的那一天，也就是伍震荣去见阎罗王的日子！"寄南潇洒地承诺。

"义王，裘儿我，一定会把伍震荣的人头，留给你来砍，让你杀他个痛快！杀他个片甲不留！"灵儿对义王说。

"那个人头，本王留给忠王去砍！"义王说。

忠王倚老卖老，故意做出不开心的脸色：

"我这老骨头也不知道哪一天合眼！就交给你这个小兄弟来砍罢了！你手脚利落点，砍得干脆一点！"

"不干脆也没关系！"灵儿笑嘻嘻接口，"那么坏的人，多砍几刀也好！"

众人一笑，陆续牵着四王上马车。吟霜也塞给忠王一药盒：

"忠王，这不是药，如果心情不好的时候，你就当作吃果子，想想我们大家的理想和目标吧！吃了就开心了！"

忠王收下，上了马车。

皓祯交代鲁超：

"四位王爷就交给你了，出了小镇，就兵分四路，把他们分散送到木鸢指示的地点！让所有弟兄提高警觉！接头的那边，都安排好了吗？"

"少将军，请放心！木鸢一切都安排好了！鲁超和兄弟们只要把人送到就行！"

苏苏和芸娘依依不舍地喊：

"各位王爷，各位英雄，后会有期！"

四王上了马车，都情不自禁地从车窗向寄南等人看着。寄南、皓祯、吟霜、灵儿站成一排，也依依不舍地看着四王。寄南忽然高声朗读道：

"尽心报国谓之忠，真诚事亲谓之孝……"

皓祯立刻和寄南同声念道：

"广爱天下谓之仁，牺牲小我谓之义……"

灵儿和吟霜也加入皓祯、寄南，四人同声喊道：

"忠孝仁义四王，后会有期！"

四王眼中，都热泪盈眶了。

当皓祯、寄南等人忙着在农庄救治四王的时候，太子在东宫也没闲着。天天上朝，进宫打探消息，见宫里静悄悄，稍稍放心。但是，每次碰到伍震荣，对方的脸色都是铁青的。太子心中有数，暗自窃喜。皇上连日都郁郁寡欢，若有所失。上朝也没劲，曹安的"有事启奏，没事下朝"越说越早。朝廷里还是私下议论着四王流放的事，朝中大臣，有的得意，有的失落。

这天，在太子府，邓勇从外面回来，迎向太子，见四处无人，说道：

"黄马坡已经被清理得干干净净！可见伍震荣那边不敢声张丢了四王，歌坊和天元通宝各据点都安全！假四王是四个农民，被伍震荣随便抓来的！邓勇已经找过他们的家属，证实无误！所以邓勇做主，让他们暂时避到咸阳去，交给咸阳的兄弟们照顾，等到风声过了，再让他们全家团圆！"

太子点头称赞：

"做得好！假四王的家属，也要他们做做戏，每天各处找人才对！然后，一家一家慢慢迁居，迁到安全的外地去，这样才无后顾之忧！宫里也安安静静，这次的事，办得干净利落，大快人心！只是要委屈那四王，不知何时才能重见天日？"

"还有一件事……"邓勇说，"卑职在打探各处消息时，也顺便打探长安城里的伍家窝，有个孩子很像青萝的弟弟，十四岁，在一家铁铺场干活！名字叫顾秋峰！"

太子眼睛一亮，心中一热：

"顾秋峰！正是那孩子！那么我们就去这家铁铺场走一走！"

"还要带谁一起去？卑职去安排！"

"还需要带谁一起去？还能带谁一起去？就是你我两人，先探探虚实再说！"

太子技高人胆大，换了简单的工人装，带着邓勇，就潜进了那家铁铺场。

杂乱的铁铺场上，杂役忙着挑担子运煤，进进出出忙碌异常。一些人挑煤进房，一些人把煤送进火炉，一些人忙着打铁，铿铿声不绝于耳。

远处，太子和邓勇隐身高墙处，观察着铁铺场上的动静。太子疑惑：

"青萝的弟弟就在这儿？你没找错人吧？青萝的弟弟，应该是个秀气的读书人，怎会到这儿来打铁？"看看规模，"伍震荣这老贼，居然有座铁铺场？把掳来的人藏在这儿干活，真会精打细算！"

"太子放心，这回准没错！"邓勇自信地指指方向，"你看，那个孔武有力、挑着扁担的少年，他就是我们要找的人顾秋峰，干起活来，挺认真的。"

太子看去，只见顾秋峰肩上挑着沉重的煤炭，走到火炉边，利落地倒在煤炭堆上。顾秋峰后面跟着另外一个骨瘦如柴的老头，吃力地挑着担子，身子摇摇欲坠，在半路上撑不住，打翻了一地的煤炭。工头拿着长长的鞭子，毫不留情地抽向老头的背部，对老头又骂又踢又打：

"你这死老头，怎么干活的！又给我撒了一地，找死啊你！"不断踢老头。

顾秋峰奔来，推开工头喊：

"别打了，白爷爷的活我来干！你放过他吧！"

"你这臭小子，滚一边去，这死老头不教训不会干活！"工头对老头喊，"起来！不起来就打死你！"又鞭鞭打在老头背上。

白爷爷挣扎闪躲，哀声喊着：

"别打了！行行好，别打了！我起来，我起来！"艰难爬不起，鞭子又打了下来。

顾秋峰急怒，一手抓住了工头的鞭子，大声地怒吼：

"我说放过他，想打人我顾秋峰奉陪！"

"好啊！你胆子可真大，敢惹恼本大爷，我就连你一起打！"

工头喊。

顾秋峰单手牢牢地抓住工头的鞭子，工头怎么出力都拉不回来，气得脸红脖子粗：

"你敢造反？还不给我放开！"大喊，"来人，把这小子给我抓起来打！"

众打手围向顾秋峰，顾秋峰心一横，一鼓作气拉紧鞭子，迅速用鞭子一绕，圈住了工头的肥腰，再把鞭子打结，接着双手用力地拉起鞭子前端绕圈圈。工头反应不及，就被顾秋峰甩着绕圈子。铁匠、工人们、监工们全部看得傻眼，闪躲工头的身子。

太子和邓勇也看得傻眼。太子惊奇低语：

"这小子你说他才十四岁？怎么力大无穷啊？他这气魄就跟青萝没两样！只是一文一武，太让人意外！"

工头一面被甩着，一面大喊：

"放我下来！放我下来！来人啊！抓住顾秋峰，抓住他呀！你们都是死人啊！"

打手们一拥而上，顾秋峰甩着工头抵挡。但顾秋峰寡不敌众，被众多打手抓住了身子动弹不得。工头也重重摔落地，摔疼了大屁股。

太子和邓勇摩拳擦掌。太子一声令下：

"是我们出手的时候了！上！"

太子和邓勇翻身跳入铁铺场，立刻出手援助顾秋峰。两人功夫和那些打手，一个天上、一个地下，拳出如风、脚踏璇宫；三拳两腿、全不落空！数招之内，就将工头和众打手打得落花流水、哀号倒地。顾秋峰趁机扶起地上的白爷爷，到一旁避难。工头被打得灰头土脸，喊着：

"你们是谁？胆敢闯入荣王的场子？你们不怕被杀头吗？"

太子对着工头的血盆大脸，挥上去就是一拳：

"伍震荣的走狗，给本太子闭嘴！"

工头一脸糊涂：

"啊？太子？"

太子走向顾秋峰，对他说道：

"青萝说过她原名叫顾秋雁！你就是青萝的弟弟顾秋峰？"

顾秋峰疑惑地看着太子：

"大侠太子，你知道我姊姊秋雁？"急促地问，"你认识她？她人在哪儿？她人好吗？"转向身边的白爷爷报告："白爷爷，有我姊姊的消息了！"

"白爷爷？"邓勇问，"难道老伯就是白羽的爹？"

白爷爷一脸迷糊地点点头。太子追问顾秋峰：

"那枫红、蓝翎的家人也在这儿吗？"

顾秋峰哀伤地回答：

"他们都死了！一个病死了，一个自尽了！"

太子深吸一口气压抑脾气，转身对工头，怒气地嚷道：

"你告诉荣王，青萝的弟弟、白羽的爹，本太子带走了！有问题，你让荣王亲自到太子府来！"对顾秋峰说道："我们走！"

太子和邓勇，就这样堂而皇之地带走顾秋峰和白爷爷。

工头不信邪，还想拦阻太子：

"你以为我傻呀？你说是太子我就信啊？我还是天皇老子咧！把人留下！"

工头话才说完，邓勇立刻对工头掌嘴，接下来瞬间拔剑抵住工头的脖子，厉声喊道：

"再对太子不敬，立刻毙了你！"

工头吓得不敢吭声，眼睁睁看着太子等人远去。

五十八

铁铺场丢了顾秋峰和白爷爷，虽然只是两个掳来的工人，但是，当伍项麒得知太子闯入，仍然气得大拍桌子，差点没把工头一刀砍了。

"太子就这么当众把人带走？你们这群饭桶！不是让你们看好顾秋峰那小子，把他关在地窖里吗？怎么让他跑出来了？"

"因为最近忙着赶工……"工头为难地说，"人手不够，那小子力气大，能抵我们五六个人力，所以就……"

"混蛋，你这就是因小失大！"伍项麒克制怒气，"现在这铁铺场也不能用了，赶紧把所有人撤走，换到新安山的秘密场子去。别再失误了，快去！"

"是是是！小的立刻就去办！驸马爷别生气！"工头惶恐地赶紧退下。

伍项麒目送工头离开，心里飞快地转着念头：

"太子帮恐怕又要刨根究底，或许也是我们伍家该要豁出去的时机到了！"冷笑，"救了四王不够，连青萝的弟弟也不肯放弃！好吧！尽管放马过来！"

黄昏时分，顾秋峰已经清洗干净，换了一身衣裳，跪下恭敬地向太子行礼：

"顾秋峰叩谢太子救命之恩，白爷爷和白羽重逢，几乎像是重新活过来的人，高兴得合不拢嘴，刚刚白羽喂了药，已经睡着了！"

太子看着秋峰，洗去了满脸煤渣，这孩子的面目才看清楚了。剑眉星目，大眼闪烁，鼻子挺直，别有一股英气！眉眼间，竟然和青萝有几分相似，是个清秀壮健的少年。太子看着他，不禁想起青萝，惋惜地叹口气说：

"可惜我把你救回来了，你姊姊青萝却走了，没让你们姐弟重逢也是遗憾！不过，我也没放弃，还在找你姊姊！"

"我姐的个性从小倔强……"顾秋峰说，"我听枫红姊姊说了她离开的经过，我了解她，请太子宽心，也许哪天她想明白了，还是会回到太子府。"

"顾秋峰！"邓勇插嘴，"你刚刚在房里跟我说，你们那铁铺场不是普通的打铁场，是在制造刀械，这事情赶快向太子详细禀报！"

太子神色一变，眼神专注起来，问：

"真的？他们在制造刀械？"

"是啊！"顾秋峰说，"而且量挺大的！常常日夜赶工地打铁。就不知道他们要做什么用、运往哪里去。"

"难道他们在私制刀剑武器？"太子思考，"这问题可大了，我得让皓祯、寄南好好地去调查一下。不过……铁铺场今天暴露了，他们极有可能已经准备转移阵地。顾秋峰，你知道他们有几处铁铺场？"

"我只知道一个场子，就是太子救我们出来的那地方。"

邓勇上前禀道：

"太子不用担心，不管他们搬到哪儿去，墙有缝，壁有耳，何况还有那么多工人，我还是会把他们找出来的！"

太子若有所思，起身打开书房的窗户，喊着：

"顾秋峰，在青萝没有回来太子府之前，你就安心地住下来吧！你这力大无穷的长处，本太子可不能埋没你……"指着窗外远处，"你看那边练武场……"

在练武场中，众多卫士还在黄昏的光线下，吆喝着、操练着。刀剑的光芒，在夕阳中闪耀。太子说：

"东宫有十卫，这些都是在训练的卫士！"

顾秋峰看向练武场，兴奋地说道：

"好多勇猛的卫士，我也可以担任太子府的卫士吗？"

"可不可以就看你能不能通过邓勇的严格训练了！"太子命令："邓勇，顾秋峰这大力士，就交给你了！文武都要好好磨炼他，相信顾秋峰未来必是我的一员大将！"

"是！遵命！"邓勇高兴地看向秋峰，"你是我收的第一个徒弟，可不能弱了我的威名！知道吗？"

"是！师傅！"秋峰转身就要对邓勇行大礼，邓勇赶紧一把拉住，笑着说：

"拜师礼留到你功夫练好了再说！"

太子看向远方，思念地说道：

"皓祯和寄南也该回来了吧！"

是的，皓祯和寄南都回来了。各归各位，寄南带着灵儿去了宰相府。皓祯带着吟霜回到将军府。小乐从院子里一路奔向大厅，兴奋地喊着：

"公子和吟霜夫人回来了！将军！公子他们回来了！"

柏凯、雪如和秦妈都从屋内冲进了大厅。同时，皓祯、吟霜也从院子大步进入大厅，两人风尘仆仆的样子。柏凯关心而紧张地问：

"怎样？一切顺利吗？"

皓祯对柏凯抱拳行礼：

"恭喜爹，该做的都做了！该完成的也完成了！现在，民间多了四位平民百姓，这个时候，应该都已经送到安全之地！"

"好好！"柏凯兴奋万分，"太好了！皓祯，这次行动，意义不凡，你让爹觉得太骄傲了！"

雪如过去拉着吟霜的手：

"吟霜，你还好吗？气色不错！"

"娘！"吟霜笑着，"皓祯答应了娘，健康地去，健康地回来！我们不敢食言，健康地回来了！"就回头交代秦妈："赶快去画梅轩，把药箱交给香绮，让她帮我整理一下，这药箱还真管用！"

"是！"秦妈接过药箱看了看，"药箱都空了！这一路用了很多药吗？一定辛苦了吟霜夫人！"提着药箱下去了。

皓祯就忍不住帮吟霜邀功,说道:

"爹,娘!你们不知道,吟霜真是忙坏了!那四位'贵宾',各有状况,有的气坏了,有的中毒了,至于发疯吃土呕吐种种情况,你们想象都想象不出来,幸好吟霜经验丰富,这个扎针,那个吃药,总算让他们都稳定了!"

雪如就心痛地看着吟霜:

"那你一定累坏了吧?"

"没有!没有!"吟霜说,"皓祯有点夸张。虽然很忙,看到皓祯他们出生入死的情形,也非常紧张,但是,这趟旅程实在收获太大,让我一直处在兴奋状况里。觉得自己在营救这四位贵宾时,也贡献了一些小小的力量,就觉得很充实!"

"她那小小的力量,实在有大大的作用!"皓祯笑着,"我们那四位贵宾,后来都快离不开她了!这个也找她,那个也找她,她就跑来跑去,忙得不亦乐乎!"

大家正谈得高兴,兰馨接到消息,在翩翩、皓祥陪同下,带着崔谕娘匆匆进门来。翩翩通报似的说:

"驸马爷回来了!公主不能缺席,也来迎接驸马了!"

皓祥狐疑地看着皓祯和吟霜,纳闷地说道:

"我的威武大哥和吟霜嫂子,看来风尘仆仆,不知道从哪儿回来?好像有点神秘!"

皓祯一看到几人出现,就气上心头,瞪着皓祥说:

"皓祥!你还敢跟我说话?你最好闭口!"

"我不是来跟你吵架的,我是护送公主来迎接驸马的,要不然,公主在那个公主院里,永远等不到她的驸马爷!"

兰馨怯怯地往前一步，看着皓祯，眼里带着祈谅的神色，柔声说：

"去哪儿了？出门好多天！身体都好吧？"

柏凯、皓祯等人一见兰馨、皓祥出现，个个都收起了兴奋的神色，谨慎地住口，气氛顿时从热烈的谈话转变为冰点的沉默。

崔谕娘低俯着头，瑟缩地站在远远一边，依然是一副罪犯的样子。

只有吟霜，不安地对兰馨行礼，礼貌地说道：

"公主金安！"

兰馨忍气吞声地，苦笑着说：

"别问候我了！我也没什么金安银安，这些日子，都是不安。以为你们永远不想回家了！看到你们平安回来，总算松了口气！"

皓祯客气而冷淡地解释：

"因为吟霜小产后，心情一直不好，特意带她出门走一走！去散一下心！"

"哦！"兰馨求恕地看着皓祯，"其实，吟霜小产那件事让我的心情，也一直不好，充满了抱歉。如果驸马爷休息够了，能不能也到公主院走一走？"

皓祯顿时一呆，营救四王的刺激兴奋，转眼就被兰馨给冲淡了。

回到画梅轩，香绮、小乐、丫头等又是一场兴奋。大家忙着为皓祯和吟霜提水烧火，要先洗去两人的风尘。等到两人都沐浴更衣后，香绮检查着吟霜的药箱，说道：

"小姐，很多药都没有了，恐怕要上山采药，才能补充回来！"

"知道了，那……我们过两天采药去！"吟霜说。

"我陪你们去，正好当成郊游！这次的'散心'实在太辛苦！"

香绮出门去，吟霜就若有所思地看着皓祯，平静地说：

"你去公主院走走吧！"

"刚刚完成一件很艰难也很伟大的工作，现在的情绪还在兴奋中，你要我去公主院走走？这一走，我的心情还会好吗？"皓祯说。

吟霜柔声相劝，轻声细语地说道：

"出门回家，你都不去转一转，好像也有些理亏，毕竟她是公主！"

皓祯注视着她，坦率地说：

"这些天，在营救行动的紧张和忙碌中，我几乎忘了自己的伤痛，刚刚看到那个崔谕娘，全部回来了！我立刻想到的就是我们失去的儿子，我整颗心又揪起来了。不！我不能去！"

"我体会你的心情，我也是一样。但是，从一个女人的角度看，我有点同情兰馨！"吟霜深刻地回看他。

"你还同情她？"皓祯惊讶，"你是不是害了什么病，像我们那位拼命吃土的贵宾一样？脑子不清楚了吗？她做了那么多可恶的事，你怎么还会同情她呢？"

"她错在不该选你当驸马，这事你也有些责任！"吟霜看进他眼睛深处去，"干吗眼睛不小一点？武功不烂一点？霸气不收一点？应对不弱一点？谈吐不差一点？反应不慢一点？"

皓祯惊愕地看她，被她夸得飘飘然，微笑起来，忽然一醒说：

"你是在夸我还是在骂我？是赞美我还是讽刺我？"

"我在列举事实，兰馨被你迷住了，这是她的悲哀！虐待我，对我用刑，是她的生长环境造成，她的母后比她残忍多了！现在，我希望能够和她停止战争，和平相处，因为，我也很怕很怕她！可是，关键人物还是你！"

皓祯听进去了，深思地看她：

"你要我为你，对她释放出一点善意？"

吟霜点点头。

皓祯想了想，忽然起身说：

"好！我去公主院'走一走'！马上就回来！"

皓祯立刻到了公主院，不知道是在敷衍吟霜，还是敷衍自己，或是敷衍兰馨，他在院子中，背负着双手，走来走去，走完一圈，又走一圈。

兰馨惊喜地从屋内奔出来，崔谕娘跟在后面。

"兰馨，你最好让崔谕娘回到房间里去，我不想看到她！"

兰馨一怔，回头对崔谕娘悄悄地挥挥手，崔谕娘立刻识相地退回屋内。兰馨说：

"我知道你看到她的感觉……"痛苦地决定，"这样吧，我立刻让她回宫，我这儿也不缺人侍候，宫女够多了！如果她离开了，你会不会比较好过呢？"

"我心里的阴影永远不会消除，失去儿子的痛也不会消除，现在我还能在这儿跟你谈话，已经是我的极限！"皓祯边说边走。

兰馨跟着他走来走去，说道：

"你进去喝杯茶吧！我保证你看不到崔谕娘！"

"我来'走一走'，我不喝茶！"皓祯简单明了地说。

兰馨一怒，眉毛一挑：

"你……"顿时收敛，拼命压抑自己，"好，我陪你走！"

两人就在院子里走来走去，走去走来。兰馨不耐烦了，说：

"你除了'走一走'，没有话要对我说吗？"

"有，不知从何说起。"皓祯说，"想对你说，我们家每个人，几乎都很怕你！当一个让人怕的人，是不是比当一个让人爱的人，来得快乐呢？我来走一走，期望你能找出答案，以后阴狠毒辣的事，再也别做了！"

"只要你对我好一些，有那么一点点的关心，我愿意改！"

皓祯站住了，想一想说：

"好！那么，我明天会再来'走一走'，现在，我要回去了！"就往外走。

兰馨一怔，再度拼命压抑自己，喊道：

"等一下！"

"怎样？"皓祯回头。

"送你一个礼物！虽然我知道你并不想要！你曾经给了我很多一点一点，我也给你一个！"就念道，"'一点一点又一点，轻舟一叶水平流！'"

皓祯站住了，想了想，就一语不发地继续再往院外走。兰馨看着他的背影，软弱地说道：

"明天等你再来走一走！"

皓祯和吟霜一回家，就面对了兰馨的问题。灵儿和寄南呢？

两人一路打打闹闹，心情良好地走进宰相府的院子。灵儿说：

"先套一下招，等会儿见到汉阳大人，我们怎么说？"

"就说我们回家看爹娘，在家里住了许多天，娘的身体有点微恙，我就在家尽孝，现在娘好了，我们也继续来宰相府接受管束！"

"那个……'微恙'是什么东西？"灵儿问。

寄南敲灵儿的脑袋：

"我要开始教你念书！连'微恙'是什么都不知道！就是有点小毛病的意思！"

灵儿生气地揉着头，嘟着嘴说：

"窦王爷，你娘有'微恙'，你有'大恙'，再打我的脑袋，我就打你的屁股！"灵儿说着，顺手在花园里折了一根树枝，就挥舞着去打寄南的屁股。寄南大惊喊：

"快住手！你这小厮懂不懂规矩？"逃着，"你还真打？这是宰相府！早知道，应该让吟霜把治疯病的药，也给你一份！"

两人正在花园里追打，汉阳咳了一声，出现在两人身边，从容不迫地问：

"套招套完了没有？"

两人大惊。灵儿瞪着眼睛说：

"套招？套招？大人，你从什么时候起，就跟着我们了？你偷听！"

"是！从你们进门就跟着你们了！偷听、偷看都没罪！"汉阳说。

"哈哈哈！"寄南干笑，"汉阳，你显然被我们带坏了！"一手搭在汉阳肩上："是这样，那天监送完四王，我们觉得工作也结束了，想偷偷出城玩玩！一玩就玩到今天！本来还可以早一点回来的，裘儿又闹着要吃豆浆，就去吃豆浆了！"

汉阳板着脸训斥：

"你们当了我的助手，居然中途开溜，去玩到今天，你们知道有多少天不见人影吗？足足七天七夜！"一吼："简直不可原谅！"

灵儿被汉阳一吼，吓了一跳，悄眼看汉阳，小声问：

"有七天七夜吗？汉阳大人，你算得真清楚！又发这么大脾气，你不会是……不会是想小的了吧？小的有一个断袖王爷已经很麻烦，你……不会……不会也想跟小的断袖一下吧？"

灵儿话才说完，就被寄南扭住了耳朵。

"你在说些什么话？汉阳这么有品德的人，方宰相的公子，怎会有这个病？你在侮辱汉阳！"就大声说道，"汉阳你别气！我的小厮，我来责罚他的口没遮拦！拖回房去先打二十大板！"

"汉阳大人，救命呀！你再不收我当小厮，我会被窦王爷弄死的！"灵儿喊。

"放下裘儿！寄南，你再欺负裘儿，我就接收他了！"汉阳拦住寄南说。

"什么？你真的想接收他？"

"现在，为了你们的开溜，七天七夜的旷职，我已经禀告我爹娘，他们要你们去接受管束，从今天起，正式治疗你们的断袖病！"汉阳严肃地说道。

"什么？怎么治？"寄南大叫。

"不会再关进冰窖吧？"灵儿瞪大眼。

接着，两人连梳洗的时间都没有，就被汉阳押进了大厅。世廷和采文很有风度地坐在那儿。寄南和灵儿像待宰羔羊般跪坐在世廷夫妻对面。汉阳坐在一旁，从容不迫地旁观。颇有姿色的丫头嫦娥在侍候茶水。世廷就正色说道：

"本官奉皇上之命来管束你们，已经过了好久了，冰窖也没用，道理也不听，真是一点成绩都没有！想想，你们这个病，说它是病，好像又不是病，说它不是病，好像又是病，自古以来，很多将相帝王，都有此病，也没人因此送命！"

寄南赶紧接口：

"所以，宰相公，你别太认真，我和裘儿病得已经很深，治也治不好，不用治它了！现在，我们对宰相府，就像自己的家一样，跟汉阳也有了交情，甘心当他的助手，你就把我们当小辈，让我们跟着汉阳学习吧！"

"就是！就是！"灵儿傻笑着。

采文接口了，很平和却很坚持地说：

"可是，皇上交代的事，总有一天要跟皇上复命！宰相跟我也仔细研究了你们两个，觉得你们确实怪怪的！"

"一点不错！怪怪的！虽然'怪'不是罪，却有嫌疑！"汉阳点头。

"怎么说？"寄南皱眉。

采文就看着灵儿，坦率地问道：

"你在和窦王爷的关系里，你是女的吧？"

灵儿一怔，摸不着头脑，她不是一直在扮男人吗？难道被看穿了？就反抗地大叫：

"不对！是男的！本小厮是男的！"

寄南哭笑不得，喊道：

"哎哟喂！裘儿，本王雄赳赳，气昂昂，才是男的！"

灵儿更糊涂了，对于这个"断袖之癖"，她始终一知半解，谁也没跟她讲清楚。

"难道我是女的？"看看自己的装扮，坚持，"不是！我是男的！"

"这就是怪怪的地方！这是疑案！"汉阳说。

"好了！"世廷说，"别研究这问题了！言归正传，我们找出了一个解决办法！"

采文对两人正色说道：

"这阴阳调和，是自然法则！男女结合，才能传宗接代！断袖会影响到子孙繁衍，作为一种癖好，是私人行为，也无法可管。但是，皇上一番好意，宰相跟我只好执行！所以……"喊道："嫦娥，过来！"

嫦娥盈盈上前，对寄南请安，说道：

"嫦娥见过窦王爷！"

寄南瞪着面貌姣好的嫦娥，心里七上八下。灵儿傻眼了。采文笑吟吟地对寄南说：

"从今晚开始，嫦娥就专门侍候窦王爷，跟王爷一个房间睡，至于你的小厮裘儿，还是回到我家小厮房，去跟大伙儿睡大通铺！"

"什么？跟所有小厮睡大通铺？"灵儿惨叫。

寄南看看灵儿，忽然大笑说道：

"好好好！各归各位！有嫦娥美女相伴，我那断袖病就随它去吧！就这么办！"

灵儿气得鼻子里冒烟，怒看寄南。寄南只当没看见。灵儿抗议：

"我不要跟大家一起睡！我会睡不着！"

"那么，裘儿，你就跟我一个房间睡吧！"汉阳接口，"我没断袖病，正常男子汉一个！我们可以同榻而眠，如果睡不着，让我正式教教你办案之道！"

寄南瞪大了眼睛。灵儿为报寄南一箭之仇，立刻欣然同意道：

"好呀！好呀！和正常男子汉同床我就安心啦，就这么办！"

寄南傻眼，怒瞪灵儿，灵儿只当看不见。

于是，这晚回到厢房里，灵儿开始收拾自己的衣物，寝衣诃子袍衫都堆在一个包袱里。寄南一把拉住她的手腕，恶狠狠地看着她，生气地说：

"你真的要和汉阳同房还同床？你要气死我吗？你看！你看！连贴身小衣你都要带过去吗？你脑袋里怎么想的？"

"你不是有美女嫦娥侍候了吗？"灵儿瞪大眼，"我就侍候汉阳去！我看他比你漂亮又有风度，长得俊又有才！反正去了就瞒不住身份了，也不用瞒了！他又没老婆，我恢复女儿身也不错！"

"你说真的还是假的？"寄南着急，"那嫦娥我已打发她去广寒宫了！刚刚在宰相那儿，就是忍不住想跟你开开玩笑！"看灵儿一本正经收东西，大叫："喂！不许去！"把她的包袱全部倒在床上，"没有你晚上跟我吵架斗嘴，我会睡不着！"

"你睡不着关我什么事？人家汉阳还在等我！"

"人家汉阳是人家，我才是你的主子！"寄南柔声说，"床都让你睡了，早就习惯看你睡着才睡，如果你走了，我看谁去？"

灵儿心里怦怦跳，低着头不作声。

突然有人敲门，寄南急忙去打开房门。汉阳出现在门口，问："裘儿准备好了吗？"

寄南拦住门，嬉皮笑脸地说：

"没！刚刚我和裘儿讨论了一下，请你转告你爹你娘，我和裘儿还是'难舍难分'，你们的好意，只有心领了！"

"什么？裘儿不跟我了？"汉阳问。

"这样吧！"寄南赔笑地说，"算我欠你一个人情，以后随你吩咐，要我做什么，一定帮你做！如果你看上谁家姑娘，要我帮你传递消息，也是一句话，如何？"

汉阳盯了他一会儿，若有所思地说：

"一言为定！"

寄南赶紧砰然一声关上房门。灵儿看着寄南偷笑，把脸孔转开了。宰相府的这夜，是一场暧昧的迷糊仗。画梅轩呢？

画梅轩里的这夜，皓祯在灯下练字。吟霜坐过来，伸头看了看，问：

"这么晚了，在练字？还不累吗？"

"一点一点又一点，轻舟一叶水平流，这是一个'心'字！"

皓祯说着。

"你去公主院，又和公主练剑了？"吟霜猜测地问。

"没有。我在想，人很奇怪！我爹有了我娘，又娶了二娘！我们认识的所有王孙公子，几乎每个都是三妻四妾！除了宰相方世廷以外，那方世廷就是世间少有的人了，虽然他和伍震荣是同伙，但是不娶小老婆，这点我是很佩服他的！我就没做到，有了你，又有兰馨！"

"不是的！娶兰馨是迫不得已，如果我不拦住你，你大概就抗旨不婚了！"

"如果当初我抗旨，会不会比较幸福？"皓祯问。

"不会！"吟霜肯定地回答，"当初你若是抗旨，皇上会震怒，皇后也会震怒，连伍震荣也会震怒！你立刻就被打进牢里……牵连之大，是无法想象的！天元通宝可能瓦解，太子顿时失去一个兄弟，我们那四位贵宾，也不会变成平民，会变成冤魂！"

皓祯点点头，把毛笔收起，把那张写了一个"心"字的纸张折叠起来，说道：

"分析得很透彻，所以你的痛苦，我的痛苦，都是必须付出的代价！"起身拉起吟霜，"走吧！我们该去睡觉了！"

第二天早朝过后，皓祯准时出现在公主院，又在院子里走来走去。兰馨陪着他走。皓祯从口袋里，掏出了那张折叠的纸。兰馨惊讶地问：

"这是什么？"

"一点一点又一点，轻舟一叶水平流"！皓祯说，"这个字很奇怪，是不能分割的！"就把纸撕成两半，心字各在一半上，"这样一分，心就碎了，心也不成心，字也不成字！"

"哦？你解出来了！"兰馨盯着他。

"字吗？昨天在这院子里就解出来了！"皓祯说，"但是，我要想想你另外的含义！"站住了，诚挚地看着她："我昨晚想了很久，我是不是可以把心分成两半，一半给你，一半给吟霜，结果是不成，那样，心就碎了！像我手里这两张分开的纸！"

兰馨的眸子冒着火，快要压抑不住了。皓祯打开半颗心的纸：

"原来心不成心，这一点半点就像血点像泪珠！你不会喜欢这碎掉的半颗心，既然我无法回礼，你也不要送我这样的大礼，我们如果有缘，还是当亲人比较好！"

两人走着走着，已经走到院子一角，有把扫帚放在那儿。兰馨忽然拿起扫帚，就噼里啪啦地打向皓祯，大骂：

"什么像血点像泪珠？我打死你！什么投其所好，研究了半天的猜谜游戏，换得你这样莫名其妙的答案！我才不稀罕你的半颗心，我要的是你的整颗心！你把我兰馨看成什么了？收破烂的人吗？我打死你！打死你！"

兰馨喊着，丢掉扫帚，拿起花台上的小花盆，一一砸向皓祯。院子里一阵乒乒乓乓，花盆碎了一地。站着的宫女们抱头鼠窜，院中一团乱。皓祯不想反击，闪避着花盆，径自向外走，愤愤自语：

"几句话就逼出她的本来面目，我连半颗心都给不了，她还想要整颗心……"

一个花盆砸在皓祯后肩上，泥土花瓣在肩上绽开。皓祯恼怒地回头说：

"是吟霜要我过来和你好好相处的，我勉为其难而来，要打走我很容易，再想要我过来，你用几百个一点一点都没用了！"皓祯说完，掉头而去。

　　兰馨最后一个花盆，砸在门柱上，碎裂了一地。

　　兰馨乏力地跌坐在台阶上，用手捧住了脸，沮丧排山倒海般而来。

五十九

四王流放的复旨，拖延了很久，实在无法继续拖延。这天，伍震荣进宫觐见皇上，在御书房里，皇上召见了他。伍震荣心一横，料想皇上对他给的任何答案，都无可奈何，就硬邦邦地禀道：

"陛下，关于四王流放之后的情况，微臣今日特来向陛下禀报。"

皇上眼睛一亮，关心地喊：

"哦？总算有消息回报了？快说！"

伍震荣轻蔑地看了皇上一眼，冷淡地回答：

"忠王一向脾气暴躁，在往坚昆途中，大怒不止，一直怒骂陛下，骂到噎气，无法喘息，便一命呜呼！"

皇上一个踉跄，惨然地说：

"唉！他一定会怪朕的，朕就知道……他身体不好，一定挺不过去的！"摇头叹息，"你接着说吧！其他人呢？"

"义王，也是途中吵闹不休，甚至企图逃走，卫士抓拿的时候，未顾及分寸，义王从岩石上摔下来，摔死了！"

皇上似乎听不下去，内疚得闭眼，哽咽道：

"四弟，皇兄对不起你！"

伍震荣继续冷冷说道：

"仁王，本身就体弱多病，长期舟车劳顿之后，不幸病亡。"

皇上跌落坐榻，泪盈眼眶，喃喃自语：

"这三位……居然都相伴离去了！唉！你们在世的时候，为何要劫持皇后，谋反犯错呢？"问伍震荣："四大功臣，已经死了三个，那么孝王呢？现在如何？"

伍震荣接着说：

"据报，孝王在流放途中，误喝了野葛藤汁中毒，性格骤变发疯，见人就咬，疯疯癫癫，最后用头撞墙，不幸撞死了！"

皇上听完后，身体突然瘫软，落泪倒进坐榻中，无法相信地喃喃说道：

"四大功臣居然就在这次流放里全死了？"

"陛下对这四大功臣已经是心存仁厚，皇恩浩荡了！他们死得其所，罪有应得，咎由自取！请陛下节哀，保重龙体！"伍震荣像背书一样地说。

皇上拭泪，黯然神伤，交代着：

"就把这四王的尸首，交还他们的家人安葬吧！"

"臣，遵旨！"伍震荣一转身，脸上变得肃杀，心想，"安葬个鬼！死的都是伍家人！为这四王，我也机关用尽，还是赔了！"

没想到四王在一次流放中全部死亡，皇上对这个结果，心碎神伤。他必须找一个人来谈谈这件事！谁能跟他谈谈呢？只有太子了！于是，太子又被召到皇家马场，父子两人骑在马背上，邓勇和卫士远远保护着。皇上感叹着说：

"启望！我刚刚得到荣王报告的消息，四王在流放途中，居然都去世了！"

太子气呼呼地看着皇上，瞪着大眼：

"难道父皇会感到意外吗？儿臣再三求情，父皇就是不听！尚方御牌也被抢走！现在，四王都走了！包括皇叔也走了！父皇孤立在皇宫，再也没有'六条鲤鱼跃龙门'的欣欣气象，父皇听左右宰相的话，造成的就是这样的后果！儿臣早就料到了！一点也不稀奇！"

皇上深深看着太子，不解地问：

"朕的流放，已经处处留了余地！轿子抬出长安，马车送到边疆，不许脚镣手铐，不许穿囚衣……如此漫长的旅程，怎么没有仁人志士救下他们呢？你不是说，四王拥有百姓民心吗？"

太子大震，目瞪口呆地看着皇上，惊喊：

"父皇！原来你……"

皇上悲哀地接口：

"朕没办法了！那大理寺监牢，朕怎能安心入睡？随时都有人犯暴毙自杀，刑部更是一团糟！各种密件满天飞，四王劫持皇后就是死罪，谋反更是死罪，大臣步步紧逼，朕不快刀斩乱麻，他们四王总之是死路一条！要不然就会用刑变成残废！唯一的活路，就是流放呀！"

太子几乎从马背上摔下来，震惊至极地看着皇上。

"父皇！你难道不能对儿臣明说吗？你宁可让我误会重重？"歉疚地看着皇上，"原来即使当了皇上，也有这么多委屈！那四王恨死了父皇！"脸色一正，马儿靠近了皇上，低声说道："但是，父皇可以安心入睡，有明君必有忠臣！有忠臣必有志士！忠孝仁义，依旧是本朝的荣光！"

"哦？还是有仁人志士？"皇上提心吊胆地问。

"孩儿就是其中一个！"太子轻声回答。

皇上长长吐出一口气，接着脸一板，严肃地骂道：

"你再铤而走险，朕把你关起来！你是太子，怎可不保护自己？"

太子对着皇上，深深凝视，充满感情地说道：

"孩儿不是好端端在这儿，陪着父皇骑马聊天吗？父皇希望民间有仁人志士，孩儿也一样！孩儿能够起带头作用，才不辜负父皇那片苦心！至于铤而走险，也是身不由己，心不由己！"

皇上回视太子，眼光里充满了骄傲和感情，说道：

"好一个'身不由己，心不由己'！只是，以后要克制自己才是！这是圣旨！"顿了顿，又轻声问道："他们恨死了朕没关系，他们的身体还好吧？现在安全吧？"

"是！"太子说，"有启望、皓祯、寄南三人策划，还有高人指点，加上神医随行……四王现在身强体健，被保护在最安全的地方！"

皇上眼中闪过一丝泪光，唇边涌上了笑意。半晌，他收住笑容，正色说：

"好！四王都走了！我们父子，也节哀顺变吧！"

"还有，那尚方御牌，我当天就从你母后那儿收回来了。放心！"皇上说。

"是！儿臣遵命！父皇能收回尚方御牌，那太好了！"太子恭敬地说。

两人很有默契地一拉马缰，开始小跑往前行去。

皓祯和寄南很快就知道了皇上的真心，不禁欣慰。也知道太子为了救秋峰，居然不等二人回来，就带着邓勇行动。二人当然把太子责怪了无数遍，也警告了无数遍。太子叹息地说：

"你们两个，各有各的麻烦！找你们也不容易！寄南，你小心灵儿被汉阳抢走！不要以为你那靖威王的名号对灵儿有用，她可不是攀龙附凤的人！至于皓祯，我知道你的心都在吟霜身上，但是，我那妹妹兰馨怎样了？"

太子几句话，说得寄南毛焦火辣，说得皓祯无言可答。

兰馨怎样了？兰馨整日愤愤不平地在室内徘徊，像一个困兽。这天，她恨恨地说道：

"太可恨了！居然向本公主宣示，再也不来公主院了！"

崔谕娘小心翼翼地接口：

"驸马爷的反应太奇怪了，不合人之常情！以前以为驸马有什么恐女症，才对公主冷淡，现在知道都是假的……但是，男人就是男人，怎么驸马跟所有的男人都不一样？"

"所有男人怎样？"

"就像荣王吧，家里有多少老婆？孩子都是不同的娘生的！

你父皇虽然爱你母后，还有昭容才人和很多嫔妃，太子也不是你娘生的！男人是离不开女人的，也不是一个女人就能满足的！"

"现在，你就看到一个了！他只要那个狐妖！他的心不能分，整颗都给了那狐妖！好像看我一眼，就对不起那狐妖似的！"

"所以！驸马爷是被控制的！他除了吟霜，不要任何女人！这事就不合理！更不用说吟霜还害公主中邪，在众人面前跳'百鸟朝天舞'，还有在伍项魁身上施法术，变出蝎子蟒蛇种种的怪事！"

兰馨咬牙，看崔谕娘：

"我明白了！如果我想翻身，一定要先除掉那个狐妖！"

"除掉那个狐妖之前，一定要逼出她的真面目！让驸马爷全家都能看到才行！这事还要计划一下。上次回宫，皇后娘娘告诉奴婢，最好的收妖道长，名叫清风道长！"

兰馨眼色锐利地说：

"清风道长？崔谕娘，我想我们需要他！"

这日，吟霜正在画梅轩的院落里，修剪着花坛里的花朵。香绮在一旁帮忙。突然四个宫女慌慌张张奔来。其中一个喊着：

"吟霜夫人，不好了！公主忽然生病昏倒了，还不停地抽筋，不知道该怎么办？"

"吟霜夫人，赶快去救救公主！求求你了！"其他宫女哭求着。

吟霜一惊，急喊：

"香绮！把我的药箱拿来！快！"

"公子被皇上召进宫了，鲁超还没回来，谁陪你过去？"香绮防备地问。

"快去拿药箱！救公主要紧！你别啰唆了！"吟霜着急，命令地喊。

"是是是！"香绮就进屋里去拿药箱。

香绮进屋，四个宫女立刻行动，趁吟霜不备，一声呼啸，两个宫中卫士迅速出现，扛着吟霜就飞跑向公主院。

公主院院子中央摆放着一个祭坛，坛桌上摆着香炉、三杯酒、十只捆绑的活鸡、斩妖旗、桃木剑、白色断灵巾等等。香炉上香烟袅袅，卫士扛着吟霜进了院子，摔在祭坛前面，大门迅速关闭。

吟霜惊慌地站起身子，看着那祭坛发愣。突然左边一个小道士抛出一条"收妖索"套在吟霜身上，右边一位小道士也抛出一条"收妖索"套住吟霜。两道士左右两条绳索一拉，便束缚了吟霜，两道士各拉一边，拉着吟霜绕了好几圈。

大约二十个道士，一色黄衣，分成两批，一批在内圈，一批在外圈，全部绕着吟霜转圈，内圈向左边转，外圈向右边转，内圈先念起"安土地神咒"，边转边念：

"太上老君，急急如律令，敕。元始安镇、普告万灵，岳渎真官、土地只灵，左社右稷、不得妄惊，回向正道、内外澄清！"

外圈就接口，声势惊人地呼应：

"捉狐妖，抓无影，捕鬼魅！收妖索来你无处逃！"

吟霜脸色骤然惨变，惊慌挣扎地喊着：

"放开我！放开我！你们这是做什么？放开我！"

两名道士蛮力地拉着吟霜跪到祭坛前，吟霜身后有一根固定的木柱，收妖索顺势将吟霜双手反绑在木柱上，她在祭坛前动弹不得。内圈道士又念：

"各安方位、备守法庭，太上有命、搜捕邪精！"

"捉狐妖，抓无影，捕鬼魅！收妖索来你无处逃！"外圈再度齐声呼应。

祭坛后墙上面挂着一幅大大的八卦图，兰馨便坐在八卦图下，怒视着吟霜。吟霜被绑定，众道士暂停念咒。崔谕娘就沉着地来到吟霜面前，一本正经地瞪着吟霜说道：

"吟霜夫人，今天必须逼出你的原形，才能治好公主的病，得罪了！"

清风道长便在祭坛前开始摇铃，念念有词地作法：

"拜请天地神明日夜之光檐前使者，前来收妖除怪，妖现妖形，狐现狐相，怪现怪身，山魅异类全部现出原形，太上老君急急如律令，敕！"

吟霜挣扎喊着：

"你们要逼出我什么原形？公主身体若是有恙，我可以帮她治病，你们放开我！我是人，现在就是我的原形！"

"让你帮我们公主治病？你还会安什么好心眼？你还真以为自己是神医？你只是一个会耍妖术的狐妖！"崔谕娘喊道。

清风道长摇着法器，继续念着以上咒语，不一会儿，道士们拿来黄色的符咒无数，随着咒语贴在吟霜的额头上和身上。紧接着清风道长拿起桌上白色的"断灵巾"，对着"断灵巾"比着法印，然后紧紧系在吟霜的额头上。断灵巾不住勒紧，清风道长念道：

"太上有命，镇妖驱邪，断灵巾，断妖灵！"

吟霜被勒得痛苦不已，忍不住呻吟。

坐于祭坛对面的兰馨盘坐着，盯着吟霜，嘴里也念念有词。道长绑完继续摇着法器，念着咒语，在吟霜头顶上比着法印。众道士又拿着画有八卦图的斩妖旗，在吟霜身边绕圈挥舞念咒。道士们高声念着，声势惊人。吟霜哀求道长：

"我不是什么妖邪，你们快停手吧！道长！"

道士们又拿出桃木剑，剑尖插着符咒，点火，对着吟霜挥来挥去念咒。火花在吟霜发际脸上飞舞，吓得吟霜赶紧闭上眼睛，火花爆开在吟霜眼睑上。剑尖上的符咒烧尽，道士们直接将这滚烫的纸灰撒在吟霜脸上。

然后道士们抓起活鸡，右手拿着桃木剑，用力对鸡头脖子一刺出血。鸡血汩汩流向十个汤碗里。吟霜一睁眼就看到这惊悚的一幕，哀声喊道：

"你们要做什么？我真的不是狐狸，我是人！我是吟霜，我不是狐妖也不是狐仙，请你们停止吧！"

"有效了！她已经开始求饶了！继续！"清风道长说。

道长一个手势，十个道士拿着十碗鸡血，开始对吟霜泼洒。鸡血飞溅在吟霜白色的衣衫和面庞上。吟霜震惊恶心恐惧地惨叫着：

"兰馨公主，饶了我吧！"

兰馨厉声喊道：

"你赶快现出原形！现出原形就饶了你！"

鸡血不断溅上吟霜的脸。黄色符咒不断用鸡血贴上吟霜的身子手脚。清风道长和二十个道士飞快地念咒：

"拜请天地神明日夜之光檐前使者，前来收妖除怪，妖现妖形，狐现狐相，怪现怪身，山魅异类全部现出原形，太上老君急急如律令，敕！"

公主院外，香绮和小乐从门缝中往里面看。香绮拍着门，惶恐地喊着：

"公主请了道士，在对小姐作法！"

"公子被皇上召进宫了！快去请夫人吧！"小乐向将军府飞跑。

清风道长继续拿着桃木剑，带着众道士拿着斩妖旗，像起乩式地对吟霜乱挥乱打。

吟霜已经被整得七荤八素，不住地哀求：

"道长，快停手吧！你们闹够了！快停手！"

"你这狡猾的妖女，还不快快现身，看本道长如何收妖！"清风道长厉声喊道。

清风道长说完，捧起香炉，把整炉的香灰对着吟霜的脸撒去。吟霜因突如其来吸进了热香灰，咳嗽不停。道士们拿着桃木剑，剑尖继续点着了咒纸，用火焰对着吟霜猛打！清风道长边打边念：

"太上老君急急如律令，敕！狐妖快快现身！"

吟霜满脸满身鸡血，惨不忍睹，再也承受不住，一面哭，一面咳，一面躲，一面挨着持续而来的各种摧残。

六十

御花园凉亭里，皓祯正陪着皇上下围棋。

皇上正犹豫下哪一个子，皓祯忍不住发言：

"陛下突然找微臣下棋，应该是有所指示吧？"

"朕最近难过的事实在太多，最痛心的，是四王之事！"皇上终于下了一个子，一叹，"兰馨和你的事，也一直沉甸甸地压在心上！不知兰馨回到将军府之后，你们夫妻俩的感情进展如何？她是否还会对你无理取闹？"

皓祯谨慎地选择着措辞：

"公主的个性，陛下一定清楚，微臣和公主之间，确实还有些问题，不是三言两语说得清楚的……"

皓祯话没说完，猛儿忽然出现在天空，盘旋急鸣着。皓祯抬头一看，顿时惊跳起身，把围棋全部打翻在地上。只见猛儿绕了一圈，哀鸣着向将军府飞去。皓祯惊喊：

"陛下！微臣必须马上赶回将军府，不能陪皇上下棋了！请陛下恕罪！"

皓祯说完，就丢下皇上，飞奔而去。吟霜又出事了！吟霜你千万不要出事……

皇上惊愕着。看着皓祯的背影发愣，有什么事会如此慌张？连皇上都可以抛下不管？这个少将军兼驸马爷，确实与众不同！

在将军府，香绮、小乐着急地带着雪如、秦妈赶往公主院。雪如一面急急奔走，一面喃喃自语：

"阿弥陀佛！可千万不要出事呀！公主才安静了一阵子，怎么今天又闹事了！"

此时皓祯飞奔赶回，遇上了急切的雪如。皓祯着急问：

"是不是吟霜出事了？"

香绮一见皓祯，就痛哭起来，边哭边说：

"公主又把小姐抓进去公主院了，好多道士在对小姐作法，公子快救救小姐呀！"

皓祯怒急攻心，双手握拳，咬牙说道：

"兰馨，真的要逼得我们连亲人都做不成！实在太可恨了！"

皓祯说着，像风一样奔向了公主院。雪如追喊着：

"皓祯，等娘一起去啊！皓祯，别冲动啊！"

大家疾步追向公主院。

公主院中，吟霜已经被折磨得快崩溃了。那热香灰使她一直咳个不停，在她面庞上飞舞的桃木剑和燃烧的咒纸，火花爆开，让她的眼睛全花了。清风道长还没完，在吟霜面前放一个大水缸。清风道长痛骂吟霜：

"狐妖你还不现出原形，狐狸不谙水性，莫怪圣水浇身，让你痛不欲生！"

清风道长说完便将满脸狼狈又是鸡血又是香灰的吟霜，压进大水缸里。吟霜整个头部被压入水里，不能呼吸，拼命憋气，双手又被反绑，痛苦挣扎！清风道长念咒：

"太上有命，镇妖驱邪，圣水浇身，狐妖现身！太上老君急急如律令，敕！"

二十个道士继续拿着斩妖旗围成圈，对吟霜全身挥舞！兰馨着急地问：

"怎么还没逼出原形？"

"公主，此狐是只白狐，来袁家'送子报恩'，公主误杀了她的胎儿，现在她来报仇！功力强大！"清风道长说道。

"道长，那你赶紧作法，把她的原形打出来呀！"兰馨惊慌。

道长又把吟霜的脑袋往水中按去，大声念咒：

"圣水浇身，白狐现身！太上老君急急如律令！"

就在此时皓祯撞开大门，飞跃而来。皓祯一个箭步，蹿上祭坛，先从水缸里一把捞起扶定了吟霜，接着一脚就把水缸踢翻。然后一跃而起，踩着一个个道士的头顶，向前一个右蹬脚，踢飞了清风道长。皓祯转身又一个后空翻，踏上祭桌用腿奋力横扫，把一排道士全部踢得像骨牌般跌倒。顿时，清风道长摔了个四脚朝天。道士们也跌了一地，个个痛得哎哟哎哟叫。

吟霜脱离水缸痛苦扬起头，因呛水和烟灰双重攻击，又咳又喘，一时之间，连眼睛都睁不开。兰馨看到皓祯一震，起身冲到祭坛中央，厉声喝止：

"袁皓祯！不准你来破坏我的法事！这是我和狐妖之间的事情，你不要插手！"

皓祯冲到吟霜面前，看到她满身血、狼狈至极的样子，心惊胆战，急问：

"你身上头上怎么都是血？他们对你做了什么？你的眼睛怎么了？你的头发怎么了？你你你……"惊吓得说不出话来。

吟霜呛咳着，勉强睁开被烟灰撒过、又被火焰闪过、还被水淹过的眼睛：

"喀喀！喀……那不是我的血，是鸡血……鸡血……你不要生气……"

"我不要生气？"皓祯大叫，"我气炸了！气疯了！"冲到兰馨面前，抓起兰馨的手，怒瞪着她："你想淹死吟霜吗？你以为用这种手段折磨她，就可以逼得我走进公主院吗？"

兰馨甩开皓祯的手，喊道：

"今天斩妖，是本公主在为民除害！"大吼："清风道长，继续作法！"挑战地看着皓祯："你是不是知道她是白狐，怕清风道长逼出她的原形？"

雪如、小乐、香绮、秦妈都冲向吟霜。雪如看到吟霜惨不忍睹的模样，着急、惊吓、心痛齐涌心头，急呼：

"小乐、香绮、秦妈……快把吟霜解开！快把吟霜解开！"

被踢得东倒西歪的道士，识相地爬开，扶起清风道长。正当小乐、香绮要去帮忙解开吟霜的绳索，清风道长执迷不悟，厉声阻止：

"不可以解开，白狐的原形马上要现身了，不能前功尽弃呀!"

皓祯一脚踢起掉在地上的桃木剑,右手一接,木剑在握,剑尖指着清风道长的喉头,握定桃木剑怒喊:

"你已经弄了多久?看吟霜这样子,你大概什么咒都念过了!为什么没有逼出她的原形?是你功力不够,还是你才是妖道?啊?你说!你说!"

"此狐修炼千年,已经附在驸马身上,袁家全部被附身……"

"你还在胡说八道,妖言惑众!"皓祯大怒,"你到底逼出过多少狐妖的原形?多少鬼怪的原形?你说!你说!"

皓祯正在怒骂清风道长,鲁超风尘仆仆回来,听到声音,走进公主院惊愕地看着,立即明白吟霜又惨了,气愤不已。皓祯抓起一个小道士,就厉声逼问道:

"你的师父说不出来,那你说!你们这些师徒,到底抓了多少妖?骗过多少人?赚过多少不义之财?冤过多少善良民众……快说!"

小道士吓哭了:

"小道不清楚,不清楚……"

"好!"皓祯一抬头看到鲁超,急忙说道,"鲁超你回来得正好!想必事情都办妥了!现在,你马上带着将军府的卫士,把这清风道长和他的二十个徒弟,全部押送到大理寺去,亲手交给方汉阳和他的两位助手!说我袁皓祯举发妖道二十一人!请他们漏夜彻查真相!"

"是!"鲁超有力地伸手往后一招,"兄弟们,把这些妖道通通抓起来!"

立刻，许多卫士冲了出来，把清风道长和二十个小道士通通抓了起来。

清风道长又大声念起"金光神咒"：

"三界侍卫，五帝司迎；万神朝礼，役使雷霆；鬼妖丧胆，精怪亡形……"语气一转，"白狐附身，不得安宁……"

皓祯闪电般拿了几张符咒，蘸了桌上的鸡血，就塞进清风道长的嘴巴里。清风道长吃了满嘴鸡血，不住恶心着，被鲁超和众卫士押走了。

皓祯这才走近吟霜，吟霜满脸苍白虚弱，陷在极大震撼中，狼狈至极，又是泪、又是汗地说道：

"喀喀喀……烟灰在眼睛里，脏水脏水……鸡血鸡血……"

绳索一解开，吟霜身子就向下滑，双腿都在发抖，皓祯一把抱起她。兰馨还在喃喃自语：

"白狐附身，冤有头债有主……"

雪如忍无可忍，走向兰馨，威严地说道：

"你什么时候才会停止这些疯狂行为？现在，你满意了吗？把吟霜折腾成这样，你满意了吗？"痛定思痛地说："兰馨！这样没用呀！你需要的不是'收妖'，是'收心'！如何收服人心，感动皓祯，才是你该做的！现在，你只会收到适得其反的效果！"摇头，回头对皓祯喊："皓祯，我们快带吟霜回画梅轩，看她有没有受伤！"

皓祯早就抱着吟霜走了。

回到画梅轩，是一阵忙碌，丫头们忙忙碌碌，把一桶又一桶的热水，倒进好几个浴盆里，每个浴盆都倒到七分满。秦妈指示着：

"继续烧热水，吟霜夫人这一身，恐怕要洗好几遍才行！水凉了就赶快加热水！"

秦妈把烧好的热水注进浴盆中，用手试着水温。

雪如和皓祯牵着满脸泪、满脸血、满脸香灰、狼狈不堪的吟霜进来。吟霜还在惊恐受辱的情绪中，一直在发抖，一直在咳着。皓祯想安慰她，却心如刀绞，勉强地说：

"还好没有像上次那样，弄得血肉模糊，我一进门，看到你满脸满身血，吓得我魂都没有了！没关系的，啊？马上就可以洗干净！什么阵仗都见过了，这一点鸡血算什么！啊？"用手托起她的下巴，"眼睛都红了，娘！要用清水把她的眼睛细细洗过，这眼睛里有灰有纸屑……哇！连睫毛都烧掉了！"心痛地把吟霜往怀里一抱。

"造孽啊！"秦妈说，"公子，把吟霜夫人交给我们吧！我们会帮她仔仔细细弄干净的，有伤的地方，她会教我们怎么弄的！"

吟霜挣脱了皓祯，勉强支撑着，低低地说道：

"你们都出去吧！我自己慢慢清洗！"

"不行！"雪如坚决地说，"你一个人弄不了，这头发里都是香灰鸡血，让我和秦妈来帮你！皓祯，你出去吧！香绮，你准备干净衣裳，从里到外都要！尽量多烧一点热水！皂荚多拿一点来，不知道怎么洗，才能除掉这股血腥味！"

"娘！"吟霜咳着，"喀喀喀……吟霜怎敢劳动娘……喀喀喀……"

皓祯见吟霜如此，就卷起衣袖说道：

"你们都出去吧！我来帮她清洗！"

"皓祯！"雪如说道，"你那大手大脚的，怎么洗得干净？她连手指甲里都有香灰和鸡血！这洗洗涮涮天生就是女人的事，你好歹是个大丈夫，出去吧！你的心痛，娘明白！吟霜也明白！让娘的手，代替你的手，好好洗掉吟霜为你受的苦、受的罪！"

雪如这么一说，吟霜眼泪掉下来。皓祯赶紧把她的手，交到雪如的手里，哑声说：

"娘！那你就代替我，帮吟霜洗干净！"又看着吟霜说："不知道你被折腾了多久？你也不要太好强，我猜你的手脚都软了！你还有什么力气帮自己洗？"敲着自己的头："我怎么觉得皇上把我召进宫下棋，是有预谋的呢？"

"好了！好了！"雪如推着皓祯，"你出去吧！等会儿水就冷了！"

皓祯退出房去。香绮去准备衣裳、热水，也退了出去。

雪如就喊道：

"秦妈，我们帮她把这身脏衣服脱了！"

吟霜已经筋疲力尽，就让雪如和秦妈帮忙脱着衣服。衣服一件件褪下，吟霜雪白的肌肤露了出来。雪如牵着她的手，让她坐进浴盆，却一眼看到她后肩上，赫然有一朵"梅花"！雪如的眼光，直直地看着那朵梅花，大震。脸色蓦然间变得一点血色都没有了。秦妈坐在吟霜的身前，没有看到梅花，正拿着帕子，开始帮吟霜清洗。一会儿，当秦妈抬头看向雪如，惊见雪如神色不对，问道：

"吟霜背上有伤吗？"就起身，走到吟霜身后，雪如一把拉下秦妈，指指那朵梅花，秦妈立刻目瞪口呆。当的一声，秦妈把身边的水壶撞倒在地上，幸好热水已经注完，壶是空的。主仆二人的眼光，全部定定地停在那朵梅花上。

吟霜惊觉地问：

"你们看到什么？那朵梅花吗？"

雪如屏息地、颤声地说道：

"是！你……身上……怎么有朵梅花？"

吟霜进了浴盆，总算从作法的噩梦中，稍稍好转了。她拿起帕子，帮自己清洗着，一面说道：

"我娘说，我生下来就有这朵像梅花的印记，我娘有一点点预知能力，她说这朵梅花注定要我认识一个人，这人身上有树干一样的疤痕，结果我认识了皓祯，他手心里有条树干！皓祯发现这朵梅花时说：'生生世世将共度，你是梅花我是梅花树'，我这才知道，我们是上天注定要牵在一起的两个人！"

雪如听着，秦妈听着，两人再互视着，都震撼到一塌糊涂。

雪如看着那梅花，眼泪充斥在眼睛里，她颤抖着，用帕子洗着吟霜的身子，也洗着那朵梅花，帕子细细擦过吟霜的肌肤，雪如的泪珠一滴滴落进木盆中，掀起一个个涟漪。每个涟漪里，都有二十一年前的回忆。

那是丙戌年十月十九日亥时。在将军府雪如产房中，婴儿的啼哭声骤然响起。雪如从床上挣扎撑起身子，汗湿乱发，一脸绝望地喘息着：

"是个女儿！"眼泪夺眶而出，激动地一捶被子，"居然是个女儿！"

雪晴和秦妈洗干净新生婴儿，雪晴转头紧张地说道：

"妹妹！这不是伤心的时候，幸好妹夫去抄安南王府，给了我们时机，现在我们只有按计划进行了！"

雪晴便急急把准备在一个木盆中，被衣服掩盖着的男婴抱了出来。她把男婴放在雪如床上，就要抱走女婴。

"男娃儿给你，女娃儿赶快给我！"

"不不不！"雪如死命抱着女婴，"这是我的女儿，我舍不得！我们说生了龙凤胎行不行？行不行？"

秦妈流泪，紧张地说道：

"夫人！你肚子那么小，大夫每个月都来把脉，怎么能说生了两个呢？别说脉象不一样，就是肚子也装不下呀！那样说反而会弄砸的！快一点，奴婢好不容易才把人都打发出去！产婆也没赶到！"

"别再哭了！"雪晴警告，"生了儿子要笑，万一妹夫赶了回来，你这样哭哭啼啼怎么行？你勇敢一点呀！那翩翩也快生了，如果她生了儿子还有你的地位吗？"

雪如坐起身子，抱紧女儿，露出女儿的肩，哽咽喊道：

"秦妈！梅花簪！"

秦妈急忙从火盆里取出一个烧红了的梅花簪，是预先就准备好的，交给雪如。

雪如握住梅花簪，手发着抖，咬紧牙关把梅花簪往婴儿裸露的右肩后面烙了下去，婴儿立刻大哭起来。雪如泪落如雨，颤声

说道:

"女儿! 这朵梅花,烙在你肩上,也烙在娘心上,娘会天天烧香拜佛,祈求你会回到我身边来!"

秦妈递上药膏,雪如帮孩子在烙印上擦着,从内心深处,绞痛地说道:

"女儿,再续母女情,但凭梅花烙!"

"好了好了!"雪晴从雪如手中夺过大哭的孩子,"你听姊姊的安排,不会害你的!袁家三代单传,这儿子太重要了!孩子给我吧,我抱走了!"

雪晴就把女婴放在木盆中,孩子不哭了。雪晴匆匆用衣服把婴儿盖上,抱着木盆出门去。雪如眼睁睁地看着女儿被抱走了,心碎地倒在床榻上,抱着男婴痛哭。

吟霜这番清洗,用了好长好长一段工夫。终于把吟霜都弄干净了,头发也洗过,仔细擦干,梳着简单的发髻。从洗身子、洗头发、洗指甲、洗脸、洗眼睛……雪如不肯让任何人接手,都是她仔细地洗着,一面洗,眼泪就没有停止地落下。吟霜看到雪如这般心疼她,也心酸酸地落泪。香绮送来干净的衣服,雪如又亲手帮吟霜穿着,尽管吟霜不安地要自己穿,雪如和秦妈都含泪阻止。当吟霜一切妥当,雪如眼泪还不停地流着,和秦妈两个,把已经清洗干净的吟霜扶进卧房来。

皓祯惊看雪如和秦妈,看到两人都在哭,脸色乍变,跳起身子。

"怎么了?她身上有伤?公主不只请道士帮她作法,还虐待了她？在哪儿？"拉着吟霜检查，"伤在哪儿？"

"没有没有，不是不是！"秦妈急忙擦擦泪，"吟霜夫人身上没有什么伤，只有脸上被火星烫到一点点，已经上药，没关系了！"

皓祯松了口气，不解地问：

"娘！你为什么哭？"

雪如忽然无法克制地抱住吟霜，哭着说：

"我只是想到……吟霜……她受了好多苦，这么多的折磨……我……帮她洗着洗着……心里就痛啊……痛啊……"

吟霜好感动，眼泪也落下来：

"娘！你帮我洗了一遍又一遍，这样亲自照顾我，已经让我太感动！现在还为我掉眼泪，我怎么担得起？娘！别哭了！我洗干净，元气也恢复了！我自己是大夫呀，我会振作起来，不碍事的！"

雪如还是紧抱着她，泪不可止。秦妈赶紧拍拍雪如，提醒地说道：

"夫人，折腾了这么久，你也累了！去休息吧！把吟霜交给公子吧！"

"就是就是！我来接手！"皓祯赶紧说，"娘，谢谢你！这么心痛吟霜，像娘这样爱儿媳妇的，实在很少！很多娘都跟儿媳妇像仇人一样！"就回忆着："还记得娘第一次见到吟霜，根本不相信她的好，一心想拆散我们，逼得吟霜跳下三仙崖……现在，娘知道她的好了吧？"

雪如听到皓祯提起这一段，竟然痛哭起来。秦妈慌忙拉开雪如，把吟霜交给皓祯。

"公子，吟霜夫人交给你！你娘今儿个，情绪太激动！看到吟霜夫人又受苦，她吃不消了！"就扶着雪如，把她连拖带拉地拉走了。

吟霜看到雪如离开，眼睛红红地依偎进皓祯怀里，说道：

"好奇怪！你娘一哭，我就跟着哭！其实今天我受的苦，比起肉刷子，根本不算什么！你娘……真的很疼我！"

"是！她一直是个很好很好的娘！"皓祯感动地说，就注视着她，说道，"又让你受到这样的折磨和屈辱，我实在是个很坏很坏的丈夫！"

秦妈拉着雪如，一路穿过花园，回到雪如的卧房，立即把房门紧紧关上，还上闩，又去把窗子一扇扇关好。

雪如紧张地打开柜子，又打开抽屉，找出一个精致的首饰盒。雪如噙着泪喊：

"簪子！梅花簪！这些年来，我几乎天天拿出来看，天天想着那个烙印！夜夜在梦里找着有梅花烙的女儿……"打开首饰盒，拿出梅花簪，"秦妈，是不是一样的？这梅花簪和吟霜肩上的，是不是一样的？"

"夫人！"秦妈擦着眼泪说，"没错，除了夫人当初用了梅花烙，谁还会用这一招呢？算算年纪，也跟吟霜差不多！等你平静一点，再问问她的出生年月日，就会更加清楚的！"

"不用问我也明白了！第一次见到她，就觉得她揪住了我的心！柏凯第一次见到她，就说她像我年轻的时候！秦妈，她回来了！我的女儿，回到我身边了！"

"是！她回来了！"秦妈频频拭泪。

"不知道她从小是怎么过的？收养她的爹娘是怎样发现她的？我有多少问题想问她啊！她进了将军府，就在我面前，我居然让她当丫头，还送她去公主院受虐待……我是多么无情的娘！我……我……我要去向她坦白，去向她认罪！"就拿着簪子，神思恍惚地往门口走。

秦妈大惊，慌忙拦住雪如，抓住她的胳臂，喊道：

"夫人！不行不行！这事绝对不能说出来，这是夫人跟奴婢咬死的秘密！如果说出来了，皓祯怎么办？他已经爱了一辈子的娘，突然变成假的，他能接受吗？将军怎么办？他那么喜欢皓祯，如何接受这件事？二夫人和皓祥会怎么样？一定会把夫人和公子，骂到无法生存的……"

"可是我不能再骗吟霜了，二十一年，我没有付出的母爱，我要还给她！"雪如哭道，"没有给她的身份，我要补给她！我欠她太多太多，我要给她呀！"往门口走。

秦妈死命抱住雪如，紧张地喊道：

"她已经在你身边，尽管去默默地爱她，尽管给她你所有的爱！但是，她是你的儿媳妇，不是你的女儿！如果你认了她，连她都会崩溃的！她一心一意只想当皓祯的妻子，你不能剥夺公子的地位，让她来顶替啊！"

雪如拿着簪子，身子滑在床榻上，哭倒在床上。

"可……她……她连皓祯的妻子都不算，上面还有个公主……我当初抛弃了她，让她陷进这么多悲剧里，我现在连还给她都不能吗？"

"不能！不能！绝对不能！你再想想看，如果皓祯公子不是大将军的儿子，皇上会把公主赐婚给公子吗？如果真相大白，袁家全家都犯了欺君大罪！可能会满门抄斩啊！那时，吟霜也难逃一死呀！"

秦妈的话，如醍醐灌顶，点醒了雪如。

雪如痛定思痛，握着梅花簪，一簪子狠狠刺在自己手背上，立刻冒出血点。

"夫人！"秦妈惊叫，抢下了簪子。

雪如哭着说：

"自作孽不可活！我永远无法原谅自己！"

这夜，雪如始终泪不可止，幸好柏凯晚上有应酬，没有回府。深夜，雪如思前想后，心痛如绞。整夜无眠下，铺开白纸，写下一首血泪交织的长短句：

虽不敢回忆，

常蓦然想起，

岁月尽管无声息，

何曾忘却那别离，

梅花烙，做凭依

烙在儿身上，

痛在娘心底！

梅花再现时，

相见不相识，

心中频频唤儿声，
化作点点泪如雨，
梅花烙，做凭依
娘此心何许？
儿此情何系？

儿自无知娘有恨，
心上梅花烙几许？
片片花瓣知我意，
有悔，有憾，有忌！
我爱，我心，我女！

六十一

  荣王府这天有点小收获，是失去四王后，唯一能让他们出气的事，伍项麒逮到了一个叛徒——顾青萝！

  青萝被五花大绑，项麒、项魁一边一个，拖着她扔在伍震荣脚前。项麒胜利地说：

  "爹！这叛徒青萝，总算被我逮住了！居然胆敢在我们那些据点出出入入，到处打听她弟弟的消息！我几天前就埋伏了人，今天在煤矿场，把她逮个正着！"

  "这个在皇上面前做伪证，陷害我们的婊子！"项魁嚷嚷着，"爹，你就一剑把她捅了，出出最近的恶气！"

  伍震荣看着青萝，上来就抽了她一个耳光，阴森森地盯着她问：

  "你这个贱人！真的喜欢上太子了？你也不掂掂自己的分量，你能当太子的什么人？"又一脚踢去，青萝滚在地上，"我送你去太子府，是干什么的，你完全忘了？没关系！你弟弟我今天就把他杀了！"

"可是，那大力小子……"项魁心直口快地差点说出秋峰被救走的事。

项麒踢了项魁一脚，赶紧接口：

"大力小子又怎样？经得起我们的大刀长剑吗？在他身上捅几个窟窿，看他还有多大力气？"弯腰低头去看青萝，"你这个被我玩腻了的贱人，居然也能让太子动心！可惜不会把握机会，现在姐弟二人都……"

青萝呸的一声，吐出一口血水，直喷在项麒脸上，正气地说道：

"我知道我和秋峰都已经是死路一条！死就死！要杀就杀！你们父子是一窝豺狼，总有一天，会被太子收拾得干干净净……"

伍震荣气得脸孔发青，拔剑出鞘，就一剑对青萝刺去。

"我马上送你上西天！"

项麒立刻一拦，擦去脸上的血水，对伍震荣从容说道：

"爹！即使是废物，也可以废物利用！这青萝还有用处！"就附在伍震荣耳边说了几句悄悄话。

"好！就这么办！"震荣眼睛一亮，大声喊道，"来人呀！把这个青萝，绑到练武场的柱子上！今晚等我回家，让我亲自监刑，用鞭刑打到她死！"

青萝被捕，太子府立刻就得到了消息。太子大惊地看着邓勇。

"什么？青萝被荣王逮住了？今晚要在练武场鞭打至死？"着急地说，"你赶快去通知皓祯和寄南，救人如救火，不管那荣王府是什么天罗地网，我都要把青萝救出来！这是我欠她的！也是我欠秋峰的！"

"遵命！属下马上派人去通知！"邓勇说，"不过，听说少将军早上被皇上宣进宫去下棋，不知道是在皇宫还是在府里！那窦王爷……"

太子心急如焚地打断：

"算了算了！他们最近也忙得很！皓祯被我那妹妹兰馨弄得心神不宁，寄南被他的小厮搅得晕头转向！我也不能永远依赖他们两个！你马上帮我调派武功轻功最好的四十个人，我们去一趟荣王府！"

"据说行刑时辰是晚上，奴才还是去找少将军和窦王爷比较好！"邓勇阻止地说。

"这就是伍震荣阴险的地方，要杀就杀，为什么拖到晚上？"太子分析，"还公开在大门口嚷嚷行刑时辰？这明明就是用青萝当诱饵，想让我们得到消息，晚上赶去，看到的大概是青萝的冤魂和埋伏的武士！不行，我们行动要快！赶紧调齐人手！"

"说不定现在也有埋伏！"

"对！但是现在他料定我没工夫找皓祯和寄南！料定我不敢单独行动！晚上的埋伏比较险恶！不管怎样，白天也好，晚上也好，都是危机四伏！可是，时辰越早，青萝活命的希望越大！"太子说。

"是！属下这就去调人！"邓勇急忙转身走去。

"不过这事不能蛮干，还是要有点计划才行！"太子深思喊道，"邓勇！回来！"

邓勇折回，太子便对邓勇叮嘱，两人神态严肃。邓勇拼命点头。

片刻后，太子穿着正式官服，带着二十个穿着东宫卫士服的武士，浩浩荡荡来到荣王府大厅。太子大声喊道：

"圣旨到！荣王接旨！"

伍震荣和项麒都匆匆来到大厅，看到太子，父子俩交换眼色。

太子手拿圣旨，看到伍震荣，哗啦一声，打开圣旨，严肃地说：

"荣王听旨！"厉声喊，"还不跪下！"

伍震荣挺直背脊，不慌不忙地看着太子，冷冷说道：

"这圣旨不知道是真是假？太子亲自送圣旨，也是破天荒第一遭！如果是真的，交给本王就是！如果是假的，太子就说明来意吧！"

"大胆！"太子喊，"假传圣旨，是死罪一条！本太子还能假传吗？你不跪下，等于拒接圣旨！"回头看东宫卫士："给我把荣王和这位驸马，通通拿下！"

太子身后的二十个卫士，立刻冲上前去捉拿伍震荣和项麒。

"原来太子要来砸荣王府！"项麒大声说道，"以为这儿是可以轻松进来的地方吗？"

"别管他是太子还是天子！"伍震荣大喊，"来人呀！给我打！"

伍震荣的手下，全部涌出。太子呵斥：

"荣王，你竟敢以下犯上，无法无天！我今天代替父皇结果你！"

太子说着，内力微提，凌空跃起，使出"大鹏展翅"；半途中背身拔剑，昆吾剑出鞘，寒光闪闪，剑尖直指伍震荣，来势锐不可当。伍震荣一惊，赶紧拔剑应战，太子手中三尺青锋，舞出一片青光，剑出如暴雨之厉，如匹练之劲，如罗带之缠……剑招变化，刚柔相济，撒向伍震荣。伍震荣的剑法也不差，剑运如风，架挡拦拆，如封似闭，化为一道白幕，和青光纠缠着、对抗着！两人瞬间过招十数个回合，打得天翻地覆、难解难分。太子身后的东宫卫士，也和荣王的武士打成一团。顿时，大厅里的桌椅摆设，被两人的剑风扫到之处，通通打得碎裂一地。茶茶水水，到处四溅。太子手下，武功个个高强，无奈伍震荣手下，功夫也是一流，而且人越来越多。

太子盯紧伍震荣，穷追不舍，缠着他打，一剑紧似一剑，下手招招尽向伍震荣的咽喉、胸口、头颅等要害处招呼，毫不留情。伍震荣武功毕竟不敌太子，越打越吃力，两人缠斗在一起，一个剑使如疾风，一个剑舞如骤雨，剑锋破空而过，嘶嘶之声，不绝于耳，剑剑相碰之处，火花点点、灿若繁星。伍震荣手下急于插进去，却被两人剑风逼得无法靠近。项麒紧急喊道：

"张强！李顺！调最好的武士来！来人呀！"

就在大厅里打成一团的时候，青萝披头散发、脸上瘀伤、嘴角流血、十分狼狈地被绑在练武场的柱子上。一个武士拿着鞭子，正在鞭打青萝。青萝的衣服，随着鞭打而碎裂。项魁在旁边监看，得意扬扬，对青萝说道：

"你以为晚上才会处置你吗？现在就打，打得你不死不活！看他们怎么救你？"

青萝壮烈地大声喊道：

"伍震荣！你打死一个女人，算什么英雄？你不配给太子擦鞋，不配给太子当奴隶！什么是英雄，什么是狗熊，比一比就见分晓！你想谋取本朝江山，在太子眼皮底下，你连边都摸不上……"

"你这个婊子，贱人！"项魁大怒，抢过鞭子，越发狠狠打向青萝，"我打死你，看你这张臭嘴还能不能说！"

此时，练武场的围墙上，无声无息地爬下来约二十个黑衣蒙面人。黑衣人一落地，就疾若苍鹰地飞一般冲上去。项魁被拦腰重重一踢，瞬间哀号倒地，其他人立刻去解开青萝的捆绑。

"来人呀……"项魁大喊。

项魁没喊完，穿着黑衣蒙面的邓勇，用剑柄对着他脑袋一敲，项魁就晕了过去。

"如果不是太子叮咛只要救人，不要杀人，今天我就毙了你！"邓勇说着，就冲到青萝身边，把青萝背在背上，说：

"青萝姑娘，你还有力气可以圈住我的脖子吗？我要翻墙救你出去！"

邓勇说话间，伍震荣的手下大批涌到。同时，太子、荣王、项麒等人和手下，也打到了练武场。太子大喊：

"青萝！信任黑衣勇士！你先退！我马上就来！"

邓勇背着青萝，一提内力，"鹞子钻天"一跃而起，转瞬间，翻墙而去。青萝紧紧圈着邓勇的脖子，即使在翻墙时，仍然不住回头看着还在恶斗中的太子。

太子见青萝已经被救走了，忽然跳出战圈，举着圣旨说道：

"这确实不是皇上的圣旨，是皇后的懿旨！"

伍震荣也跳出战圈，一惊问道：

"什么？"

太子把手中圣旨摊开，纸张平平地飞向伍震荣，只见上面好些大字。所有武士都停止打斗，去看那张纸上写着什么。伍震荣定睛一看，纸张上的字竟是：

"东郊别府缠绵中，皇上是否能纵容？"

伍震荣大惊，急忙去抓住那张圣旨，拼命撕碎。这荣王府虽然武士众多，真心为伍震荣尽忠的没几个，伍震荣也知道，如果这场闹剧，以这张假圣旨收尾，他在朝廷上也别混了！何况四王之死，已经传遍朝廷，很多大臣对伍震荣恨得咬牙切齿。如果这假圣旨的内容再流传出去，伍震荣和皇后都会吃不了兜着走！伍震荣顾不得青萝了，只想毁掉这圣旨，偏偏圣旨是绢做的，厚实柔软，撕了半天撕不碎，伍震荣拿剑乱刺，终于刺碎了。

太子已经趁机飞跃上围墙和黑衣人一起迅速地撤离了。

伍震荣跳脚大怒，喊道：

"我们这荣王府，还算铜墙铁壁吗？增强武力，立刻增强武力！调一百个高手来！还要能爬墙的！"

就这样，太子在没有皓祯和寄南的协助下，救走了青萝。回到太子府，引起了一阵骚动，白羽、枫红、蓝翎都围了过来，帮着青萝梳洗更衣。因为青萝遍体鳞伤，太子妃传了御医，帮她治伤。

到了黄昏时分，青萝梳洗干净，换了衣服，脸上还是带着伤痕，在白羽、枫红、蓝翎扶持下，脚步不稳地走进太子书房。太子就关心地看着青萝，说道：

"青萝，你浑身都是伤，怎么下床了？御医说你起码要躺十来天！"

"回太子……"白羽说，"她睡了一下，醒了就闹着要来见太子和太子妃，我们没办法，只好带她过来！"

"太子！太子妃！"青萝低喊道，就匍匐于地，对二人行大礼。

太子妃急忙走过来，扶起青萝说：

"回家就好！不要行礼了，你那满身伤，一定动一动都痛，可怜呀！被打成这样，当初听我的不好吗？"

"太子妃，青萝任性，辜负太子妃一片好心，惭愧无比！"青萝含泪说，又看向太子问道，"不知等我身体好了，太子的服饰，能不能还让青萝来打理？"

太子温柔地看着她说：

"不再推给别人了？"

"就算帮太子折一条帕子，都是青萝的荣幸！"青萝诚挚地说道。

"言重了！"太子说，"今天虽然在打架，听到你在那儿嚷嚷，说伍震荣不配给太子擦鞋，不配给太子当奴隶！什么是英雄，什么是狗熊，比一比就见分晓！什么伍震荣想谋取本朝江山，连边都摸不上……青萝，这几句话，对我有千斤重呀！"

青萝低头，默然不语。太子就更加温柔地问：

"你还想离开太子府吗？"

"等我的伤好了，我还是想去找我弟弟！"青萝说，"不过，我知道我一个人的力量太小，不知道太子还愿不愿意帮我？"

太子回头看邓勇，喊道：

"邓勇！你那徒儿呢？带来了吗？"

邓勇微笑地回答：

"恐怕就在门外了！"

邓勇走去，把房门打开。秋峰赫然站在门外。太子喊道：

"秋峰！你可以进来了！"

青萝不能呼吸了，眼光看着门外，痛喊出声：

"秋峰！是你？"

秋峰奔进门来，看到青萝，不敢相信地跪下。姐弟二人，彼此泪眼相看。

青萝眼泪一掉，哽咽着喊：

"秋峰，你都长这么大了，姊姊找了你整整四年！姊姊以为你……以为你被姓伍的人弄死了，没有料到今天还能看到你！"

"姊姊，姊姊，姊姊，姊姊……"秋峰一迭连声喊着，又回头喊，"白羽！我找到姊姊了！"秋峰又摸着青萝手背上的伤痕，激动问道："是谁打伤了你？我要找他拼命！姐，我长大了，我可以保护你了！"眼圈红了，"姐，看你被人欺负成这样！我要练武，我要帮我们的爹报仇！姐，你不要哭，你有秋峰来照顾，你不要哭……"

青萝抱着秋峰，哭得稀里哗啦。白羽等三个姑娘跟着哭。哭了半晌，青萝说道：

"是的是的！我有秋峰保护，不会再被欺负了！我不哭不哭……"转身，对着太子，又匍匐于地磕头，再抬眼深深看太子："太子，你给青萝的，是千千万万斤……数不清，算不清的

'重'呀！"

"我答应过你的，要让你们姐弟团圆！"太子说，"我实践我的诺言了！"

"太子一诺千金，即使对渺小无知的青萝，也不曾失信！青萝有负太子，一定粉身碎骨来报答！"

"本太子不要你的报答，只要你们姐弟，从此远离魔掌和灾难！"

"姐！"秋峰抹掉眼泪说，"是太子和我师傅把我从铁铺场里救出来的！他们就两个人，闯进铁铺场，打倒了姓伍的一票人，光明正大用太子身份，把我带走的！"

"是吗？"青萝看着秋峰，忽然紧紧抱着秋峰，又哭了起来，"太子找到你了！纵使我那么任性，他还是帮我找到你了！我们姐弟团圆了！团圆了！"泣不成声。

太子妃擦着眼睛，眼里也是湿漉漉的。

太子满意地微笑着，充满感性地看着青萝。心想，手足之情真好！如果伍震荣没有扣留秋峰，以青萝的个性，可能老早就以死保住贞节，怎么可能忍辱偷生到今天？对秋峰的姐弟之情，是支持她坚强活着的力量！也因此，才会阴错阳差，被送到他身边来！对这样至情至性的青萝，有个性有自尊的青萝，他确实打心眼里佩服！由青萝想到自己，宫中兄弟姐妹虽多，何曾有过像青萝和秋峰这样的感情？不彼此斗个你死我活就不错了！想到这儿，他还真羡慕生在寻常百姓家！

太子救走了青萝，这事皓祯和寄南都不知道。就在太子救青萝的时候，寄南、灵儿和汉阳都忙得很，因为，这天大理寺休息，汉阳和寄南、灵儿正在谈着四王之死的事，忽然，一个仆人奔来说道：

"汉阳大人，袁家的鲁超，押解了二十一个妖道在大理寺等候，说是袁皓祯少将军捉拿了一批妖道，请大人立即审问，重要！重要！"

"妖道？"灵儿惊喊，"皓祯怎么会捉拿到一群妖道？还要求汉阳大人立即审问！"忽然一拍脑袋："不好！一定是吟霜又遭殃了！"就拉着汉阳的袖子摇着，"大人，大人！小的已经准备好了！两个助手都在，赶快去大理寺办案吧！"

"今天大理寺休息呀！"汉阳愕然地说。

"如果鲁超亲自押送人犯过来，一定案情重大！"寄南说，"汉阳，你的休息只好临时取消，我们快去大理寺！"拉着汉阳就走。

汉阳被两人拖着走，惊讶地喊：

"喂喂，你们两个快放手！到底你们是主子还是助手？本官有说要立即办案吗？"

"这案子凭小的直觉，一定牵连很广，有皓祯，有吟霜，是超级大案！快走！"灵儿不由分说地拉着汉阳。

"不只皓祯跟吟霜，可能还有皇上、皇后和公主！"寄南补了一句。

汉阳一听，确实严重！神色一凛，赶紧出门去。

没多久，三人就赶到了大理寺。汉阳坐在公案台上，寄南和灵儿站在台下两边。衙役四周列队。鲁超带着被绑着手的清风道长和二十个道士站在台下。汉阳威严地问：

"鲁超！案子是怎样的？"

寄南接口：

"刚刚本助手已经和鲁超谈过，了解了一下案情！这个清风道长，在长安城很有名，专门捉拿狐妖鬼怪！今天他带着二十个徒弟，在将军府公主院里设坛捉拿狐妖，把吟霜折磨得不成人形！皓祯已证明他妖言惑众，要大人审查明白他累计犯案有多少？"

汉阳惊堂木一拍，威严地问道：

"清风道长！你把你历年抓到的狐妖一一说清楚！哪条街？哪户人家？什么妖？什么怪？全部招来！"

"大人！"清风道长傲然地回答，"那可说不清，太多太多了！有的是狐妖，有的是鬼魅，各种妖魔鬼怪，应有尽有！"

寄南拿着纸笔在记录，威严地问道：

"今天你在将军府，听说鸡血用了不少，也没逼出狐妖的原形。现在我帮你记录，今年的案子你总清楚，到底捉到哪些妖？"

"数不清！数不清！"

灵儿大怒，上来一踢清风道长的腿弯，道长就跪下了，灵儿大声喊：

"什么叫数不清数不清？你是糨糊脑子吗？抓过的妖怪都记不得？如果你不说，小的就要用刑了！"就大声下令道："准备肉刷子！"

汉阳坐在审判台上，哭笑不得，心想："这两个助手比本官还要有气势！肉刷子也用上了！"只得赶紧一拍桌子，厉声说道：

"那二十个道士，通通跪下！你们二十个，总有记录，到底作过多少法？抓过多少妖？如果不坦白说出来，本官只得以妖道的罪名，把你们游街示众之后，鞭刑侍候，再关进大牢二十年！"

衙役上前，二十个道士全部跪下了。灵儿催促：

"快说快说！本助手立刻求证，如果你们真的逼出过妖怪的形状，就饶你们死罪！本助手好奇得很，真想看看妖怪长什么样？"

二十个道士吓得哭哭啼啼。

"我说我说！抓妖的记录我都有，真的有妖有狐，不是骗人的！"其中一个说着。

"真的有妖有狐？"寄南拿笔记着，"在哪儿？我记下来！一条一条说！"

接着，审问暂停。两个助手带着鲁超上街找证据。寄南拿着地址，对着街道名称，灵儿、鲁超带着衙役跟随，一处处寻访。

寄南对灵儿烦恼地低语：

"你看，麻烦终于来了吧！今天公主又闹出这个收妖的把戏，一定跟你那蝎子蟒蛇的事件脱不了关系！"

"那怎么办？"灵儿懊恼，一想，"反正我们已经知道汉阳是一位正人君子，是可以信任的人了，不如我去向汉阳招供蝎子蟒蛇的事情是我干的，免得害吟霜一直被误认为是狐妖！"

寄南还有隐忧，急忙阻止：

"不行不行！你的身份还是不能暴露，还不到坦白的时候，咱们今天先抓清风道长的把柄重要！"

三人已经找到第一个地址，眼见门口就碰到一个疯疯癫癫的老太太。

老太太披头散发，恐惧地喊着：

"我是妖怪！我是妖怪！清风道长饶命呀！不要用鸡血喷我呀……我承认，我是妖怪！我是我是……"

"你是什么妖怪？山妖？树妖？水妖？哪一路的妖怪？"寄南问。

"都是！都是！什么妖都是！"老太太喊着，"饶命呀！不要用符咒烧我的头发呀……痛呀……"

"用符咒烧头发？"灵儿惊喊，"难道吟霜也被这样欺负吗？怪不得皓祯要我们立刻办案！听说这清风道长还是皇后派去的！"

"再去看看那个狐狸案子！"寄南脸色铁青。

鲁超带着一个摇摇晃晃的老爷爷从民房出来。鲁超说：

"窦王爷，这个人说，他亲眼看到了狐狸现身！"

"哦？"寄南惊奇地问老爷爷，"你亲眼看到吗？是个什么情况？"

老爷爷夸张地说道：

"那个清风道长一作法，我就看到那只狐狸现形了！整只狐狸都是红色的，还会发光，舞着爪子，拖着九条尾巴，唬呼呼地叫，可怕可怕……"

"红色的狐狸？太稀奇了！九尾狐我倒听过，没有见过！这位老爷爷，你会不会看错呀？不是大狗？不是牛？是红色的狐狸？"灵儿问。

"是是是！不会错，我看得清清楚楚！"

寄南仔细看老爷爷，用手在他面前摇了摇，又用手在他眼前做各种手势，问道：

"这位老爷爷，不知道你失明多久了？"

老爷爷一怔，羞涩地笑了，讪讪地说道：

"瞎了十年了，清风道长说，只要我说看见了，就给我钱，我苦哈哈一个瞎老头，能赚就赚几个呗！"

寄南和灵儿相对一看。

然后，寄南等人走进一座破落院子，有个妇人大腹便便，一见陌生脸孔就惊声大喊，在院子里乱窜，到处躲着灵儿等人，喊道：

"不要抓走我的孩子，不要抓走我的孩子，他不是妖魔！他是我的孩子！你们不要过来！"

"我们不是来抓你的孩子，我们只是要问你几个问题，你不要躲呀！我们不会害你的！"灵儿对妇人安抚。

妇人惊慌乱跑，肚子里掉出一个臃肿的包袱，妇人一惊，捡起地上木棍，乱吼：

"看我的桃木剑，打死妖魔，打死妖魔！"突然又丢了木棍，抱紧包袱哭喊："他不是妖怪，他是我可怜的孩子！他不是妖怪！你们好狠啊！打死我的孩子！"

寄南想唤醒妇人，抓住妇人的肩膀摇晃，疾声问：

"是谁打死你的孩子？是谁？"

妇人像突然被摇醒，眼光茫然地说道：

"是道长……是清风道长！他说我肚子里的孩子是妖魔转世，

不能生下来！用桃木剑把我打得小产……"掩面痛哭："我可怜的孩子……"

灵儿和寄南、鲁超又震撼又愤慨着。

接着，寄南等人被一壮汉带到小溪边。只见有个男孩在溪边跳上跳下，一下上岸，一下又跳下水。男孩喃喃自语：

"我是水妖，我吃鱼！我是水妖，我不怕你东海龙王！"

壮汉对灵儿等人说：

"他是我儿子，几年前生怪病发烧不退，清风道长说我儿子被水妖附身，一定要吸水汽才能赶走水妖，于是让我儿子在溪水里泡了七天七夜……结果……"哽咽得说不下去："结果就变成这样了，高烧是退了，但是变成失心疯了……"掩面大哭。

"唉！这就是活鲜鲜病急乱投医的结果！这个清风道长，太可恶了！"灵儿说。

"在他手上，不知还愚弄了多少百姓乡民！"寄南愤慨地说。

"你的儿子，被清风道长逼疯了，难道你就这样放过他了？"鲁超问壮汉。

"人人都说清风道长有宫里的靠山！我们小老百姓怎么惹得起！"壮汉无奈地说。

灵儿和寄南、鲁超义愤填膺。

办案的寄南和灵儿，回到了宰相府，会合了汉阳，三人走在庭院里。灵儿说：

"我们访问了十几个有妖的人家，没有一户是真的，也没有一户看到过狐妖或是鬼怪！这个清风道长，确实是个妖言惑众的大坏蛋！"

寄南愤愤不平地接口：

"皇上和皇后总是我朝地位最高的人物，怎会相信清风道长这号骗子？还让他去将军府欺负吟霜？气死人了！"

"皇宫其实是个很阴暗的地方，里面的冤魂数都数不清！"汉阳深思地说，"那玄武门发生过兵变，多少冤魂和血腥！所以，皇室的人都迷信鬼神，因为鬼神可以安慰他们自己，遮盖一些内心不愿意面对的事实！"

"汉阳大人，你说得太深奥了！本小厮听不太懂！"灵儿说，"总之，你要把那些坏蛋道士，赶快定罪，游街，坐牢！给吟霜出口气！想到吟霜不知道又受了多少苦，我真是快要气死、急死了！"

"把道士定罪，这是理所当然！"汉阳眼光深邃地说，"但是，将军府里受害的，应该不止吟霜一个吧？"

"除了吟霜，还有谁会受害呢？"寄南莫名其妙地问。

汉阳长长一叹说：

"那个作法失败的公主，现在情况如何呢？"

寄南眼光锐利地看向汉阳，此时此刻，谁会去同情公主？他若有所思地说道：

"哦！还有公主！"

六十二

是的，还有公主！这晚，公主病了。

这是个狂风骤雨的夜晚，闪电不断划过夜空，大雨倾盆而下。公主院的院落里，早就落英缤纷，几棵桃花梨花树，在风中摇曳，发出各种呼号的声响。窗棂被风吹得不住颤动，窗隙里，风雨钻了进来，几扇没关好的窗子，发出砰砰的响声。宫女们忙忙碌碌，掌着摇曳欲灭的灯火，赶紧关好各处门窗。

兰馨躺在床榻上，额头不断冒冷汗，一直梦呓着。崔谕娘焦虑地守着她，为她擦汗。宫女在一旁忙着换冷帕子给崔谕娘，若干宫女端着水盆进进出出。宫女焦虑地问：

"公主一直这样发烧不退，怎么办呢？"

"少废话，再去换冷水来！"崔谕娘说，"不管怎么样，一定要让公主赶紧退烧。"掀起兰馨被子，指挥着："公主的脚也用冷帕子敷一敷，快！"

崔谕娘手忙脚乱，带领着众宫女帮兰馨降温。兰馨梦呓着：

"白狐……白狐……不要过来！不要过来！"瞪大眼珠，惊喊，"不要过来！"

兰馨吓得惊醒，全身发抖，瑟缩到床边的角落，对宫女和崔谕娘喊：

"你们不要过来！不要害我！不要害我！你们是妖女！你们都是狐妖！"大喊，"我是公主，你不能伤害我！滚开！滚开！"

"公主，我是崔谕娘呀！"崔谕娘着急喊着，"公主，你醒醒！你快看清楚！我是你的崔谕娘呀！"

"崔谕娘？"兰馨突然醒神，认出崔谕娘，流泪大哭，爬向崔谕娘，拥抱着她喊，"崔谕娘！崔谕娘！从小都是你在照顾我，你才是我的娘！我的娘！崔谕娘！"

崔谕娘抱着兰馨，一起哭：

"公主！奴婢无能，不能保护公主！让你受这么多委屈！公主呀！我可怜的公主！"

宫女们被这一幕主仆情深的情景感染着，有的也跟着落泪。

兰馨抱着崔谕娘，继续流泪，悲伤地说着：

"不能让母后知道我这样子，她会看不起我……"忽然惊恐地、小声地说，"那白狐来袁家，送子报恩，我……我们把她的儿子弄死了，还有为了那百鸟衣，原来伍项魁杀死了她的爹，她来找我报仇了！"

崔谕娘擦着泪，振作精神说：

"公主，吟霜小产，那是奴婢的错！要报仇也是找奴婢！你现在发着高烧，什么都别想，我们先把身体养好……"接过宫女端来的汤药，"来，先吃退烧的汤药，来！"

兰馨才喝了一口，全吐了出来，将汤碗砸到地上，恐惧地喊着：

"那是鸡血！狐妖喝的鸡血！我不喝！我不喝！我不能喝！"

兰馨躲到被窝里，全身颤抖。

在画梅轩的卧室里，皓祯拥着吟霜，看着窗外的狂风骤雨。皓祯说：

"鲁超回来都说了，那个清风道长的真面目已经被汉阳、寄南、灵儿联手破了，你以后再也不用怕清风道长，他不会再来欺负你！"

"幸好有汉阳，能够这么快就办案！"

"听说寄南和灵儿的贡献也很大，鲁超说，灵儿在大理寺，那气魄比汉阳还大！汉阳真收了一个好徒弟！"皓祯就不舍地问吟霜，"为了保护灵儿，不知道狐妖这样的罪名还要让你背多久？找机会我和寄南商量一下，总不能让你一直背这个黑锅！"

"灵儿就像是我自己的亲姊妹，只要不让灵儿陷入危险，这黑锅我就扛着吧！我还承受得住……"吟霜说着，就不由自主地一叹，"唉！"

"别叹气！听到你叹气，我就充满罪恶感，居然跑去跟皇上下棋！现在我是惊弓之鸟，怎么办呢？只要我一会儿没看到你，就不知道你会发生什么事！当时，你是不是吓坏了？他们居然用燃烧的符咒在你脸上挥洒，真是气死我！你痛吗？"

"都过去了！忘了吧！"吟霜偎进他怀里，"希望再也没有这种事情发生，我一点也不想回忆到那个情形！"

"是！不谈了！"皓祯怜惜地说，"我要更加把你保护好一点！"看看窗外："好大的雨！怎么突然下起大雨来？"

吟霜担心地看看窗外问：

"那梅花树会怕雨吗？"

"梅花树的好处就在这儿，风霜雨露都不怕！我们也是！"

吟霜微笑着依偎在皓祯胳臂上，皓祯就无比珍惜地搂着她。

在雪如的卧室里，雪如坐在床沿，心不在焉地听着窗外的雨声。柏凯躺在床榻上，不安地看着她：

"你怎么了？眼睛都肿了！是为了公主作法的事吗？皓祯不是立刻把那个清风道长抓去大理寺了吗？"

雪如眼泪又掉下来，心中胀满了说不出来的苦涩。

"我……只是舍不得吟霜，一次一次被公主折磨，这以后他们还有那么长的日子，吟霜都要这样过下去吗？"

"其实皓祯也要负点责任，两个老婆，他也太厚此薄彼了！"柏凯深思地说，"如果雨露均沾，也许情况会好一点！我要跟皓祯好好谈一谈！"

"不要！不要！"雪如立刻紧张起来，"那公主是得寸进尺的人，她永远不会满足的！如果皓祯再去敷衍她，她的气焰不知道会嚣张成怎样，吟霜一定会受更多气，连皓祯的专一，吟霜也失去了！"

"唉！对方是公主，位高权大，我们才难办！"

"我现在真后悔，当初皇上有赐婚的念头时，皓祯就极力反对，几次三番为了这个婚事和我们翻脸，我们全都逼迫着皓祯娶公主，结果造成今天这个情形！当时，我们为什么不支持皓祯呢？"雪如痛悔地说，眼中又泪汪汪。

"说这个还有什么用呢？快睡吧！"惊看雪如，"怎么又哭了？"

"没有！没有！"雪如掩饰地说，"就是……心很痛！很痛！"

雪如躺下，悄悄地拭泪。是的，心很痛，很痛！那个一出生就被她放弃的女儿，直到今天，她这个亲娘，才第一次帮她洗澡，还是在她被公主折磨到不成人形的时候！那帕子几度擦过那朵梅花，二十一年！梅花有点模糊了，形状依旧在！她却不能对吟霜说："再续母女情，但凭梅花烙！"即使发现了梅花烙，她也无法认她！心很痛，很痛……这么好的一个女儿！善良，美丽，温柔，懂事……还充满爱心！当初，她怎会忍心放弃她？她是多么自私、狠心的亲娘！泪，是流不尽的。

雪如在将军府里流泪，公主院里的兰馨，却越发疯狂。

大雨中，庭院里的楼台亭阁、假山树影，都在风雨中像鬼魅般扭曲着。兰馨不知何时从房里出来了，穿着寝衣，脸色苍白，头发散乱，神情恍惚地在大雨里走着。她一边走，一边自言自语：

"本公主是天不怕地不怕的兰馨公主，我姐乐蓉公主整天在家打马球，还在院子后面弄个马球场！要马球场干什么？我不要马球场，只要这些妖魔鬼怪，通通让开！"望着虚空，好像看到什么，惊惧地喊："你们让开！不许对本公主无礼！不要过来！不要过来！"

崔谕娘从屋里冲出来，见兰馨在淋雨，大惊，抓了一件外衣奔向兰馨，慌张地喊：

"公主呀！你怎么深更半夜跑出来淋雨……"为兰馨披上外衣，"你发烧都还没有退，现在又淋得那么湿，公主！你要珍惜你自己呀！"

兰馨害怕地看着雨中摇曳的树影，小小声说道：

"崔谕娘！你看你看！白狐！白狐！"

"哪儿有白狐？那是树的影子！快跟奴婢回房间吧！"

崔谕娘要去抱兰馨，兰馨忽然看着崔谕娘大叫：

"你是谁？不要过来！你是白狐，你是狐妖！不要过来！"

崔谕娘急得快哭了：

"公主！我不是白狐！你醒醒啊！我是你的崔谕娘呀！我怎么会是白狐呢？"

兰馨披头散发，满脸雨水，眼神狂乱地环视四周，只见暗夜的大雨中，出现了一对狐狸闪耀晶亮的眸子。兰馨恐惧，大叫：

"狐狸眼睛瞪着我！"转头，却赫然看到另外一对狐狸眼睛，大惊大惧，"哇呀！这边也有！"

兰馨恐惧地四面张望，只见四周，冒出许多狐狸眼睛，狰狞恐怖，对她步步逼近。兰馨双手抱着身子，四面逃窜：

"不要追我！不要追我！好多好多狐狸眼睛，怎么办？"指着，"这儿有一对！"又指："这儿也有，到处都有！"

"公主公主！你烧糊涂了！没有狐狸，狐狸已经被清风道长赶走了！赶快跟奴婢进去吧！不要再淋雨了！"崔谕娘急喊，又对宫女们喊道，"大家赶快出来扶公主呀！"

宫女们纷纷从门内奔出，拿着伞来遮蔽兰馨。

在兰馨的眼中，只见一只只隐隐约约的白狐，对她扑了过来。兰馨大骇，拔脚就逃，跑来跑去，四面都是白狐。兰馨哭喊：

"我被白狐包围了！四面都是白狐呀！"

兰馨一阵乱跑，抱着头逃，一头撞在一只庞大的白狐怀里。白狐的大爪子，把她一抱。兰馨尖叫：

"白狐抓住了我！救命呀！白狐抓住了我！"

崔谕娘紧紧地抱着兰馨，哭着喊：

"公主！我是你的崔谕娘，我不是白狐啊！"

第二天，雨过天晴。雪如带着秦妈，两人都抱着一大堆东西走进画梅轩。

"夫人，小心点，昨夜下过雨，地还没干，当心路滑！"秦妈叮咛着。

雪如眼睛肿着，声音哽着，急急喊道：

"吟霜，我带了一些衣料来，还有一些吃的，都是最好的糕点，你太瘦了，要吃胖一点，还有我的一些首饰，你来挑挑看！耳环、项链、发簪、手镯、戒指什么都有！"

"娘，你来送聘礼吗？还是送礼物？"皓祯惊愕地起身。

雪如就怯怯地问道：

"吟霜生日是哪一天呢？娘……都不知道！"

"皓祯没说吗？"吟霜起身，惊讶地说，"我和皓祯只差一天，我是丙戌年十月二十日！他是十九日，是吗？"

雪如一个趔趄，手里的盒子差点落地。皓祯赶紧扶住，困惑地问：

"娘，你还好吧？"

"有点头晕！"雪如说。心想："二十日！那么，吟霜的神仙父母，是在二十日捡到她的！或者不是捡到的，是找到的。吟霜和皓祯，是同年同月同日生的！"

秦妈急忙把东西放到桌上，把雪如扶到坐榻上坐下。吟霜关心地说：

"娘！让我帮你把把脉！"就把雪如的手腕垫高把脉。

雪如一瞬也不瞬地看着吟霜。吟霜把完脉抬头问：

"娘！你是不是被公主作法吓到了？还是……"猜测地问，"没跟爹不开心吧？没跟二娘怄气吧？没有人让娘伤心吧？脉象有点凌乱，心里是不是堵堵的？"

"是是是！心里堵着，喉咙里也堵着……"雪如抓住吟霜的手舍不得放。

"那我赶快帮娘扎几针！"吟霜就喊道，"香绮！准备药箱，把我的银针拿来！"

"不要扎针，先来看看我给你的首饰吧！"雪如攥住吟霜。

"娘！"皓祯笑着，"吟霜平常都戴得很简单，她是山里长大的姑娘，带有一点仙气，是个神仙姑娘，什么都不戴也很标致！"

雪如喃喃地说道：

"山里长大的姑娘，山里长大的姑娘……吟霜，你说过，爹娘原来都住在山里……我也没仔细听，他们爱你吗？对你好不好？"

"他们是世上最好的爹娘！他们爱我，为了我，什么都可以牺牲！"吟霜说。

"怎么说？"雪如急于知道吟霜所有的事。

吟霜还来不及回答，小乐慌慌张张奔进门，急急报告：

"夫人、公子，刚刚小的经过公主院，那公主好像生病发疯了！"

大家都被惊动了。皓祯不信地问：

"什么？生病发疯？这又是什么招数？"

"是真的发疯了！她把崔谕娘都关在门外，嘴里说些奇奇怪怪的话！"小乐说。

"娘，我放心不下，我去看看她！"吟霜吩咐香绮，"去准备药箱！"

"你要去看她？"皓祯一怔，立刻阻止，"算了！你越去接近她，她肯定越疯狂！我们还是找其他大夫去看她，这样比较安全！"

"现在，任何大夫都没有我近，而且，也没人比我更了解她的情形！如果真的发疯了，一定要马上治！扎针最有用！不管怎样，我们先去看看是怎么回事？"

吟霜说着，就往公主院走，大家就跟随着她。

到了公主院门口，大家就看到皓祥、翩翩母子逃也似的从屋子里奔出来。从屋里传出兰馨的吼叫声：

"滚！你们通通给我滚！妖魔！你们都是一群妖魔！"

皓祥吓得奔出，惊魂未定：

"这公主真的是疯了！连我都不认得了！"

"怎么请清风道长来作法，没逼出狐妖，反而自己变疯了！"翩翩说。

皓祥母子迎头撞上了皓祯和雪如等人。翩翩急促地对雪如说：

"完了！完了！大姐，公主疯了，被我们将军府逼疯了！"愁眉苦脸地说，"我看这回我们将军府的麻烦又大了！"

"你也管管公主好不好？"皓祥看着皓祯，"她好歹是个公主，生病也没人管吗？现在她完全疯了，看你怎么跟皇上和皇后交代？有你这样的兄长，我会被你吓得短命！"

翩翩拉着皓祥离开公主院。皓祯对吟霜说：

"看来情况不妙！你和香绮就别进去了！娘和秦妈也别进去了，我先进去看看情况！你们在外面等着！"

皓祯就走进大厅，雪如、吟霜等人在外面等待着。皓祯进门，只见兰馨披头散发，手拿鞭子，连鞋都没穿，疯狂地对着屋内的摆设雕塑家具，挥舞着鞭子，不停地嚷着：

"滚开！又一只白狐！别用你的狐狸眼睛瞪着我！"转身，鞭打着坐榻，"你也滚开！我是鼎鼎大名的兰馨公主，不许你用狐狸眼睛瞪着我！"转身，对着一个宫女追着打："你这只白狐往哪儿逃？"

"公主饶命呀！我不是白狐呀！"宫女边逃边喊。

崔谕娘躲在墙角，看到皓祯，急忙呼救：

"驸马爷！赶快救救公主呀！她昨晚在花园里淋了一夜雨，满嘴说胡话，看到任何人都说是白狐！快救她呀！"

皓祯急忙去拦住兰馨，喊道：

"兰馨！安静下来！鞭子给我，这儿没有白狐！你看，是我——皓祯！"

"皓祯？"兰馨愣了一下，迷糊地问，"皓祯是谁？我不认得你！你滚，快滚！你伤害不到我，你休想杀了我，你这个妖怪！滚出去！滚出去！"

兰馨就用鞭子追着皓祯打。皓祯飞快地夺下了她的鞭子，用胳臂箍住她，柔声地说：

"你病了！我让吟霜帮你治，好不好？她不会害你的，我也不会害你的！去那边卧榻躺着，休息一下，好不好？"

兰馨抬头，困惑地看着皓祯。

"听我话，我扶着你过去！"

猝然间，兰馨伸出手，对着皓祯脸上抓去，嘴里大叫：

"我也有爪子，我不怕白狐，我抓你！你不要用那对眼睛看我……"

皓祯要躲避兰馨疯狂的爪子，手一松，兰馨就夺门而出。皓祯赶紧追在后面，跑出大厅。兰馨喊着：

"好多妖怪在追我！我不怕，来呀！来呀！所有的白狐，全部包围我吧！我不怕不怕，我要和你们这些妖怪同归于尽！"

兰馨一面喊，一眼看到张口结舌看着她的吟霜，就对吟霜冲了过来，大叫：

"你这只白狐，我认得你，我要把你碎尸万段！"

皓祯飞身一跃，挡着兰馨，大喊：

"娘，带着吟霜快走！小乐、香绮，你们快走！"

吟霜被香绮拉着离开，脚步不动，悲悯地望着兰馨，说道：

"公主！如果你愿意让我为你治病，你什么条件我都依你！"

皓祯拦着兰馨，气急败坏地喊：

"吟霜，你别浪费唇舌，你快走！什么条件我都不答应！你快走！娘！你们快走！别让她伤到！"

雪如惊恐地看着兰馨，拉着吟霜，害怕地喊：

"吟霜，我们快走！另外给她请大夫！你不要去惹她！"

大家强拉着吟霜，吟霜依旧坚持地喊着：

"她病了！先给她吃一颗安神药丸！我这儿有……"

就在这时，寄南、汉阳、灵儿三个闻声冲进了公主院。灵儿喊着：

"皓祯，汉阳和我们一起来看吟霜了！怎么大家都在公主院……"

灵儿话没说完，只见兰馨疯狂冲来，眼神凌乱，直奔众人，嚷道：

"又来了好多怪物！好多怪物！我不怕你们！来吧！"

"这是怎么回事？"寄南拦住兰馨。

"寄南，拦住她，别让她跑到院子外面去，她发疯了！"皓祯急喊。

汉阳惊愕至极地看着如此疯狂的兰馨，惊喊：

"兰馨公主！"

兰馨直撞过来，汉阳本能地伸手一拦，兰馨跌进他的臂弯里。汉阳心痛地、不敢相信地看着兰馨，喊道：

"公主！公主，看看我，我是汉阳！方汉阳！"

兰馨已经精疲力竭，抬头看着汉阳，忽然认出汉阳来，顿时悲从中来，痛喊着：

"汉阳，好多好多妖怪在追我！好多眼睛，鬼怪的眼睛，好多白狐，她们围着我，我逃不出去啊！"兰馨说完，眼泪一掉，晕倒在汉阳怀里。

汉阳赶紧把兰馨抱到大厅的卧榻上，兰馨昏迷地躺着。吟霜把握时机，立刻帮她诊治。皓祯、寄南、灵儿、汉阳、雪如等人，都围绕过来，着急地看着她。

"香绮，水来了吗？趁她还没醒，把药丸化了，赶紧喂给她吃！"吟霜说。

香绮拿了水来，把药丸溶化在水中。吟霜急忙说道：

"皓祯，你扶着公主的头，这药水必须用灌的！"

皓祯扶起了兰馨的头，吟霜正要喂药，崔谕娘一步上前说：

"公主不能吃这个药！来历不明的药不能吃！"

"你以为这是毒药吗？"吟霜看着崔谕娘。

"如果她醒了，一定又会大闹，吟霜的药我信得过！"汉阳着急，拿起吟霜手里的药碗，自己喝了一口，"这样行了吗？快喂吧！"

吟霜深深看了汉阳一眼，就在香绮的帮忙下，喂着兰馨吃药。好不容易，总算喂完了。吟霜赶紧打开银针的包袱，给兰馨扎针。兰馨躺着，头上手上都扎了很多针。

雪如眼光离不开吟霜，对秦妈低语道：

"昨天被折腾成那样，满身满脸的鸡血，今天在这儿拼命帮公主治病，这孩子是山里长大的，是仙人带大的吗？"

"可能！很可能！"秦妈点头，崇拜地看着吟霜。

"现在还要怎样？"灵儿问，"扎针要等半炷香的时辰，是不是扎完针她就不疯了？"

"我看很难，刚刚那种疯狂的样子，恐怕没有这么容易治吧！"寄南说。

"吟霜，她好像还在发烧！"皓祯不放心地说。

"是！不过退烧药必须过一个时辰再吃！"吟霜说，对香绮，"给我帕子！"

香绮递上帕子，吟霜就拿起帕子，拭去兰馨额上的汗珠，说道：

"崔谕娘，让宫女倒盆水来，我们趁等拔针的时刻，帮她清洗一下吧！"

"是是是！"崔谕娘急忙吩咐宫女拿水来。

水盆来了，宫女们绞着帕子，吟霜就拿干净帕子，帮兰馨细细地擦拭着，避开扎针的地方，擦得十分仔细。汉阳目不转睛地看着吟霜照顾兰馨，大家全部专注地看着吟霜忙碌的动作。吟霜说道：

"时辰到了，现在可以拔针了！"

吟霜和香绮，就快速地拔掉兰馨身上的银针，放在旁边的布垫上。

针刚刚拔完，忽然间，兰馨醒了过来。眼睛一睁，看到吟霜贴近自己的脸孔，兰馨立刻大叫：

"狐妖！你这个狐妖怎么在这里？我杀死你这只狐妖！"

兰馨说着，抓起吟霜放在她身边的一大把银针，就对着吟霜左胸直刺下去，喊着：

"我刺死你！刺死你！你居然敢到我眼前来示威！"

吟霜猝不及防，那些银针都是手工制造，每根都很粗很长，痛得大叫：

"啊！"

皓祯还捧着兰馨的头，目睹吟霜被袭击，却没救到，又急又气又心痛。砰的一声放手，兰馨的脑袋撞在卧榻的木板上。吟霜站起身子，看着胸口的那把银针。

"吟霜，怎么办？我帮你一根根拔，你站到窗口亮一点的地方！"皓祯说。

雪如脸色惨白地看着吟霜，喃喃说道：

"我造孽，让吟霜受苦，菩萨啊！秦妈，我们来帮忙！"

大家都在注意吟霜时，兰馨已经跳起身子，对着吟霜就冲了过来，尖叫：

"白狐！白狐！我要亲手杀了这只白狐！"

灵儿、寄南、汉阳三人同时一拦，把她三面拦住。灵儿怒喊：

"她在救你呀！她在帮你治病呀，你居然刺她！你怎么这样坏？"

"你站住，不许动！不管你现在是疯的还是醒的，不许动！"寄南喊。

"不要去碰吟霜，如果你再敢碰她，你最后一个同情者也没有了！"汉阳说。

吟霜站在窗口，皓祯试着要拔针，不知道先拔哪一根，无法下手，问：

"我怎样拔你比较不痛？"

吟霜一咬牙，抓住那把银针用力一拔，整把都拔了出来。看到所有人都看着她，就微笑地说道：

"银针很软，不痛的！没事！"

吟霜虽然这样说，洁白的衣裳上，胸口立即透出殷红的血点。

雪如再次看到吟霜身上流血，咕咚一声，晕倒在地。众人又全部被雪如惊动了。

吟霜跪下，抱着雪如的头喊：

"娘！娘！你怎么又晕倒了？"

第三册终

（京权）图字：01-2025-0195

图书在版编目（CIP）数据

梅花英雄梦．3，可歌可泣/琼瑶著．-- 北京：作家
出版社，2025.1.--（琼瑶作品大全集）．-- ISBN 978-7-
5212-3236-3

Ⅰ.Ⅰ247.5

中国国家版本馆 CIP 数据核字第 2025KD7166 号

梅花英雄梦3　可歌可泣（琼瑶作品大全集）

作　　者：琼　瑶
责任编辑：单文怡　刘潇潇
装帧设计：棱角视觉　纸方程·于文妍
责任印制：李大庆　金志宏
出版发行：作家出版社有限公司
社　　址：北京农展馆南里 10 号　　　邮　　编：100125
电话传真：86-10-65067186（发行中心）
　　　　　86-10-65004079（总编室）
E-mail: zuojia@zuojia.net.cn
http://www.zuojiachubanshe.com
印　　刷：河北鹏润印刷有限公司
成品尺寸：142×210
字　　数：230 千
印　　张：10.875
版　　次：2025 年 1 月第 1 版
印　　次：2025 年 1 月第 1 次印刷
ISBN　978-7-5212-3236-3
定　　价：2754.00 元（全 71 册）

品　琼　瑶　经　典

忆　匆　匆　那　年

琼瑶作品大全集